W0411485

HELENA HUNTING

Hope

HELENA HUNTING

HOPE

Roman

Ins Deutsche übertragen von
Beate Bauer

LYX

LYX in der Bastei Lübbe AG
Dieser Titel ist auch als E-Book erschienen.

MIX
Papier aus verantwortungsvollen Quellen
FSC® C014496

Die Originalausgabe erschien 2019 unter dem Titel »Making Up«
bei St. Martin's Press, New York, USA.

Copyright © 2019 by Helena Hunting
Published by arrangement with St. Martin's Press. All rights reserved.
Dieses Werk wurde im Auftrag von St. Martin's Press durch die Literarische
Agentur Thomas Schlück GmbH, 30161 Hannover, vermittelt.

Für die deutschsprachige Ausgabe:
Copyright © 2020 by Bastei Lübbe AG, Köln
Redaktion: Andrea Kalbe
Covergestaltung: www.buerosued.de
Satz: Greiner & Reichel, Köln
Gesetzt aus der New Caledonia
Druck und Verarbeitung: GGP Media GmbH, Pößneck

Printed in Germany
ISBN 978-3-7363-1358-3

1 3 5 7 6 4 2

Sie finden uns im Internet unter: www.lyx-verlag.de
Bitte beachten Sie auch: www.luebbe.de und www.lesejury.de

Im Gedenken an Kandace,
deren Licht in den Herzen jener weiterleuchtet,
die die Ehre hatten, sie zu kennen
und zu lieben.

1

SEXY OUTFIT

Cosy

In einem Sexshop zu arbeiten ist alles andere als aufregend. Schön, ich bekomme fünfzig Prozent Rabatt, was schon ein Vorteil ist, aber das ist keinesfalls ein Ausgleich für die Merkwürdigkeiten, mit denen ich es hier zu tun habe. Wie zum Beispiel Eugene, der in der Nachbarschaft wohnt und ein Stammkunde ist. Er kam heute Vormittag in den Laden und spielte an sämtlichen ausgestellten Spielzeugen herum. Er ist ein harmloser Typ, aber dieses Herumfummeln an den Silikonteilen ist schon reichlich schräg. Schließlich sagte ich ihm, dass ich den Laden für ein paar Minuten schließen müsste, um mir im Deli direkt gegenüber etwas zu essen zu besorgen.

Während ich auf mein Hähnchen-Schawarma warte, gehe ich in Gedanken alles durch, was ich heute Nachmittag noch erledigen muss. Die Magazine darauf kontrollieren, dass die Seiten nicht zusammenkleben, das Regal mit der aromatisierten Gleitcreme auffüllen und alles, was Eugene angefasst hat, mit Silikonreiniger abwischen. Sobald ich diese lästigen Pflichten erledigt habe, kann ich mich an die Hausarbeit für mein Seminar in Hotelmanagement setzen.

Vorausgesetzt, es kommen nicht doch noch Kunden.

Ich blicke kurz aus dem Fenster, um mich zu vergewissern, dass Eugene nicht vor dem Laden herumlungert und darauf wartet, dass ich ihn wieder hereinlasse. An manchen Tagen kommt er mehrmals vorbei. Zum Glück ist er nicht mehr da, aber ein schwarzer Sportwagen parkt vor dem Laden. Er sieht schick aus und war vermutlich teuer, was bedeuten könnte, dass er einem potenziellen Kunden gehört, der bereit ist, Geld auszugeben.

Loki, der Kassierer, reicht mir das Schawarma und die Getränke.

»Danke! Einen schönen Tag noch!«

»Dir auch«, sagt Loki zu meinen Brüsten.

Als ich auf die Straße trete, sehe ich, wie ein Mann im Anzug das Schild liest, das ich an die Tür geklebt habe. Ich will keinen potenziellen Kunden verlieren, also hole ich tief Luft und setze meine beste Verkäuferinnenmiene auf. Wenn ich mit Kunden zu tun habe, muss ich mich immer in eine andere Person verwandeln, um diese peinliche Situation zu überstehen. Die Vor- und Nachteile von Sexspielzeug mit völlig Fremden zu erörtern macht mir nicht gerade Spaß, aber es zahlt die Miete, also habe ich gelernt, damit umzugehen.

Mein Root Beer schäumt und quillt aus dem Strohhalm, der Kaffee schwappt über meine Hände – diese Deckel schließen einfach nicht richtig – und das Hähnchen-Schawarma baumelt gefährlich zwischen kleinem und Ringfinger, als ich die Straße überquere.

Der Anzugträger wirkt auf den ersten Blick nicht so schräg wie Eugene, aber das kann täuschen. Die Hälfte von diesen Typen denkt, dass sie mich wie eine Prostituierte behandeln können. Oder sie geben vor, dass das merkwürdige Zeug, das sie kaufen, ein Geschenk sei. Von wegen Geschenk. Das kann mir keiner erzählen.

Der Anzugträger dreht sich um und geht zu seinem Wagen, also rufe ich: »Hallo! Sie da in dem Anzug, warten Sie!«

Er beugt die Schultern, als wollte er sich kleiner machen, was kaum möglich ist. Bei seiner Größe hat er vermutlich auf dem College Football gespielt. Oder er hat Verwandte im Marvel-Universum. Egal, auf jeden Fall ist der Typ groß.

Er bleibt stehen, was gut ist. Ich könnte heute noch ein paar Verkäufe gebrauchen. Die Provision ist immer ein willkommenes Plus zu dem mickrigen Mindestlohn. Nächste Woche ist die Miete fällig. Und seinem Auto nach zu urteilen hat er genügend Geld.

Meine Absätze sind himmelhoch, und alles, was ich anhabe, ist entweder zu kurz oder zu eng, um sich damit schnell bewegen zu können – die Dienstkleidung im Sex Toy Warehouse soll sexy aussehen, genauer gesagt enthüllend –, also trippele ich die restlichen Meter und versuche dabei, den Ladenschlüssel aus meiner Tasche zu fingern, ohne das Schawarma fallen zu lassen.

»Tut mir leid, dass Sie warten mussten, aber Gummischwänze sind kein befriedigendes Mittagessen.«

»Ich könnte mir vorstellen, dass sie auch sonst nicht besonders befriedigend sind«, antwortet er mit einer tiefen Stimme, die sicherlich gut dafür geeignet wäre, mir schmutzige Sachen ins Ohr zu flüstern.

Ich kann nicht sagen, ob das jetzt zweideutig gemeint war. Wie auch immer, ich habe schließlich damit angefangen.

Ich stehe vor ihm und sehe ihn an. Heiliger Jesus auf deiner Wolke aus Zuckerwatte, das muss mein Glückstag sein. Der Anzugträger sieht umwerfend aus. So umwerfend, dass es einem die Luft aus den Lungen saugt und das Blut zwischen den Schenkeln pulsiert. Nur gut, dass eine Klitoris nicht so reagiert wie ein Penis, sonst würde meine vor Erregung aus den Shorts hängen. Doch so beschränkt sich meine Reaktion auf feuchte Unterwäsche und ein Prickeln.

Seine dunklen Haare sind glatt und kurzgeschnitten, seitlich gescheitelt und sehr gepflegt. Er wirkt wie eine Mischung aus einem Kinohelden aus den Fünfzigern und einem Gangster. Hugh Beaumont und Capone zusammengerollt und in Lust getaucht. Seine Nase ist gerade, die Lippen sind voll und sein Kinn wirkt so kräftig, als könnte man damit eine Tür aufbrechen. Seine Gesichtszüge sind kantig, trotzdem gelingt es ihm, jungenhaft auszusehen und pure, unverfälschte Männlichkeit auszustrahlen.

Er fährt sich mit der Zungenspitze über die volle Unterlippe, und sein Adamsapfel hüpft. Ich sehe auf und blicke in seine Augen. Sie haben eine seltsame Farbe, nicht ganz grün und nicht ganz braun, eher eine Art Honiggelb mit einem smaragdgrünen Kreis. Fast wie eine Katze. Und seine Wimpern sind dicht und dunkel wie die eines Mädchens.

Ich versuche immer noch, die Schlüssel aus meiner Tasche zu ziehen, aber meine Konzentration wird durch seine Ausstrahlung ziemlich beeinträchtigt. Schließlich klemme ich mir das Schawarma vor die Brust, genauer, zwischen meine Brüste, und reiche ihm den Getränkehalter. »Nehmen Sie das mal?«

Er blinzelt ein paarmal, sein Blick huscht zu der Stelle, wo ich das Schawarma eingeklemmt habe, bevor er mir wieder in die Augen sieht. »Sicher.«

Als er den Getränkehalter nimmt, fällt mir auf, dass seine Nägel gepflegter sind als meine, kurz und ordentlich gefeilt. Viele der männlichen Kunden haben abgeknabberte Fingernägel. Oder Dreck darunter. Dieser Typ allerdings nicht.

Im Geiste höre ich schon das Klingeln der Registrierkasse, als ich endlich die Schlüssel aus meiner Tasche zerre und sie an meinem Finger baumeln lasse. »Hab sie.«

»Schön.« Er schenkt mir ein gezwungenes Lächeln, das so schön ist wie der Rest seines Gesichts, und blickt sich nervös um. Ganz offensichtlich will er hier nicht gesehen werden. Leider sind meine Hände verschwitzt, weshalb ich Mühe habe, den Schlüssel in das Schloss zu stecken, was sein Unwohlsein nicht gerade schmälert.

Sobald ich die Tür aufstoße, beginne ich in der eisigen Luft der Klimaanlage zu frösteln. Draußen ist es heißer als zwischen den Eiern des Teufels, was für Vegas um diese Jahreszeit eher ungewöhnlich ist. Der Temperaturunterschied zwischen drinnen und draußen ist enorm. Ich habe zwar eine Strickjacke hinter dem Tresen, aber die trage ich nur, wenn keine Kunden im Laden sind.

Ich nehme ihm das Tablett wieder ab und signalisiere ihm, reinzugehen. Als ich ihm in den Laden folge, nehme ich mein Mittagessen wieder von meinen Brüsten. Ich bin am Verhungern und würde zu gerne das köstliche Schawarma verschlingen, aber mir ist bewusst, dass dies zu phallisch wirken würde, weshalb ich warten muss, bis der Anzugträger wieder weg ist, um anzügliche Kommentare oder Blicke zu vermeiden.

Er steht immer noch am Eingang und lässt seinen Blick umherwandern. Er fährt sich mit der Hand über die Brust und die Krawatte und steckt sie dann in die Hosentasche. Ich hoffe, er gehört nicht zu der Sorte, die an sich herumspielen, während sie sich umsehen. Das ist schon vorgekommen. Oft sogar. Eugene ist einer von den Grabblern.

»Ich heiße Cosy.« Ich tippe auf mein Namensschild. »Sagen Sie Bescheid, wenn ich Ihnen behilflich sein kann.«

Er richtet seinen Blick auf mich und bleibt an dem Schild hängen, das über meiner linken Brust befestigt ist, bevor er ihn eilig zu meinem Gesicht hebt. Was daran liegen könnte, dass ich unter dem weißen Top einen lila BH mit rosa Herzchen trage, was man deutlich erkennen kann. Es war der einzige saubere BH, den ich heute Morgen finden konnte, und ich war spät dran. Außerdem wirkt sich dieser Look positiv auf Verkäufe aus. Entwürdigend? Kann schon sein. Aber Stolz ist keine Währung, die mein Vermieter akzeptiert.

Er blinzelt ein paarmal und fährt sich mit der Hand über den Nacken. »Okay. Danke … Cosy.«

Er sagt meinen Namen wie die meisten anderen auch – langsam und mit einer gewissen Unsicherheit. So, als wäre er sich nicht sicher, ob es sich um einen Sexshop-Witz handelt. Ist es aber nicht. Wenigstens macht er keinen schrägen Kommentar.

Er wandert zwischen den Regalen umher und massiert dabei noch immer seinen Nacken. Er fühlt sich sichtlich unwohl. Es ist ziemlich spannend zu beobachten, wie er rot anläuft, als er an dem Regal mit den Pornoheften vorbeihuscht, nur um vor der Wand mit den Dildos stehenzubleiben. Das peinliche Erröten kenne ich noch gut aus meiner Anfangszeit hier, aber sobald ich gelernt hatte, mein Verkäufergesicht aufzusetzen, wurde es einfacher. Den Leuten gefällt es anscheinend, sich merkwürdige Dinge in ihre Körperöffnungen zu stecken.

Der Anzugtyp zieht ein Blatt Papier aus seiner Hosentasche. Er betrachtet es eingehend und schüttelt murmelnd den Kopf. Mein Magen knurrt. Ich hatte nur einen Müsliriegel heute früh, und jetzt ist es beinahe zwei Uhr. Je länger er braucht, umso kälter wird mein Schawarma. Es schmeckt auch kalt, aber am besten ist es, wenn es direkt aus dem Kontaktgrill kommt. Andererseits – je länger er bleibt, umso wahrscheinlicher wird er sich zu einem Kauf genötigt fühlen.

Auch wenn er nicht darum gebeten hat, beschließe ich, ihm behilflich zu sein. Außerdem ist er ein attraktiver Mann, und seine Hilflosigkeit ist sowohl amüsant als auch niedlich. Ich werfe einen kurzen Blick in den kleinen Spiegel, den ich an der Kasse aufbewahre. Der Lippenstift ist perfekt und die Wimperntusche nicht verschmiert, was schon mal vorkommen kann, wenn man an einem Ort lebt, der heißer als die Hölle ist. Mission Provision kann beginnen.

Ich gehe beschwingt auf ihn zu und denke daran, wie viel Übung es mich gekostet hat, auf diesen Absätzen zu laufen, ohne mir einen Knöchel zu verstauchen. »Brauchen Sie Hilfe?«

Er zuckt zusammen, als hätte ihn ein Elektroschocker getroffen, und lässt den Zettel eilig in seiner Tasche verschwinden. »Ich habe Sie gar nicht kommen hören.«

»Das tut mir leid.« Ich schenke ihm ein strahlendes Lächeln. »Sie wirken etwas verloren, also wollte ich Ihnen meine fachkundige Unterstützung anbieten. Kann ich Ihnen bei der Auswahl des richtigen Dildos für Ihre speziellen Bedürfnisse helfen?« Das klingt zum Glück ganz sachlich und professionell.

»Oh.« Sein Blick wandert zu der Wand und dann wieder zu mir. »Mein Freund will heiraten, und wir planen einen Junggesellenabschied. Und da ich den Schwarzen Peter gezogen habe, bin ich jetzt hier, um ein paar von diesen …« – er macht eine Handbewegung zu der Wand – »Dingern zu kaufen.«

»Schön. Es ist also für eine Junggesellenparty.« Meine Damen und Herren, ich präsentiere Ihnen die häufigste Ausrede der Welt. »Wir sollten Ihnen zunächst einmal einen Einkaufskorb holen, damit Sie nicht mit labberigen Gummischwänzen hier herumlaufen müssen.«

Ich drehe mich auf dem Absatz um und schlendere zu den Einkaufskörben, wobei ich mich über den unpassenden Spruch ärgere. Eine Menge Kunden haben Probleme, einen hochzukriegen, und darauf anzuspielen ist schlecht fürs Geschäft. Also konzentriere ich mich lieber darauf, mich aufreizend zu bewegen und mit durchgestreckten Beinen nach einem der pinkfarbenen Einkaufskörbe zu bücken, auf denen in hübscher Kursivschrift »Sündenkorb« steht. Meine Shorts sind wahnsinnig kurz, was den Vorgaben der Geschäftsführung entspricht.

Natürlich steht das nicht im Arbeitsvertrag, aber es wird vorausgesetzt. Und immerhin ist das Aufblitzen einer Pobacke genauso verkaufsfördernd wie ein durchsichtiges Top. Zumindest nach meiner Studie über den Zusammenhang von Kleidung und Verkaufszahlen. Also bitte keine voreiligen Schlüsse.

Wie ein provozierend gekleidetes Rotkäppchen ohne Kappe aus einem Märchen für Erwachsene schlendere ich zu dem Anzugträger zurück, bereit, mich ein wenig zu amüsieren. Ich hake mich bei ihm unter, was ihn in Angst und Schrecken zu versetzen scheint, aber da er keinen Ehering trägt, spricht nichts dagegen, den Verkauf mit ein wenig Flirten anzukurbeln. Der Stoff seines Anzugs fühlt sich seidenweich an, und ich wette, er war teuer. Unter dem Stoff kann ich auch fühlen, wie muskulös seine Oberarme sind. Das ist ein kaltes Schawarma wohl wert.

Ich weise mit der Hand zu den Gummischwänzen an der Wand. »Ich habe gemerkt, dass Sie sich für die Doppel-Dildos interessieren. Wir haben eine große Auswahl davon.«

»Ich vertraue da ganz auf Ihre Erfahrung«, murmelt er.

Je unwohler er sich fühlt, desto entspannter werde ich. Ich bin jetzt ganz in meinem Element. Kein Problem, ihm einen Doppel-Dildo zu verkaufen. Ich lasse seinen Arm los und stelle den Korb ab, wobei ich mich erneut aus der Hüfte hinunterbeuge, um die größtmögliche Wirkung zu erzielen. »Da gibt es große Unterschiede. Am besten verraten Sie mir, wofür Sie ihn benötigen.«

Er macht große Augen und räuspert sich. »Sie sollen hauptsächlich als Scherzgeschenke dienen. Wofür sie hinterher benutzt werden, spielt wohl keine Rolle.«

»Hmm. Na schön. Aber ich finde, bevor Sie sich entscheiden, sollten wir die verschiedenen Modelle testen. Nur für den Fall, dass Ihr Freund eine genaue Vorstellung davon hat, was er damit anfangen möchte.« Ich hebe einen ausgestreckten Zeigefinger. »Nur einen Moment!«

»Aber …«

Ich drehe mich elegant auf dem Absatz um, danke innerlich meiner Schwester, die mir beigebracht hat, wie man mit dem Hintern wackelt, und gehe zum Tresen hinüber. Ich greife mir ein paar feuchte Reinigungstücher und die Flasche mit dem Silikonreiniger und kehre zu dem Anzugträger zurück, dessen Gesicht aussieht, als würde es gleich in Flammen aufgehen. In der kurzen Zeit, die ich weg war, hat er bereits einen Gummischwanz in den Korb gelegt.

»Mmm.« Ich betrachte seine Wahl mit leicht missbilligendem Blick und nehme ein Ausstellungsstück aus dem Regal. Wir haben immer ein paar der beliebtesten Modelle bereitliegen, damit die Kunden sie besser vergleichen können.

Ich sprühe das rosa Riesenteil von oben bis unten ein und nehme dann eins der Reinigungstücher, um es der Länge nach abzureiben.

»Was tun Sie da?« Er klingt, als ob seine Eier in einem Schraubstock steckten.

»Ich bereite es für Sie vor. Eugene war heute Morgen hier, und er spielt gern an den Ausstellungsstücken herum.«

»Wer ist Eugene?«

»Ein Kunde.«

»Den Sie so gut kennen, dass Sie ihn beim Vornamen nennen?«

»Er kommt sehr oft.«

»Darauf möchte ich wetten.«

Ich wische erneut über die beiden Eicheln, bevor ich ihm den Dildo hinstrecke. »Könnten Sie das mal kurz halten?«

Nach seinem Gesichtsausdruck zu urteilen, ist das das Letzte, was er tun möchte. Ich lasse den Gummischwanz zwischen meinen Fingern hindurchgleiten, und er fängt ihn brav auf, bevor er den Boden berührt.

»Gute Reaktion.« Ich zwinkere ihm zu, nehme das nächste Modell aus dem Regal und verpasse ihm dieselbe Behandlung. Natürlich sieht es so aus, als würde ich ihm einen runterholen, aber genau das ist ja der Punkt.

Ist es moralisch vertretbar, so seinen Umsatz zu steigern? Wohl kaum. Aber Typen, die sich unwohl fühlen und gleichzeitig geil sind, neigen dazu, mehr Geld auszugeben.

»Okay, Zeit für einen Vergleich!« Ich benutze meinen Gummischwanz wie einen Pointer und zeige damit auf den Schwanz, den der Anzugträger hält. »Ihrer ist fünfundvierzig Zentimeter lang, meiner fünfunddreißig. Jetzt schütteln Sie ihn mal.«

Er schaut mich finster an, tut aber wie geheißen.

»Fantastisch. Sehen Sie, wie steif er im Vergleich zu dem hier ist?« Ich schüttele den Gummischwanz und versuche an die Verkaufsprovision zu denken. In der Vergangenheit hat das immer gut geklappt.

»Schon möglich.«

»Schon möglich gibt es nicht. Hier.« Ich schnappe mir den, den er in der Hand hält – er lässt augenblicklich los –, und schüttele sie alle beide. »Sehen Sie, meiner ist viel flexibler.«

»Ist das gut oder schlecht?«

Nach den wöchentlichen Verkäufen zu urteilen, müssen es wohl viele Leute gut finden. »Mit dem richtigen Gleitmittel kann es ein lustvolles Erlebnis für Ihre Freundin sein.« Keine Ahnung, ob das stimmt, aber zumindest steht es so auf der Verpackung. Außerdem versuche ich, ihm Informationen zu entlocken.

»Ich habe keine Freundin. Und selbst wenn es stimmt, was Sie sagen, würde ich es doch bevorzugen, ihr mit meinem … Penis Lust zu bereiten, anstatt mit dem Ding hier.« Er macht eine flüchtige Geste in Richtung der Dildos in meinen Händen. »Aber da das für eine Party gedacht ist, spielt mein Beziehungsstatus ohnehin keine Rolle.«

Ich zwinkere ihm verschwörerisch zu. »Natürlich nicht.«

»Ich meine es ernst.« Er wühlt in seiner Tasche und zieht die Liste hervor. »Ich habe wirklich den Schwarzen Peter gezogen und bin jetzt hier, um das ganze seltsame Zeug zu kaufen.«

Ich schnappe mir die Liste und verhindere mit einer geschickten Drehung, dass er sie mir wieder entreißt. Sie ist ziemlich lang, also sagt er entweder die Wahrheit, was die Party betrifft, oder er lügt bezüglich seiner Freundin. Beides wäre nicht ungewöhnlich.

»Also, einen Punkt auf der Liste haben wir bereits abgehakt. Und den Rest für die Party suche ich Ihnen rasch zusammen.« Ich nehme den Korb und einen verpackten Doppel-Dildo und tänzele hinüber zu den batteriebetriebenen Vibratoren, die als Nächstes auf der Liste stehen.

Als wir zur Gleitcreme kommen, wirkt er völlig verloren. Es gibt zwanzig verschiedene Geschmackssorten, und anstatt eine Auswahl zu treffen, greift er sich eine Tube von jeder. Meine Provision wird ziemlich üppig ausfallen.

»Arbeiten Sie schon lange hier?«, fragt er mich, nachdem ich ihn mit einer sündhaft teuren Vorrichtung zur persönlichen Befriedigung, Reinigungsspray und einem Spezialgleitgel versorgt habe.

»Ein paar Monate«, antworte ich.

Er nickt, als wäre er von der Auskunft fasziniert. »Machen Sie das hauptberuflich?«

Er scheint sich ein wenig zu entspannen, was gut ist. Also setze ich das überflüssige Geplauder fort. »Nein, das ist nur ein Teilzeitjob.«

»Und was tun Sie, wenn Sie hier nicht arbeiten?«

Aber hallo. Versucht der Typ etwa, mich anzumachen? Ich meine, er sieht toll aus, aber er kauft auch jede Menge schräges Zeug, und noch ist nicht raus, ob das alles wirklich für diese Party ist. Aber solange es Spaß macht, spiele ich mit. »An meinen freien Tagen bin ich Produkttester für Sexspielzeug.«

»Bitte was?«, stottert er.

Ich werfe den Kopf zurück und lache lauthals. Er ist wirklich süß. »Das war ein Scherz! Oh mein Gott, Sie sollten Ihr Gesicht sehen. Entspannen Sie sich, Sie sind viel zu zugeknöpft.« Ich ziehe spielerisch an seiner Krawatte. »Ich bekomme zwar einen netten Rabatt auf alles hier im Laden, aber wer würde das hier schon testen wollen?« Ich tippe auf die schwarze Gummifaust neben den Analstöpseln, womit wir am Ende angekommen wären.

Er murmelt etwas, das ich nicht verstehe.

»Egal, ich habe ein paar Kurse am College belegt, um meine Karriere voranzutreiben, damit ich dieses Zeug hier nicht den Rest meines Lebens verkaufen muss.«

»Sie sind auf dem College?« Es klingt schon wieder, als würde er ersticken.

»Mm-hmm. Ich brauche ein wenig länger für den Abschluss, weil ich gerne reise. Aber da ich sicher noch vierzig Jahre arbeiten werde, denke ich, dass ich meine Freiheit genießen sollte, solange es geht. Die Leute sagen immer, dass sie reisen werden, sobald sie im Ruhestand sind, sparen dafür ihr ganzes Geld, und kaum müssen sie nicht mehr arbeiten, bekommen sie einen Herzinfarkt und sind tot. Oder sie sind einfach zu alt und klapperig, um noch Spaß zu haben.«

»Das ist eine interessante Perspektive.«

»Vermutlich nicht die gängigste, aber schließlich lebt man nur einmal.« Ich zeige auf den Stöpsel, der annähernd die gleiche Größe hat wie mein Kopf. »Das ist der größte.«

Er verzieht das Gesicht. »Bitte sagen Sie mir, dass die Leute so etwas hier nicht wirklich kaufen.«

Ich zucke mit den Achseln. »Ein oder zwei alle paar Wochen.«

»Als Scherzgeschenk?«

»Danach frage ich nicht.«

Er schüttelt den Kopf und deutet auf den Analstöpsel daneben, der zwar nur ungefähr halb so groß, aber immer noch riesig ist. »Notfalls kann man das Teil immer noch als Türstopper benutzen.«

Nachdem wir die Liste nochmals kontrolliert haben, gehen wir zur Kasse. Er legt seine Brieftasche auf den Tresen, klappt sie auf und entnimmt ihr eine Kreditkarte, während ich seine Einkäufe scanne und einpacke.

»Das macht dann sechshundertsiebenundfünfzig Dollar neunundsechzig.«

Er atmet tief ein und aus und reicht mir die Karte. »Wehe, wenn er nicht einiges von dem Kram auch benutzt.«

Ich werfe einen Blick auf die Karte. *Griffin.* Ein ungewöhnlicher Name, aber nicht so schräg wie meiner.

Die Türglocke bimmelt, als ein neuer Kunde den Laden betritt. Es ist noch ein Anzugträger, der aber ordinär und schmierig wirkt. Wie ein Angestellter eines Pfandleihhauses oder so. Bäh! Hoffentlich geht das schnell, damit ich doch noch zu meinem Schawarma komme. Das inzwischen bestimmt kalt und aufgeweicht ist, aber das ist meine Schuld, weil ich so intensiv mit Griffin beschäftigt war. Und es hat sich ausgezahlt.

Griffin wirft einen Blick auf den neuen Kunden und zieht die Schultern hoch. Als würde er dadurch weniger auffallen. Das Ausdrucken der Rechnung scheint ewig zu dauern. Ich reiche sie ihm, wobei seine langen, kräftigen, manikürten Finger meine streifen.

Ich bekomme schlagartig Gänsehaut. Vielleicht ist auch der Thermostat zu niedrig eingestellt, denn aus dem Luftschacht über mir bläst auf einmal kalte Luft auf mich herab, was mich frösteln lässt.

Er steckt die Rechnung in seine Brieftasche und nimmt die Tüten. »Dann vielleicht bis demnächst.«

»Genügend Spielzeug sollten Sie vorerst haben, aber wenn Ihnen die Gleitcreme ausgeht, wissen Sie ja, wo Sie mich finden.« Ich zwinkere ihm zu, aber innerlich könnte ich mich treten. Ich habe keine Ahnung, wie dieser Typ drauf ist, doch ich rolle ihm quasi den roten Teppich aus, um wieder vorbeizukommen. Ich hätte zwar nichts dagegen, sein hübsches Gesicht wiederzusehen, aber vielleicht gehört er ja doch zur perversen Sorte. Vielleicht aber auch nicht.

Er lächelt und klopft auf die Glasplatte des Tresens. »Einen schönen Tag noch, Cosy. Und danke für die ausführlichen Erläuterungen.« Er wirft mir ein kurzes Grinsen zu, und heilige Scheiße, allein davon könnte ich einen kleinen Orgasmus bekommen.

Alles gut, nichts passiert. Aber sein Lächeln ist verdammt sexy.

Ich beobachte, wie er den Laden verlässt, bevor ich mich nach dem schmierigen Anzugträger umsehe. Er ist in der Videoecke. Ich kann nicht verstehen, wie Leute für so etwas Geld ausgeben, wenn sie es im Internet umsonst bekommen, aber was soll's.

Schließlich kauft er zwei Granny Movies und verschwindet. Ich nehme an, er hat ein Mutterproblem oder so etwas.

Als er weg ist, kann ich mich endlich meinem Mittagessen widmen. Wie vermutet, ist es durchgeweicht, aber immer noch lecker. Während ich esse, kritzele ich auf einem Block herum und merke auf einmal, dass ich ganz oft Griffins Namen schreibe, als wäre ich ein dummes Schulmädchen. Ich verdrehe die Augen. Der Typ ist einer von einer Million Anzugträgern, die für einen Geschäftstermin einfliegen und sich nebenbei ins Vergnügen stürzen, um dann in ihr normales Leben zurückzukehren und jedem von ihrem Trip nach Vegas vorzuschwärmen.

Was nicht heißt, dass ich keine Fantasievorstellungen von ihm haben darf.

2

SEXY STALKER. VIELLEICHT.

Cosy

Drei Wochen später

Ich stöhne, als mein Wecker schrillt. Montage sind furchtbar. Besonders, wenn ich bei STW arbeite und nach der Schicht noch ein Abendseminar habe. Dies ist einer dieser Montage.

Ich wälze mich aus dem Bett und stolpere in Richtung Badezimmer. Es ist halb zehn, aber ich fühle mich, als könnte ich noch weitere vier Stunden schlafen. Wahrscheinlich, weil ich bis zwei Uhr morgens an meiner Arbeit für das Hotelmanagementseminar gearbeitet habe. Ich bin fast durch und muss sie zum Glück erst morgen abgeben. Also kann ich sie noch einmal durchgehen und sicherstellen, dass ich nicht zu viel frühmorgendlichen Unsinn geschrieben habe.

Ich dusche schnell, hülle mich in ein Handtuch und gehe in Richtung Küche. Mein Apartment ist zwar klein, aber funktional. Als ich das Wohnzimmer betrete, bleibe ich wie angewurzelt stehen. Auf der Couch liegt jemand. Genauer gesagt, meine Schwester liegt dort. Ich betrachte sie einen Moment lang, um mich zu vergewissern, dass sie auch atmet. Als ich sehe, wie sich ihr Rücken hebt und senkt, seufze ich erleichtert.

Nevah ist meine ältere, unvernünftigere Schwester. Dass sie hier auf meiner Couch liegt, kann nur eines bedeuten: Entweder sie hat sich von ihrem aktuellen Freund getrennt, oder sie hat wieder einmal ihren Job verloren. Oder beides. Manchmal dauert es nur ein, zwei Tage, bis sie und ihr jeweiliger Freund sich wieder zusammenraufen. Wenn sie aber keinen Job und niemanden sonst findet, bei dem sie einziehen kann, bleibt sie schon mal für ein paar Wochen. Oder zumindest so lange, bis ihr meine Tagesplanung und mein verantwortungsbewusstes Verhalten auf die Nerven gehen.

Ich lasse sie schlafen und setze Kaffeewasser auf, während ich mich für die Arbeit fertigmache. Ich ziehe meine STW-Uniform an, die aus einem Tanktop mit dem Firmenlogo auf beiden Brüsten und Shorts besteht. Hochhackige Schuhe sind keine Vorschrift, aber die Erfahrung zeigt, je höher die Absätze, desto besser die Umsätze. Ich packe auch mein anderes Outfit für den Unterricht ein. Als ich es einmal versehentlich vergessen hatte, brachte mir das eine Menge Blicke ein. Außerdem wurde ich von drei Typen auf ein Date eingeladen. Diesen Fehler mache ich nicht noch einmal.

Ich gieße mir eine Tasse Kaffee ein, schwarz ohne Milch oder Zucker. Nicht weil ich die nicht mag, im Gegenteil. Aber die Hälfte der Zeit wird die Milch bei mir sauer oder der Zucker geht mir aus. Also habe ich beschlossen, mich nicht mehr damit herumzuärgern, um mir die Enttäuschung zu ersparen.

Es ist schon zehn, also muss ich mich beeilen, wenn ich nicht zu spät kommen will. Ich schiebe einen Bagel in den Toaster und stopfe eine Banane und ein paar Müsliriegel in meine Tasche, falls ich später Hunger bekommen sollte.

Nevah macht ein Auge auf und stöhnt. »Musst du morgens solchen Lärm machen?«

»Soweit ich weiß, steht nur mein Name im Mietvertrag. Ich wüsste also nicht, auf wen ich Rücksicht nehmen sollte.«

»Fies bist du auch noch. Kein Wunder, dass du Single bist.«

Ich ignoriere die spitze Bemerkung, obwohl es mich verletzt. Was Beziehungen angeht, läuft es bei mir nicht sehr gut. Was zum Teil daran liegt, dass ich nicht sehr ortsgebunden bin. Sobald ich einen Typen auch nur ein bisschen besser kennenlerne, habe ich das Bedürfnis, für eine Weile aus Vegas zu verschwinden. Ich musste am eigenen Leib erfahren, dass es sinnlos ist, eine Beziehung einzugehen, wenn man nur ein paar Monate da ist, weshalb ich mich lieber auf nichts so richtig einlasse.

»Hast du dich mit deinem Typen gestritten?« Da sie ihre Liebhaber schneller wechselt als ihre Unterwäsche, habe ich es aufgegeben, mir ihre Namen zu merken.

»Ich will nicht darüber reden.« Nev zieht sich das Kissen über den Kopf.

»Du weißt ja, wo alles ist.« Der Toaster spuckt den Bagel aus. Es ist kaum noch Frischkäse da, also nehme ich stattdessen Nutella. »Ich arbeite heute und habe danach noch ein Seminar. Vor zehn werde ich nicht zurück sein. Bist du dann noch hier?«

»Weiß nicht.«

»Na gut. Dann schick mir eine SMS oder hinterlass eine Nachricht, damit ich mir keine Sorgen mache.« Ich packe den Bagel ein, greife mir eine Papierserviette und mache mich auf den Weg.

»Kannst du mir'n Zwanziger dalassen?«, ruft Nev mir hinterher.

Ich verkneife mir ein genervtes Stöhnen und greife nach meiner Brieftasche. »Alles, was ich habe, sind ein Fünfer und ein Zehner.«

Sie streckt den Kopf unter dem Kissen hervor. Ihre Augen sind blutunterlaufen, und ihre Wimperntusche ist verschmiert. Sie sieht aus, als wäre sie auf einer ziemlich harten Sauftour gewesen. »Das wird dann wohl reichen müssen.«

Ich lege die Scheine auf den Tisch neben der Tür. »Es ist noch ein Rest Pasta im Kühlschrank, falls du Hunger hast. Und im Brotkasten sind Bagels. Du kannst auch in meinem Bett schlafen, wenn du willst.«

»Danke, Schwesterchen.« Nev setzt sich auf. Sie trägt ein kurzes, enges, schwarzes Kleid, das darauf schließen lässt, dass sie letzte Nacht aus war. Ich nehme an, dass sie einen ziemlichen Kater hat. Sie schlurft an mir vorbei, wobei sie die Decke auf den Boden fallen lässt. Sekunden später kracht die Schlafzimmertür ins Schloss.

Ich vergewissere mich, dass ich die Wohnungstür richtig abgeschlossen habe, und seufze, als ich am Fahrstuhl das »Außer Betrieb«-Schild sehe. Ich renne also acht Stockwerke hinunter und bin bereits verschwitzt, noch bevor ich auf die Straße trete. Es wird wieder ein heißer Tag werden, aber zum Glück ist der Bus klimatisiert, und ich bekomme sogar einen Sitzplatz. Während der Fahrt kontrolliere ich nochmals meine Arbeit auf Tipp- und Rechtschreibfehler.

Heute bin ich nicht alleine im Laden, weil Helix, eine der anderen Verkäuferinnen, die Abendschicht hat und sich deshalb unsere Arbeitszeiten überschneiden. Helix' richtiger Name ist Helun Alix, weil ihre Eltern keinen gewöhnlichen Namen wollten. Da sie keinen von beiden mag, hat sie einfach ihr eigenes Hybrid daraus gebastelt, und jeder nennt sie so.

Als ich aus dem Bus steige, bekomme ich die heißen Abgase aus dem Auspuff direkt ins Gesicht. Ich muss ein Stöhnen unterdrücken, als ich Eugene gegenüber im Café erblicke. In letzter Zeit häufen sich seine Besuche. Bei mehr als der Hälfte kauft er nichts, und ansonsten sind es nur Gleitgel oder Damenunterwäsche. Keine Ahnung, für wen die gedacht ist, aber er fragt mich jedes Mal nach meiner Meinung.

Ich winke ihm zu und überquere den Parkplatz. Es sind

noch fünfzehn Minuten, bis der Laden öffnet, also nutze ich die Zeit, um die Regale mit den Magazinen und Blu-rays aufzuräumen.

Wie befürchtet, kommt Eugene in dem Moment, in dem ich die Tür aufschließe und das GEÖFFNET-Leuchtschild einschalte, herein. Er ist extrem nerdig und ungeschickt. Nicht dass ich damit ein Problem hätte. Ich kam ein Jahr früher in den Kindergarten, also weiß ich aus eigener Erfahrung, wie es ist, gleichzeitig beides zu sein. Was mich tatsächlich stört, sind seine fettigen Haare und der starke Geruch von Zigaretten und Muff, den seine Kleidung verströmt. Hinzu kommt sein fortwährendes Grinsen. Es ist gruselig.

Zum Glück wird er von einer Gruppe Frauen verscheucht, die nach Scherzartikeln für einen Junggesellinnenabschied suchen. Nachdem sie sämtliche Artikel gekauft haben, die der Laden zum Thema Penis zu bieten hat, hocke ich mich hinter den Tresen, um die Korrekturen meiner Seminararbeit abzuschließen, als die Türglocke erneut erklingt.

Ich blicke kurz auf und mein Magen krampft sich seltsam zusammen. Es ist der etwas steife Anzugträger von vor ein paar Wochen. *Griffin.* Der Hauptdarsteller in meinen gegenwärtigen Pornofantasien.

Was für eine Überraschung; normalerweise sind Typen, die an Junggesellenpartys teilnehmen, spätestens nach einer Woche wieder aus der Stadt verschwunden. Aber vielleicht lebt er ja hier, und seine Freunde sind für einen Besuch eingeflogen? Egal, er ist wieder da, womit ich nie im Leben gerechnet hätte. Nur dass er diesmal ein Poloshirt und Golfhosen trägt, womit er genauso sexy aussieht wie beim letzten Mal.

»Ist das Gleitgel schon alle?«, frage ich, während sich die Tür hinter ihm schließt. Ich ärgere mich über meine unangemessene Begrüßung. Kunden in einem Sexshop in Verlegenheit zu bringen ist nicht die beste Strategie, um Geschäfte zu machen. Außerdem ist mir der Gedanke an die Mengen von Aromagel, die er gekauft hat, peinlich. Ich erinnere mich nur selten daran, was jemand kauft, schon gar nicht bei einem Typen, der Kram für eine Junggesellenparty besorgt. Aber es gibt nun mal eine spezielle Anwendung für dieses Gel, bei der Lippen und Zunge eine Rolle spielen. Und das bedeutet, dass ich mir umgehend vorstelle, wie er am Muschibüffet nascht. Natürlich an meinem.

Er grinst und zieht leicht den Kopf ein, als er am Dessousregal vorbeigeht und dabei mit den Fingern über einen Body aus rosa Spitze streicht. »Das war für eine Junggesellenparty, erinnern Sie sich?«

»Oh ja, richtig.« Ich tippe mir an die Schläfe. »Sie hatten den Schwarzen Peter gezogen. Wie könnte ich das vergessen?« Ich klappe den Laptop zu und stütze mich lässig mit einem Arm auf den Tresen. Dabei überprüfe ich mein Aussehen in dem winzigen Spiegel an der Kasse. »War die Party so erfolgreich, dass Sie noch eine hier in Sin City veranstalten wollen?«

»Äh, nein. Die eine reicht mir vorerst.« Er bleibt einen Schritt vom Tresen entfernt stehen, wobei er sich am Nacken kratzt und mir unter seinen schönen Wimpern hervor einen unentschlossenen Blick zuwirft.

»Womit kann ich Ihnen dann behilflich sein, Griffin?«

Ein kleines Lächeln umspielt seine Lippen. »Sie erinnern sich an meinen Namen.«

»Ein sehr ungewöhnlicher Name, den man nicht so leicht vergisst.« Nicht dass ich ihn die letzten Wochen andauernd überall hingekritzelt hätte. Ich habe keine Ahnung, was mich an ihm reizt. Vielleicht seine Augen? Vielleicht sein Unbehagen, als ich über jedes übertriebene Teil, das er gekauft hat, ironische Bemerkungen gemacht habe? Vielleicht einfach seine Sexyness?

Sein Lächeln wird breiter. »Nicht so ungewöhnlich wie Cosy.«

»Nun, da müssen Sie meine Mutter fragen …«

Jetzt lacht er, was zu einer umgehenden Reaktion in meiner unteren Körperhälfte führt. Ich halte das nicht für normal.

»Wenn Sie keinen Nachschub für eine Party benötigen, was dann?«

Er hakt die Daumen in die Hosentaschen und wippt auf seinen Absätzen. »Ich, also … ich war gerade in der Gegend und dachte mir, ich sehe mal, ob Sie arbeiten.«

Mit dieser Antwort habe ich keinesfalls gerechnet. Er wirkt ziemlich nervös, aber auf eine andere Art als beim letzten Mal. »Wegen meiner erstaunlichen Kenntnisse, was Sexspielzeug angeht?«

»Nun, das war wirklich hilfreich. Mein Kumpel war sehr beeindruckt, dass ich alles auf der Liste bekommen habe.« Er tritt einen Schritt vor. »Äh, ich weiß nicht, wie ich … haben Sie einen Freund?«

»Entschuldigung, wie bitte?«

»Ich bin ein Idiot.« Er macht eine Handbewegung in meine Richtung. »Natürlich haben Sie einen Freund. Ich meine, sehen Sie sich nur an, wie auch nicht?«

Ich meine zu wissen, was hier abläuft, aber ich habe keine Ahnung, wie ich darauf reagieren soll. Vermutlich sollte ich lügen und ihm erzählen, dass ich einen festen Freund habe, aber stattdessen versuche ich es mit Aufrichtigkeit.

»Ich habe keinen Freund.«

»Wirklich nicht?«

»Zu anstrengend. Ich habe schon genug zu tun, da brauche ich nicht noch jemanden, der gefühlsmäßig von mir abhängig ist.« *Umwerfend, Cosy. Du flirtest wie ein Profi.* Ich weiß auch nicht. Ich kann Sexspielzeug verkaufen wie niemand sonst auf der Welt, aber wenn es darum geht, mit Männern zu flirten, die mir gefallen, werde ich total nervös und sage Dinge, ohne darüber nachzudenken.

Er lacht und stützt einen muskulösen, gebräunten Unterarm auf den Tresen. »Was ist mit Dates? Haben Sie Dates, oder ist das auch zu anstrengend?«

»Ich habe Dates.« Von Zeit zu Zeit fühle ich mich einsam und verabrede mich mit einem Typen. Meistens vom College, aber mit niemandem aus meinem Kurs, weil das nur zu Problemen führen würde.

Mit manchen bin ich sogar mehrmals ausgegangen, aber sobald einer anfing, Gefühle zu entwickeln, habe ich mich abgesetzt. Ich bin zu unbeständig, um etwas Ernstes anzufangen, und ein gekränktes Ego heilt viel schneller als ein gebrochenes Herz. Ich bin im letzten Jahr nur einmal zu weit gegangen. Der Typ ruft noch immer ab und zu an. Meistens wenn er betrunken ist. Keine schöne Geschichte.

Er neigt den Kopf zur Seite. »Würden Sie gerne einen Kaffee trinken gehen?«

»Mit Ihnen?« Was für eine idiotische Frage.

»Im Idealfall, ja.«

Ich bin baff, weil er nach so langer Zeit hier auftaucht, um mich um eine Verabredung zu bitten, und zögere, weshalb ich ihm keine direkte Antwort gebe. »Selbst an einem kühlen Tag sind es hier mindestens zwanzig Grad, und Sie wollen mich auf einen Kaffee einladen?«

»Es kann auch ein Eiskaffee sein. Oder jedes andere Getränk.«

Ich würde gerne Ja sagen, weil es garantiert unterhaltsam wäre, mit ihm Kaffee zu trinken. Allerdings habe ich es mir zum Prinzip gemacht, nie mit Kunden auszugehen, weil die meistens pervers sind. Nicht dass ich damit ein Problem hätte. Sonst würde ich wohl kaum in diesem Laden arbeiten.

»Ich verabrede mich nicht mit Kunden.«

»Betrifft das auch ehemalige Kunden?«

Ich verziehe das Gesicht. »Bestimmt sind Sie ein richtig netter Typ, aber vor ein paar Wochen haben Sie jede Menge schräges Zeug gekauft, weshalb es wahrscheinlich sicherer für mich ist, abzulehnen.«

»Und wenn ich das ganze Zeug nicht gekauft hätte, würden Sie annehmen?«

»Aber Sie haben es gekauft.«

»Aber nichts davon war für mich.«

»Das behaupten Sie zumindest.«

Er lässt den Kopf sinken und knetet sich den Nacken, bevor er mich wieder anblickt. »Ich muss wohl irgendwie schräg auf Sie wirken, oder?«

Ich wünschte, er wäre nicht so attraktiv. Oder dass er mir die letzten drei Wochen, seit er zum ersten Mal hier war, nicht die ganze Zeit im Kopf herumgeschwirrt wäre.

»Irgendwie? Ich verstehe schon, dass Sie Ihrem Freund bloß einen Gefallen getan haben. Es ist nichts Persönliches.«

»Sie müssen es nicht erklären, ich versteh schon.« Er wirft mir ein gequältes Lächeln zu.

Es ist so süß, dass ich fast vom Stuhl falle, ein weiterer Grund, warum es keine gute Idee ist, mit ihm auszugehen. Ich kenne ihn überhaupt nicht und finde ihn echt zum Anbeißen.

»Das war wohl keine schlaue Idee. Ich kam hier zufällig auf dem Rückweg vom Golfplatz vorbei, obwohl ich vermute, dass Sie mir das nicht glauben werden. Egal, ich dachte mir, dass ich Ihnen wohl kaum auf der Straße über den Weg laufen würde, und, äh … ich dachte, es würde vielleicht Spaß machen, Zeit mit Ihnen zu verbringen. Ich würde zu gerne herausfinden, ob das stimmt, aber ich verstehe, dass Sie daran kein Interesse haben. Sie müssen sich keine Sorgen machen, ich bin kein Stalker.«

»Dass Sie das betonen müssen, lässt Sie eher wie einen erscheinen.«

Er atmet tief aus und lacht leise. »Yep, das kann ich nachvollziehen.« Er tippt mit den Fingern auf den Tresen und wirft mir einen Blick von der Seite zu. »Gut. Ich werde Folgendes tun.« Er nimmt sich den Post-it-Block, der neben der Kasse liegt, und einen Stift. »Ich schreibe Ihnen meine Handynummer auf, falls Sie es sich anders überlegen sollten. Wahrscheinlich werden Sie sie in den Papierkorb werfen, sobald ich gegangen bin, aber da ich diesen Laden aus Sorge, doch zum Stalker zu mutieren, niemals wieder betreten werde, habe ich auch nichts zu verlieren. Und meinen Stolz habe ich beim letzten Mal ohnehin irgendwo da hinten verloren.« Er macht eine Geste in Richtung der Wand mit den Gummischwänzen und schreibt dann seinen Namen und seine Nummer auf.

Er schiebt mir den Post-it-Block hin und klopft einmal kurz auf den Tresen. »Ich persönlich finde Sie echt umwerfend, und ich konnte Sie während der letzten Wochen einfach nicht aus dem Kopf kriegen. Und glauben Sie mir, ich hab's versucht. Es wäre schön, von Ihnen zu hören. Obwohl ich mir wahrscheinlich gerade mit dem, was ich gesagt habe, mein eigenes Grab geschaufelt habe.«

Er betrachtet mein Gesicht auf eine Weise, die sich sehr intim anfühlt, so als würde er versuchen, es sich einzuprägen. »Einen schönen Tag noch, Cosy.«

»Danke, Griffin. Ihnen auch.« Wow, das klang ziemlich belegt. Aber es gefällt mir, seinen Namen auszusprechen. Er rollt so schön auf der Zunge. Ich frage mich, ob ich ihn auf die gleiche Art aussprechen würde, wenn er … sagen wir mal … das aromatisierte Gel von meinem Körper lecken würde.

Er wirft mir noch ein verzagtes Lächeln über die Schulter zu, dann geht er hinaus.

Ich warte, bis sein Sportwagen den Parkplatz verlassen hat, bevor ich auf das gelbe Post-it mit der Nummer schaue. Er hat eine schöne Handschrift. Was überhaupt nichts zu bedeuten hat. Er könnte trotzdem eine besser angezogene, hübschere und wohlduftendere Version von Eugene sein.

Ich starre die Nummer ein paar weitere Sekunden an und bin mir bewusst, dass ich das nur tue, um sie mir einzuprägen. Ich schüttele den Kopf, zerknülle den Zettel und werfe ihn in den Mülleimer. Aber ich verfehle ihn, und der Papierball landet auf dem Boden und rollt direkt vor meine Füße. Ich sollte das besser nicht für ein Zeichen halten.

Ich glaube nicht einmal an Zeichen.

Wenn ich diesmal auf den Mülleimer ziele, werde ich ihn nicht verfehlen.

3

TELEFON-ROULETTE

Griffin

Es ist jetzt zwei Tage her, dass ich in dem Sexshop vorbeigeschaut habe. Hinterher ist man immer klüger. Hätte ich meinen Kopf vorher eingeschaltet, wäre mir vermutlich aufgefallen, wie seltsam mein Erscheinen dort wirken musste. Aber da ich das nicht getan habe, habe ich meine Chancen auf ein Date mit Cosy wahrscheinlich zunichtegemacht.

Ich sollte die Sache vergessen. Sie ist auf dem College und kann nicht älter als fünfundzwanzig sein. Und das ist eine optimistische Einschätzung. Aber ich kriege sie einfach nicht aus dem Kopf. Ich glaube, sie hat mit mir geflirtet, als ich das ganze Zeug eingekauft habe. Aber vielleicht macht sie das ja mit jedem. Dummerweise werde ich das wohl nie herausfinden, weshalb ich jetzt auf dem Laufband im Fitnessstudio des Hotels bin, um vor meiner Selbstgeißelung, die meiner schlechten Entscheidungsfindung geschuldet ist, davonzulaufen.

Ich bin bereits bei Meile fünf, höre Musik und nehme mit einem Auge die Nachrichten auf dem Riesenfernsehbildschirm an der Wand wahr. Eine Frau in winzigen Laufshorts und einem Sport-BH kommt hereingeschlendert. Ich nicke ihr lächelnd zu und konzentriere mich dann wieder auf den Fernseher.

Im Fitnessstudio gibt es sechs Laufbänder, und meins steht direkt am Fenster, von dem aus man den Pool und dahinter den Strip übersehen kann. Anstatt auf das übernächste Laufband zu gehen, was, wie jedermann weiß, der Fitnessstudio-Etikette entsprochen hätte, wählt sie das Gerät direkt neben meinem. Der Ventilator in der Ecke weht ihr allzu blumiges Parfum in meine Richtung.

Sie sagt etwas zu mir, was mich dazu zwingt, einen Stöpsel aus dem Ohr zu nehmen. »Entschuldigung, ich habe Sie nicht gehört.«

Sie lächelt und blinzelt mir zu. »Ich sagte nur, dass es die perfekte Zeit für ein Workout ist, so schön ruhig.«

Das war es, bis sie anfing zu reden. »Oh ja.«

»Sind Sie im Urlaub hier?«

»Arbeit. Und Sie?« Ich antworte knapp, um einer Unterhaltung aus dem Weg zu gehen und mich weiter meinen Fantasien bezüglich einer Frau hinzugeben, die wahrscheinlich zu jung für mich ist und nie anrufen wird.

»Ich bin mit meinen Freundinnen über das Wochenende hier, um Junggesellinnenabschied zu feiern.«

»Spaßig.«

»Das war es bis jetzt. Und es wird immer besser.« Sie zwinkert mir aufreizend zu.

Mein Shirt ist völlig verschwitzt, und Schweiß läuft an meinen Schläfen herab. Ich kann weder gut aussehen noch gut riechen, also frage ich mich, welchen Reiz ich auf diese Frau ausübe. Außer, sie steht auf verschwitzte Männer.

Während sie ihre Stretchübungen macht, redet sie weiter. Sie und ihre Freundinnen wollen heute Abend in einen Club gehen, was wie eine indirekte Einladung klingt, und ob ich schon einmal dort gewesen sei. Das letzte Mal, als ich in einen Club gegangen bin, war wegen der Junggesellenparty.

Ich hatte mich freiwillig angeboten, als Fahrer unserer Gruppe zu fungieren, weil meine bisherigen Erlebnisse in Clubs in Vegas nicht wirklich berauschend waren.

Ich steh einfach nicht auf hämmernde Bässe und leicht bekleidete, betrunkene Frauen, aber nach einem Telefonanruf meiner Ex-Verlobten, direkt nach meiner Ankunft in Vegas, fand ich, dass es genau das wäre, was ich bräuchte. Zusammen mit einer Frau, an die ich mich kaum erinnern kann, dröhnte ich mich mit Shots zu. Am nächsten Morgen wachte ich in meinem Auto auf, ohne meine Kreditkarte, ohne Bargeld und fast ohne Erinnerung an die vergangene Nacht. Wer auch immer meine Kreditkarte gefunden hatte, schien sich auf eine Fresstour nach einem Besäufnis begeben zu haben. Das Einzige, womit die Karte belastet wurde, bevor ich sie sperren ließ, waren eine Pizza, Zigaretten und ein Haufen Fast Food.

Meine neue Freundin legt ihr Bein auf den Handlauf und die Stirn auf ihr Knie.

Glücklicherweise klingelt mein Telefon, weshalb ich auf das Display schaue, auf dem eine unbekannte Nummer angezeigt wird. »Tut mir leid, da muss drangehen.«

Ich warte nicht auf eine Antwort. Ich drücke den Stopp-Knopf des Laufbands, wische mir das Gesicht mit dem Handtuch ab, schnappe mir meine Wasserflasche und gehe in Richtung Flur. Die Tür des Fitnessstudios schließt sich leise hinter mir, als ich den Anruf entgegennehme. »Hallo?«

»Äh, hallo … ist da Griffin?«

»Ja, ich bin's.« Ich kann die Stimme nicht einordnen, obwohl sie mir irgendwie bekannt vorkommt.

»Wow, ich kann gar nicht fassen, was ich hier mache«, murmelt sie. »Hier ist Cosy, die Verkäuferin aus dem Sexshop, die Sie einladen wollten.«

Ich weiß nicht, ob ich lächeln oder mich winden soll. »Das war nicht mein bester Moment, aber ich hatte nicht viele Möglichkeiten. Vermutlich hätte es weniger verfänglich geklungen, wenn wir uns an einem anderen Ort begegnet wären, zum Beispiel in einem Lebensmittelgeschäft.«

»Kann schon sein, aber wahrscheinlich hätten Sie mich dann in der Gemüseabteilung gefragt, mit einer großen Gurke in der Hand.«

Ich lehne mich grinsend an die Wand. »Das ist eher unwahrscheinlich, weil ich Gurken nicht mag.«

»Wie bitte? Wie kann man Gurken nicht mögen?«

»Mein Bruder hat mir einmal eine faule Gurke an den Kopf geworfen, die beim Aufprall explodiert ist. Seitdem gehe ich Gurken aus dem Weg.«

»Oha! Das klingt nicht gut. Ich frage mich nur, womit Sie es verdient haben, mit einer faulen Gurke beworfen zu werden.«

»Dummerweise kann ich mich nicht daran erinnern. Ich würde ja jetzt zurückfragen, warum Sie Gurken mögen, aber damit würde ich mich auf dünnes Eis begeben.«

»Weil sie phallisch sind?«

»Das haben Sie gesagt.« Ich gehe zum Fahrstuhl. »Also, Cosy.« Ihren Namen laut auszusprechen wirkt seltsam beruhigend. »Haben Sie mich angerufen, um über Obst und Gemüse zu sprechen?«

»Seltsamerweise nein. Vielmehr ist eine neue Lieferung Aromagel eingetroffen und da musste ich sofort an Sie denken. Immerhin haben Sie bei ihrem letzten Besuch vergessen, Ihre Vorräte aufzufüllen.«

»Ich war zu sehr damit beschäftigt, mich zum Affen zu machen und mir die passende Quittung einzuhandeln.«

»Sie haben mich damit kalt erwischt. Und ich habe nicht gelogen, als ich sagte, dass ich nicht mit Kunden ausgehe.«

»Mmm. Ich weiß Ihre Aufmerksamkeit zu schätzen, aber mein Bedarf an Gleitgel ist gedeckt – in absehbarer Zukunft wird es keine weiteren Junggesellenpartys geben.« Ich drücke auf den Knopf, der zur Penthouse-Etage führt.

»Könnte aber durchaus nützlich sein, wenn Sie sich eine Freundin zulegen.«

»Das ist wohl eher unwahrscheinlich. Die letzte Frau, die ich um ein Date gebeten habe, fand mich zu schräg, um es zu riskieren.«

»Wirklich? Wie viele Frauen haben Sie in letzter Zeit um ein Date gebeten?« Ihr Tonfall klingt eher nervös als neugierig.

»Nur eine. Und mit der telefoniere ich gerade. Und ich hoffe sehr, dass dieser Anruf bedeutet, dass sie ihre Meinung geändert hat.«

Sie schweigt einen Moment lang und murmelt dann: »Ich hoffe, ich werde es nicht bereuen ... Haben Sie heute Abend schon was vor?«

»Mit Ihnen Kaffee trinken gehen, wie ich hoffe.« Der Aufzug kommt, und ich steige in die leere Kabine.

Sie kichert leise. »Wenn ich nach fünf noch Kaffee trinke, kann ich die ganze Nacht nicht schlafen. Wie wäre es stattdessen mit einem Burger oder so etwas?«

Ein gemeinsames Abendessen ist besser, als zusammen Kaffee zu trinken. Selbst wenn es Burger sind. »Sehr gern. Wann passt es Ihnen?«

Sie schweigt einen Moment, als wäre sie überrascht, dass ich so schnell zugesagt habe. Ich hatte mehr als drei Wochen Zeit, um meinen Mut zusammenzunehmen, in den Laden zu gehen und sie um ein Date zu bitten. Und ich spiele keine Spielchen. Wenn sie mich also anruft, um sich zu verabreden, dann werde ich alles in meiner Macht stehende tun, damit es klappt, bevor sie es sich anders überlegt.

»Wie wär's um halb sieben?«

Mein letztes Meeting ist um vier, also habe ich genügend Zeit zum Umziehen. »Perfekt. Wenn Sie mir Ihre Adresse geben, kann ich Sie abholen. Ich kenne ein sehr nettes Lokal …«

»Ich weiß schon, wo wir hingehen, und wir können uns dort treffen. Ich schicke Ihnen die Adresse. Oh, und kommen Sie nicht im Anzug. Es ist nicht schick, und Sie werden zwar heiß, aber völlig deplatziert aussehen, außer Sie wollten das, dann lassen Sie sich nicht davon abhalten.«

»Verstanden. Kein Anzug. Ich freue mich darauf, Sie wiederzusehen, Cosy.«

»Ich auch. Ich meine, ich freue mich, Sie zu sehen, nicht mich. Jedenfalls sofern Sie sich nicht doch noch als schräger Vogel erweisen.«

»Das werde ich nicht, versprochen.«

»Wenn Sie das sagen. Bis später, Griffin.«

»Bye, Cosy.« Ich beende das Gespräch mit einem Lächeln.

Das erste Mal, seit Imogen unsere Verlobung gelöst hat, habe ich eine Verabredung, wegen der ich aufgeregt bin. Und das mit einer Frau, die Cosy heißt und in einem Sexshop arbeitet. Vielleicht bin ich ja verrückt, aber das ist mir völlig egal.

Während meiner Nachmittagsmeetings bin ich blendender Laune. In den letzten Wochen habe ich intensiv mit Hotelmanagern in Vegas zusammengearbeitet, um entscheiden zu können, ob es eine lohnende Investition ist, hier eine Hotelanlage zu erwerben. Meine Familie ist schon lange im Hotelbusiness, aber in Vegas sollten wir speziell wegen der Casinos noch Immobilien erwerben.

Ich bin hier, weil ich gut mit Zahlen und Statistiken umgehen und mir so einen Überblick verschaffen kann, ob sich eine Investition auszahlt. Und ich fühle mich wohl damit, dies eigenständig tun zu können. Was den Umgang mit Menschen betrifft, sind meine jüngeren Brüder, Lex und Bane, deutlich besser. Besonders Lex. Ich bin nicht wirklich gut im Small Talk. Herumstehen und plaudern liegt mir nicht, aber ich tue es, weil es zum Job gehört. Wie dem auch sei, meine gute Laune scheint auf das Team abzufärben, denn wir haben das entspannteste Meeting, seit ich in Vegas bin. Und auch das produktivste, was ein zusätzlicher Pluspunkt ist.

Um fünf begebe ich mich in meine Penthouse-Suite, dusche und rasiere mich und grübele darüber, was ich verdammt noch mal anziehen soll. Cosy sagte, keinen Anzug, und erwähnte Burger, also dürfte legere Kleidung die richtige Wahl sein. Aber selbst meine legeren Sachen sind dank meiner Ex-Verlobten zumeist Khakihosen und Poloshirts. Ich habe keine Lust, etwas zu tragen, was sie für mich ausgesucht hat, wenn ich mich das erste Mal mit einer anderen Frau treffe, also wähle ich ein Paar alte Jeans und durchsuche meine selten getragenen T-Shirts nach etwas Passendem. Die meisten tragen das Logo von Harvard, aber auf diese Art meine Ausbildung an einer Eliteuniversität zur Schau zu stellen, wäre prahlerisch. Also suche ich weiter, bis ich das Band-Shirt finde, das die Freundin meines Bruders mir zu Weihnachten geschenkt hat. Ich habe zwar noch nie von dem Künstler gehört, aber das Motiv ist interessant, also liege ich damit wohl nicht ganz falsch.

Ich trage zur Sicherheit zweimal Deodorant auf, rufe den Parkservice an und überprüfe auf dem Weg zur Lobby, ob ich Brieftasche, Schlüssel und Telefon dabeihabe. Ich treffe zehn Minuten vor der verabredeten Zeit beim Restaurant ein. Tatsächlich ist es ein Diner, und mein Sportwagen fällt unter all den Honda Civics auf wie ein bunter Hund. Der Laden ist im Stil der Fünfziger gehalten, mit Sitzpolstern aus rotem Kunstleder, Tischen mit Resopalplatten und laminierten Speisekarten, die gleichzeitig als Sets dienen.

Weil anscheinend freie Platzwahl herrscht, setze ich mich in eine der Nischen mit Blick auf die Tür, lege mein Telefon auf den Tisch und überfliege schon mal die Speisekarte, während ich auf Cosy warte. Eine Kellnerin nähert sich kaugummikauend meinem Tisch mit erhobenem Stift und gelangweiltem Blick. »Willkommen bei Shakey's, wo es die besten Shakes in ganz Vegas gibt.« Sie unterstreicht diese Aussage mit einer entsprechenden Bewegung ihres Oberkörpers. »Kann ich Ihnen etwas zu trinken bringen?«

»Ich hätte gern ein Heineken.«

»Wir haben keine Alkoholkonzession, Sir.« Sie tippt mit dem Finger auf die Getränke auf der Speisekarte. »Aber wir haben eine große Auswahl an Shakes und Eiscreme-Sodas.«

Ich frage mich, wie ein Burgerladen in Vegas ohne Vertrag mit einer Brauerei überleben kann. »Dann nehme ich ein Mineralwasser.«

»Kommt sofort.« Immer noch kaugummikauend schwingt sie ihren Pferdeschwanz über die Schulter und stolziert davon.

Ich kontrolliere mein Handy nach neuen Nachrichten und blicke auf die Uhr. Hoffentlich lässt Cosy mich nicht sitzen. Um drei Minuten nach halb sieben erregt das Bimmeln der Türglocke meine Aufmerksamkeit. Und nicht nur meine, sondern die von jedem einzelnen Kerl im Restaurant und von der Hälfte der anwesenden Frauen ebenfalls.

Mein Mund wird trocken, und meine Handflächen beginnen zu schwitzen, was nicht meiner üblichen Reaktion auf Frauen entspricht. Kann sein, dass ich im Umgang mit Frauen ein wenig unbeholfen bin, aber normalerweise habe ich kein Problem mit dem anderen Geschlecht. Wobei es garantiert nicht schadet, dass ich ein ganz passabler Anblick bin, ohne mir darauf etwas einzubilden. Ich habe einfach im Genroulette gewonnen, genau wie meine Brüder.

Aber als ich Cosy betrachte, wie sie dort an der Tür steht, in einem Schein aus Sonnenlicht, frage ich mich doch, worauf ich mich da bloß eingelassen habe. Cosy sieht irgendwie skandalös, aber auch zum Anbeißen aus. Ihr langes, dunkles Haar, das glatt und schön voll ist, umspielt ihre Schultern. Ihre Lippen sind glänzend pink und ihre Augen schwarz umrandet, was ihre himmelblaue Iris erstrahlen lässt.

Doch es ist nicht allein ihr wunderschönes Gesicht, das Aufmerksamkeit erregt. Sie trägt ein Paar Shorts aus abgeschnittenen Jeans. Wenn sie sich umdreht, könnte es sein, dass ich und alle anderen einen Blick auf ihre Pobacke erhaschen, die unten rausschaut. Auf der Vorderseite kann man nämlich ein Stück der Hosentasche sehen. Darüber trägt sie ein hellgelbes Tanktop, wobei die schwarzen Träger ihres BHs und drei Fingerbreit ihres Bauches sichtbar sind.

Weil ich den Kopf voller schmutziger Fantasien habe, hoffe ich inständig, dass sie wirklich schon volljährig ist. Ich wische mir die verschwitzten Hände an den Oberschenkeln ab und gleite aus der Nische, während Cosy das Restaurant absucht.

Ihre Augen blitzen auf, als sie mich entdeckt. Ich frage mich, ob sie über mein Erscheinen genauso überrascht ist wie ich über ihres. Ihre Hüften schwingen bei jedem gemessenen Schritt auf diesen mörderisch hohen Absätzen. Während ich mich noch frage, was sie mit diesem Outfit wohl ausdrücken will, wirft sie einen Turnbeutel auf die Bank – einen verdammten *Turnbeutel* voller Aufnäher und Buttons – und nimmt mir gegenüber Platz.

Ich nehme das zum Anlass, mich ebenfalls zu setzen. »Du siehst aus, als kämst du direkt aus dem Sommerurlaub.«

Sie blickt an sich herab und zupft den dünnen Träger des Tops zurecht. »Außer Turnhosen und Sweatshirts waren das so ziemlich die einzigen sauberen Sachen, die ich finden konnte.«

»Soll das heißen, du wolltest so wenig Aufwand wie möglich treiben?«, frage ich grinsend.

Sie neigt den Kopf zur Seite und sieht mich irgendwie verlegen an. »Ich wasche immer freitags, also ist die Auswahl gerade etwas beschränkt.« Sie deutet auf ihr Top. »Ich mag es.«

Sie stützt ihr Kinn auf die Hand und deutet mit der anderen auf mich. »Ich würde dir ja ebenfalls sagen, dass du gut aussiehst, aber ich bezweifle, dass du mich dazu brauchst. Du könntest vermutlich drei verschiedene Karomuster tragen, und selbst das würde gut aussehen.« Ihr Blick fällt auf das Bandlogo auf meinem T-Shirt. »Oh mein Gott! Du magst Ben Howard? Ich liebe ihn! Ich war auf seinem Konzert, als ich letztes Jahr in Colorado war. Er ist live einfach fantastisch. Hast du ihn schon mal spielen sehen?«

Ich streiche mir selbstbewusst über die Brust. Was für ein Glück, dass sie den Künstler kennt. »Bisher noch nicht, aber ich bin sicher, dass es ein Erlebnis ist.«

Cosy nickt begeistert. »Das ist es. Welches ist dein Lieblingsalbum? Ich finde, sein erstes war das beste.«

Zum Glück unterbricht uns die Kellnerin, die mein Mineralwasser und einen Plastikbecher mit Eis bringt, wofür ich dankbar bin, weil ich nicht zugeben will, dass ich die Band nicht kenne. Der Blick der Kellnerin richtet sich auf Cosy und leuchtet plötzlich auf. »Hallo, du! Wie lange haben wir uns nicht gesehen? Ich dachte, du wärst drüben in Boulder.«

Cosy steht auf, um sie zu umarmen. Ich hatte recht, was ihre Shorts betrifft. Wenn sie sich streckt, enthüllen sie den Ansatz ihrer Pobacken. »War ich auch. Bis vor ein paar Monaten. Aber ich muss noch meinen Abschluss machen.«

»Wie oft hast du das Studium angefangen und wieder abgebrochen, seit wir in der Highschool waren?«

»Ich weiß, aber jetzt bin ich endlich im letzten Semester.«

»Dann kommst du doch noch endgültig hier raus, nicht nur ab und zu für ein paar Monate.«

»Das ist mein Ziel.«

»Nimmst du mich mit? Hier ist es langweilig.« Sie blickt zu mir, dann sieht sie Cosy fragend an.

»Oh, Griffin, das ist Debbie. Wir sind zusammen auf die Highschool gegangen. Debbie, das ist Griffin.«

Sie führt das nicht weiter aus, vermutlich weil unser Kennenlernen eher ungewöhnlich war und sie nicht viel über mich weiß. Ich würde zwar gerne fragen, in welchem Jahr sie ihren Schulabschluss gemacht haben, finde aber, dass es schlauer ist, die Frage erst zu stellen, wenn Debbie gegangen ist.

»Hey.« Debbie nickt mir zu. Aus der Küche ertönt die Glocke, und sie blickt über die Schulter zum Tresen, wo der Koch gerade die fertigen Gerichte abstellt. »Willst du das Übliche?«

»Klar«, sagt Cosy.

»Okay, ich kümmere mich kurz um die anderen Bestellungen, dann komme ich zu euch.« Sie stolziert mit schwingendem Pferdeschwanz davon.

»Was ist das Übliche?«, frage ich.

»Ein Creamsicle Float aus Orangenlimonade und Vanilleeis.« Sie tippt auf die lange Liste auf der Karte. »Ich habe ein paar von den anderen probiert, aber keiner war annähernd so gut. Was trinkst du?«

»Club Soda.«

Sie kräuselt die Nase.

»Nicht gut?«

Sie zuckt die Schultern. »Es ist Wasser mit Kohlensäure, nichts Umwerfendes. Aber wenn du es magst, nur zu.«

Debbie bringt den Float deutlich schneller als mein Getränk. »Habt ihr zwei euch entschieden?«

»Ich nehme den doppelten Cheeseburger, gut belegt, extra Zwiebeln und als Beilage Zwiebelringe.« Cosy blickt mich an, als würde sie auf meine Reaktion auf ihre garantiert nicht datefreundliche Bestellung warten.

»Gute Wahl. Ich nehme den Burger mit Fritten, aber bitte ohne Zwiebeln.«

Als Debbie gegangen ist, versuche ich es mit unverfänglichen Fragen. »Abgesehen von dem Konzert, was hast du in Colorado noch gemacht?«

»Ich habe dort ein paar Monate gearbeitet.« Sie schlüpft aus den Schuhen, streckt die Beine aus und krümmt die Zehen mit den gelblackierten Nägeln um die Sitzkante neben meinem Knie. Auf den Fußrücken zeichnen sich die Riemenabdrücke ihrer Schuhe ab. Entweder hat sie sie schon den ganzen Tag an oder sie sind zu eng.

»Aha. Als was?«

»Ich hatte einen Job im Red Rock Amphitheater, deshalb konnte ich alle Konzerte umsonst sehen.« Ihre Stimme klingt leise und leicht kratzig, so als hätte sie schon den ganzen Tag lang reden müssen.

»Das klingt interessant.«

Sie legt die Füße übereinander, wobei ihre Zehen mein Bein streifen. Ich habe keine Ahnung, ob das Absicht oder Zufall war.

»War es auch. Das Theater ist fantastisch und wunderschön. Wenn ich zu lange an einem Ort bleibe, werde ich einfach unruhig. Also studiere ich ein Semester, reise dann für ein paar Monate herum und studiere dann weiter. Auf die Art brauche ich viel länger für meinen Abschluss, aber das ist mir egal.« Sie rührt in ihrem Drink. »Ich glaube, der direkte Weg ist nicht immer der beste?«

»Wie meinst du das?«

»Im Leben scheint es diese ungeschriebenen Regeln zu geben, denen jedermann folgt. Das ist jedenfalls mein Eindruck. Nach der Highschool sollen wir uns für die eine Sache entscheiden, die wir für den Rest unseres Lebens tun wollen. Und das, bevor wir überhaupt ganz unabhängig Erfahrungen sammeln konnten. Wenn wir Glück und genügend Geld haben, studieren wir, arbeiten die nächsten vierzig Jahre in einem Beruf, den wir angeblich mögen, heiraten, haben zwei Komma eins Kinder, widmen womöglich unser ganzes Leben deren Entwicklung, fühlen uns gezwungen, einen Hund anzuschaffen, und fahren ein paarmal im Jahr in Urlaub, um der Langeweile zu entkommen. Das ist irgendwie die falsche Reihenfolge. Ich will jetzt Erfahrungen sammeln, damit ich Entscheidungen über meinen Beruf und alles andere nicht auf Grundlage naiver Erwartungen treffe.«

»Das ist eine interessante Einstellung.« Und schlau. Sie hat recht, dass die meisten von uns dem vorgegebenen Weg folgen, weil es genau das ist, was alle von einem erwarten.

Sie senkt den Kopf und schaut in ihren Drink. »Ich will nicht in einem Job enden, der mir keinen Spaß macht, und Zeit damit verschwenden, auf etwas Besseres zu hoffen. Deshalb kann ich auch mit einhundertprozentiger Sicherheit sagen, dass Sexspielzeug verkaufen nicht mein Traumjob ist.« Sie knabbert am Ende des Strohhalms. »Was ist mit dir? Ich vermute, der Anzug und das Golf-Outfit bedeuten, dass du einen Bürojob hast, bei dem die Meetings auf dem Golfplatz abgehalten werden.«

»Ist das so offensichtlich?«

Sie hält Daumen und Zeigefinger dicht nebeneinander. »Ein ganz kleines bisschen. Aber ich versuche, es nicht gegen dich zu verwenden.«

»Ich arbeite in der Hotelbranche.«

Cosy wird auf einmal munter. »Tatsächlich? Im Hotelmanagement?«

»So ähnlich. Wir sind ein Familienunternehmen. Manchmal renovieren und modernisieren wir vorhandene Hotels.« Ich will sie zwar nicht anlügen, aber ich will ihr auch nicht gleich beim ersten Date alles von mir erzählen. Zumal ich den Eindruck habe, dass Cosy zu der Sorte Frau gehört, die von meiner Familie oder ihrem Reichtum nicht im Mindesten beeindruckt wäre. Im Gegenteil.

»Dann bist du viel auf Reisen?«

»Bin ich. Ich bleibe noch ein paar Monate in Vegas, aber danach geht es zurück nach New York, wo unser Firmensitz ist. Wir nehmen uns dann meine Recherchen vor und überlegen, ob wir hier investieren wollen oder uns auf ein anderes Gebiet konzentrieren.«

»Also bist du hier noch bis wann? Ende Mai?«

»Im Moment sieht es so aus. Aber wenn wir hier ein Projekt entwickeln, käme ich vermutlich zurück.«

Cosy nagt an ihrer Lippe. »Und wenn nicht?«

»Dann geht es woanders hin. Und du? Was ist dein nächstes Ziel?« Ich will sie nicht vergraulen, indem ich ihr erzähle, dass ich nicht hierher zurückkommen werde. Allerdings scheint auch sie nicht hierbleiben zu wollen, was bedeutet, dass es unverbindlich sein könnte. Entspannt, ohne Erwartungen. Einfach ein paar Monate gemeinsam Spaß haben, was ich noch nie zuvor getan habe. Ich bin eigentlich der Typ für serielle Monogamie.

Sie lehnt sich zurück und legt den Kopf schief. »Ich habe mich noch nicht entschieden. Am Ende des Semesters mache ich ein Praktikum, aber ich weiß noch nicht, welches. Mich reizt der Gedanke, auf einem Kreuzfahrtschiff zu arbeiten, aber ich bin mir nicht sicher, ob ich einen ganzen Monat auf einem Schiff festhängen will. Doch letztlich geht es darum, neue Erfahrungen zu sammeln. Mal sehen.«

»Du bist ganz anders, als ich es mir vorgestellt habe«, sage ich.

»Was meinst du damit?«

»Wenn ich daran denke, wie du in dem Laden warst, und dich jetzt hier erlebe ...« Ich deute auf ihre entspannte und ungezwungene Haltung. »Kein Vergleich.«

»Das liegt wohl daran, dass ich mich bei dem Job wie auf einer Bühne fühle.« Sie spielt an ihrem Strohhalm herum. »Ich meine, ich muss eine Menge seltsame Dinge verkaufen, also setze ich meine Verkäufermaske auf, und schon ist es viel einfacher, die merkwürdigen Fragen zu beantworten, die man mir so stellt. Man tut besser so, als wäre man jemand anders, wenn man über die Vorzüge von Geräten zur persönlichen Befriedigung diskutiert. Denn, ganz ehrlich, das ist doch peinlich.«

Ich grinse, als sie die Augen verdreht. »Ja, das kann ich mir gut vorstellen.«

Unsere Burger kommen, und unsere Unterhaltung wird unterbrochen, als sie zulangt. Sie nimmt den Burger nicht auseinander, sondern verschlingt ihn, als hätte sie eine Woche nichts zu essen bekommen. Sie ist bei den letzten beiden Zwiebelringen angelangt, als sie mir den Teller rüberschiebt. »Bedien dich, bevor keiner mehr übrig ist.«

»Ich bin pappsatt und habe noch immer einen Berg Fritten, aber danke.«

Cosy zuckt mit den Achseln. »Wie du willst, aber abgesehen von dem doppelten Cheeseburger und dem Creamsicle Float sind die das Beste, was die Küche hier zu bieten hat.«

Sie vertilgt alles bis auf den letzte Krümel, klopft sich auf den Bauch und stöhnt, wie voll sie sei. Ich spüre wieder ihre gekrümmten Zehen an meinem Bein und widerstehe der Versuchung, ihr mit der Hand übers Bein zu streichen, um ihre zarte Haut zu fühlen.

Ich schiebe mir eine Fritte in den Mund und grinse. »Ich bin wirklich beeindruckt, wie du den Burger verputzt hast. Ich hatte meine Zweifel, aber du bist ein echter Profi.«

Cosy lacht verlegen. »Ich hatte heute früh einen Kurs und musste danach direkt zur Arbeit, also hatte ich seit heute Mittag nur ein paar Schoko-Müsliriegel. Das hält kaum vor.«

»Kann ich mir vorstellen. Wenn noch genug Platz ist, könnten wir uns einen Eisbecher teilen.« Ich deute auf ein Plakat an der Wand, auf dem ein riesiges Bananensplit abgebildet ist.

Sie holt tief Luft und klopft sich auf den Bauch. »Dafür ist immer Platz.«

Ich bin ziemlich beeindruckt davon, dass sie sich ein ganzes Hamburger-Menü einverleibt und dann auch noch Lust auf einen Eisbecher hat. Meine Ex hätte zwei Bissen genommen und sich dann über zu viel Zucker oder was auch immer beschwert, um nicht weiteressen zu müssen. In den Kreisen, in denen ich aufgewachsen bin, ist es nicht ungewöhnlich, dass Frauen essen, als wäre Nahrung etwas Giftiges, weshalb das hier eine erfreuliche Abwechslung ist.

Cosy winkt die Kellnerin heran und bestellt ein Bananensplit mit drei Kugeln Eis und Marshmallowsahne, zusätzlich zu der Erdbeersauce und Schokoladencreme, die dabei sind.

Ich trommle mit den Fingern auf die Tischplatte, weil wir uns dem Ende der Verabredung nähern und es eine Frage gibt, auf die ich unbedingt eine Antwort brauche, bevor ich sie um ein weiteres Date bitte – das ich unbedingt will. »Wie alt bist du eigentlich, Cosy?«

Ihre Mundwinkel verziehen sich zu einem Grinsen. »Und wie alt bist *du?*«

Ich erwidere das Grinsen. »Ich habe zuerst gefragt.« *Bitte, lass sie ungefähr fünfundzwanzig sein.*

Sie zieht die rechte Augenbraue hoch. »Ich bin volljährig, wenn es das ist, worüber du dir Sorgen machst.«

»Mache ich nicht. Ich bin mir ziemlich sicher, dass man keine Minderjährigen in Sexshops arbeiten lässt.« Aber ich hoffe inständig, dass sie mindestens einundzwanzig ist. Es wäre schrecklich enttäuschend, wenn sie nicht im datefähigen Alter wäre.

»Gutes Argument. Ich bin zweiundzwanzig.« Sie stochert mit dem Strohhalm in ihrem Getränk. »Wenn ich raten müsste, würde ich sagen, du bist, na, so siebenundzwanzig, achtundzwanzig?«

Ich habe es bereits ausgerechnet. Es gibt da so eine Gleichung für moralisch vertretbare Dates. Eigentlich stammt sie von meinem Cousin Lincoln, aber ich benutze sie seit meinen Tagen auf dem College, wo es mitunter nicht einfach war, zwischen Studienanfängerinnen und volljährigen Studentinnen zu unterscheiden. Um auf Nummer sicher zu gehen, teile ich mein Alter durch zwei und addiere sieben. Mit dreiunddreißig sollte ich also keine Frau daten, die jünger als dreiundzwanzig ist. Ich frage mich, wann sie wohl Geburtstag hat.

»Etwas zu niedrig geschätzt.« Ich spüre ein Kribbeln entlang meiner Wirbelsäule und fahre mir über den Nacken.

Cosy nagt an ihrer Unterlippe und betrachtet mein Gesicht. »Neunundzwanzig?«

»Nicht ganz.«

»Dreißig?« Sie klingt jetzt eher besorgt als neugierig.

»Dreiunddreißig.«

»Oh wow! Das hätte ich wirklich nicht gedacht.« Ihre Körpersprache verändert sich, die entspannte Offenheit weicht zögernder Zurückhaltung.

»Ist das ein Problem?«

In diesem Moment erscheint Debbie mit dem Eisbecher. Und nur einem Löffel. Sie hat überhaupt kein Gespür für die Situation und fragt uns, ob wir noch etwas zu trinken möchten. Keiner von uns blickt sie an, als wir verneinen.

»Na dann, viel Spaß mit dem Eisbecher.« Sie huscht davon.

»Cosy?« Ich sollte den Rest des Abends genießen und sie mir ansonsten aus dem Kopf schlagen. Schließlich ist sie wirklich deutlich jünger als ich. Aber vielleicht ist das ja ein Teil ihrer Anziehungskraft. Sie ist frei von einem Jahrzehnt Beziehungsballast. Und angesichts ihres Lebensstils hat sie bestimmt nicht vor, sich häuslich niederzulassen. In ein paar Monaten wird sie unterwegs zu einem neuen Abenteuer sein und ich ebenfalls.

Sie dreht den Strohhalm in ihrem fast leeren Glas, bevor sie schließlich sagt: »Meine Grenze liegt normalerweise bei Mitte bis Ende zwanzig.«

»Meine bei Mitte zwanzig. Wann ist dein Geburtstag?«

»Januar. Und deiner?«

Das bedeutet, dass sie gerade erst zweiundzwanzig geworden ist. »Oktober.«

Ich muss lachen, als sie zusammenzuckt. »Ich hätte wohl besser nicht die Wahrheit gesagt?«

Sie schüttelt den Kopf und sieht mich mit einem ironischen Lächeln an. »Das hätte dir ein paar zusätzliche Dates einbringen können.«

Mir wird irgendwie flau und ich versuche erst gar nicht, meine Enttäuschung zu verbergen. Ich mag sie. Sie ist lustig, es macht Spaß, sich mit ihr zu unterhalten, sie ist weder auf der Hut, noch versucht sie sich durch mich oder meine Verbindungen einen Vorteil zu verschaffen. Hinzu kommt, dass keiner von uns beiden etwas Verbindliches sucht. So einfach werde ich nicht aufgeben. »Wenn ich dich um eine zweite Verabredung gebeten hätte, bevor ich dir mein Alter verraten habe, hättest du Ja gesagt?«

»Vielleicht.« Sie überlegt kurz. »Vermutlich.«

»Vermutlich?«

»Ich kann nicht vergessen, was du gesagt hast, und das ändert nun mal alles.«

»Warum?«

»Es ist einfach so.«

»Wegen einer Altersgrenze, die du aus einer Laune heraus festgelegt hast?« Ich bin mein Leben lang den gleichen Vorgaben gefolgt, ohne dass sie zu einem guten Ergebnis geführt hätten. Nach vier längeren Beziehungen und einer gelösten Verlobung ist es vielleicht an der Zeit, die Regeln zu ändern.

»Es geschieht nicht aus einer Laune heraus«, sagt sie abwehrend.

»Nicht? Sondern?«

Sie taucht den Löffel in die Schlagsahne und leckt ihn ab. »Da gibt es so eine Regel.«

»Was für eine Regel?« Meine Stimme ist dank ihres vermutlich unbeabsichtigt sexuell anregenden Löffelabschleckens um zwei Oktaven nach unten gerutscht. Oder vielleicht weil ich möglicherweise niemals herausfinden werde, wie es ist, sie zu küssen. Dank meiner verdammt dummen Frage. Und ich will sie unbedingt küssen, trotz der unglaublichen Menge an Zwiebeln, die sie gegessen hat.

Sie taucht den Löffel in die Eiscreme. »Also, ich nehme dein Alter, teile es durch zwei …«

»… und addierst sieben dazu«, beende ich grinsend ihren Satz.

»Du kennst das?«

»Oh ja. Obwohl es bislang nicht wirklich zu etwas geführt hat.« Die Eiscreme auf ihrem Löffel ist kurz davor, auf den

Tisch zu tropfen. Ich beuge mich vor, ergreife ihre Hand, ziehe sie zu mir herüber und lecke den Löffel ab. Irgendwie erinnert das an Flirtversuche auf der Highschool. Ich lasse mich auf die Bank zurückfallen und fahre mir mit dem Daumen über die Lippen.

»Dreißig sollte wirklich die Obergrenze sein.«

»Und dreiundzwanzig die Untergrenze.«

»Dreiundzwanzigeinhalb«, korrigiert sie mich.

»Ich habe es abgerundet, damit du dich besser fühlst, weil du so näher an meiner Untergrenze bist. Vielleicht könnten wir ja dieses eine Mal eine Ausnahme machen und sehen, wie es läuft?«

Sie lächelt schüchtern. »Vielleicht könnten wir das.«

»Vielleicht?«

Sie pickt die Kirsche von dem Eisbecher und leckt lächelnd die Sahne ab. »Nun, immerhin habe ich bereits meine Regel gebrochen, niemals mit Kunden auszugehen, was soll es also schaden, eine weitere Regel zu brechen?«

4

ZWIEBELKÜSSE

Cosy

Keine Ahnung, was ich da tue. Okay. Natürlich weiß ich es. Ich spiele anzüglich mit der Eiscreme, was Griffin natürlich als Aufforderung versteht, näherzukommen, was ja auch so gemeint ist. Es gibt mir auf seltsame Art das Gefühl, sowohl kindisch als auch stark zu sein. Er wechselt von seiner Seite der Nische auf meine. Eins stimmt auf jeden Fall, was ältere Typen betrifft, sie wissen, was sie tun. Sie wissen, wie ein Date läuft und wie sie sich zu verhalten haben.

Griffin hätte mich auch in seinem Sportwagen abholen und in ein schickes Restaurant ausführen können, wo er eine teure Flasche Wein bestellt hätte – die ich nicht zu würdigen gewusst hätte, weil ich Wein nur als Cooler trinke – und man von mir erwartet hätte, dass ich ein teures Menü bestelle, ein paar Happen davon esse, um dann vorzugeben, dass ich satt wäre. Danach wären wir auf einen Drink in sein Apartment gegangen und am Ende wäre ich nackt gewesen. So zumindest hatte ich es mir vorgestellt. Also habe ich die Kontrolle über dieses Date übernommen und Alkohol und Ansprüche daraus verbannt.

Ich wusste bereits, dass Griffin älter ist, bevor ich mich auf die Verabredung eingelassen habe. Als ich ihn das erste Mal sah, hatte er schon um zwei Uhr nachmittags einen Bartschatten. Die meisten Jungs in meinem Alter sind froh, wenn ihnen überhaupt ein dünner Schnurrbart wächst.

Ich bin zweiundzwanzig, und der älteste Typ, mit dem ich ausgegangen bin, war vier Jahre älter und immer noch auf dem College, weil er sich nicht entscheiden konnte, was er mit seinem Leben anfangen sollte. Zumindest war das seine Ausrede.

Er arbeitete auch drei Nächte die Woche in einem Nachtclub und nahm eine Menge Partydrogen. Ich bezweifle, dass er seinen Abschluss je geschafft hat. Ältere Männer sind eher ein Fall für meine Schwester. Obwohl Griffin schon fast wieder zu jung für sie wäre. Ihre Freunde sind meist Sugardaddys, die normalerweise mindestens fünfzehn Jahre älter sind, teure Autos fahren und über ein dickes Bankkonto verfügen.

Nevah ist perfekt darin, reiche Säcke solange zappeln zu lassen, bis sie sich entweder langweilt, sie mehr von ihr wollen oder ihre Geldaufwendungen einstellen und ihr nicht länger die Wohnung finanzieren. Eine ziemlich oberflächliche Lebensweise, aber Nev ist an Tiefgang nicht sonderlich interessiert.

Ich hingegen betrachte mich als Freigeist. Das heißt nicht, dass ich freigiebig mit meiner Vagina bin, sondern dass ich tue, was mir Spaß macht und solange es mir Spaß macht. Beziehungen machen einen unfrei und man ist für jemand anderen verantwortlich, was ich an diesem Punkt meines Lebens nicht will. Deshalb würde ich jemanden wie Griffin normalerweise sofort abblitzen lassen. Was ich auch vorhatte, als ich zu diesem lächerlichen Date kam.

Aber er ist wirklich ziemlich scharf. Und es macht Spaß, sich mit ihm zu unterhalten, weshalb ich jetzt hier in dieser Nische eingeklemmt bin und sein Bizeps meinen Arm berührt, als er sich den Löffel schnappt und einen großen Happen von dem Eis nimmt, das wir uns teilen. Mit nur einem Löffel.

Er wirkt nicht alt. Nicht dass dreiunddreißig alt wäre, aber die zehn Jahre, die uns trennen, stehen doch für eine Menge Lebenserfahrung, die mir noch fehlt. Egal, er ist ohnehin nur für ein paar Monate hier, und ich bin sicher, alles, was er will, sind ein paar knackige Brüste und ein spezielles Fachwissen über Sexspielzeug, mit dem er sich die Zeit vertreiben will.

Eine Chance werde ich ihm noch geben. Und danach werde ich meine Position überprüfen. Die auf keinen Fall unter ihm sein wird, jedenfalls nicht heute Abend. Ich gebe nicht schon beim ersten Date meinen sexuellen Bedürfnissen nach. Deswegen kann ich trotzdem Spaß mit ihm haben.

Ich tauche eine Kirsche in die Schlagsahne und stecke sie mir in den Mund. Ich weiß genau, dass Griffin mich ansieht. Ich kann seine Blicke auf meinen Lippen spüren. Also drehe ich mich langsam zu ihm und ziehe die Kirsche mit einem Plopp am Stiel wieder heraus.

Er schnappt sich die Kirsche, die zwischen meinen Fingern baumelt, entfernt den Stiel und schiebt sie sich mit einem frechen Grinsen in den Mund.

»He, die wollte ich essen!«

Er beugt sich zu mir, blickt mir tief in die Augen und sagt mit leiser Stimme: »Das war sehr unanständig. Wir sind hier in einem Familienrestaurant.«

Ich überlege, ob ich mit ihm diskutieren soll, aber er hat recht. Zwei Tische weiter sitzt eine vierköpfige Familie, deren halbwüchsiger Sohn mich mit hochrotem Kopf anstarrt.

Griffin weigert sich, den Löffel herauszurücken, und besteht darauf, mich zu füttern. Ich tue ihm den Gefallen, bis er anfängt, den Löffel direkt vor meinem Mund wegzuziehen und das Eis selbst zu essen. Danach hole ich mir den Löffel zurück und revanchiere mich, indem ich seinen Mund mehr als einmal absichtlich verfehle.

»Du zielst wirklich schlecht, gib mir den Löffel lieber wieder zurück.« Er fährt sich mit der Zunge über die Oberlippe, um die Eiscreme abzulecken. Ich frage mich, wie es wohl wäre, wenn er die Eiscreme von mir ablecken würde. Vermutlich eine ziemlich klebrige Angelegenheit. Und spaßig.

»Bis du immer so?

»Wie denn?«

»Du scheinst dich selber nicht sonderlich ernst zu nehmen.«

Er streckt seinen Arm auf der Rückenlehne aus. Ich kann seine Hand aus dem Augenwinkel sehen. Sie ist dicht an meiner Schulter, berührt sie aber nicht. »Ich muss auf der Arbeit den ganzen Tag ernst sein. Wenn ich keine wichtigen Entscheidungen treffen muss, die meine Familie eine Menge Geld kosten könnten, ist mir das Gegenteil lieber.«

Ich habe das Gefühl, dass er mir gerade einen Einblick gewährt, was für ein Mensch sich hinter dem Lächeln und dem hübschen Gesicht verbirgt, also hake ich nach. »Musst du das häufig tun? Wichtige Entscheidungen treffen?«

»Es ist ein Teil meines Jobs.« Sein Ausdruck wird heiter. »Zielst du immer so schlecht oder hast du das mir zuliebe getan?«

»Nur dir zuliebe. Du hättest mich ja davon abhalten können.« Ich pike ihn mit dem Finger in den Bizeps und spanne meinen eigenen an. »Beim Armdrücken hättest du mich sicherlich geschlagen, also ist es völlig klar, dass du Eiscreme mindestens genauso gern im Gesicht hast, wie du sie isst.«

Er legt seine Hand um meinen Bizeps. Ich bin drahtig, weshalb sich seine Fingerspitzen berühren, als er sanft zudrückt. »Es ist schön mit dir.« Obwohl er lächelt, klingt seine Stimme tief und ernst und in seinen Augen zeigt sich Verlangen. Von der Sorte, die mir ein flaues Gefühl vermittelt und meine Handflächen feucht werden lässt.

Er lässt meinen Arm los, wobei seine Finger sanft über meinen Unterarm gleiten, auf eine Art, die Verlangen entfacht und meinen Körper mit Wärme erfüllt. Ich kann meinen Blick nicht von seinen Augen abwenden, bis er sich den Löffel schnappt und ein Siegesgeheul ausstößt, das ein paar Teenies am Nebentisch überrascht aufblicken lässt.

Wir essen den Rest der Eiscreme und unterhalten uns über die Orte, die wir gerne besuchen würden. Ich habe die Staaten noch nie verlassen, aber Griffin ist schon beinahe überall gewesen. Er war einige Zeit in China, was auch auf meiner Wunschliste steht, in Australien, fast überall in Europa und in Teilen Südamerikas.

Wir sind schon so lange hier, dass die Stoßzeit bereits vorüber ist und der Laden von Kids gestürmt wird, die auf dem Fußballplatz in der Nähe ein Spiel hatten. Sie sind laut und nervtötend, und so gerne ich mich mit Griffin unterhalten hätte, ist es bei dem Lärm unmöglich, sich zu verständigen.

»Kann ich dich nach Hause bringen?«, fragt Griffin, als wir in die Abenddämmerung hinaustreten.

»Das musst du nicht, ich wohne nur ein paar Blocks entfernt.« Ich mache eine Armbewegung in die ungefähre Richtung, wo ich wohne, und werfe mir den Beutel über die Schulter.

Griffin schiebt die Hände in die Hosentaschen und lässt seinen Blick über die niedrigen Wohngebäude und die kleinen, heruntergekommenen Geschäfte wandern. Das hier ist nicht der glitzernde Strip, sondern eher eine Straße in einer typischen Mittelklassegegend irgendwo in den USA. »Es wird dunkel. Ich würde mich wirklich besser fühlen, wenn ich wüsste, dass du sicher nach Hause kommst. Falls du an meinen Fahrkünsten zweifeln solltest, gehe ich auch gerne mit dir zu Fuß.«

Ich blicke auf meine Füße. Ich hatte nicht beabsichtigt, die Schuhe mit den hohen Keilabsätzen zu tragen, aber auf dem Weg zur Arbeit sind meine Flipflops kaputtgegangen, und deshalb stecke ich schon den ganzen Tag in diesen blöden Dingern. Die Vorstellung, nach Hause zu laufen, begeistert mich nicht gerade, zumal ich bereits eine Blase an der Ferse und eine am großen Zeh habe.

»Wenn es dir nichts ausmacht, könntest du mich fahren.«

Griffins Lächeln macht mich ganz schwach. Er legt eine große, warme Hand auf meinen Rücken, wobei sein Daumen sanft über die nackte Haut zwischen den Shorts und dem etwas knappen Top streicht. Und obwohl es noch mehr als zwanzig Grad sind, bekomme ich augenblicklich eine Gänsehaut.

Da ich in Vegas aufgewachsen bin, habe ich schon eine Menge schöner Autos gesehen. Und auch viele, wo meine Schwester ein- oder ausgestiegen ist. Aber das einzige Mal, dass ich in einem gesessen habe, das schöner war als ein Toyota Corolla, war, als wir eine Limo für den Abschlussball gemietet haben.

»Ist das deiner?« Ich lasse vorsichtig einen Finger über die Karosserie gleiten und bewundere die geschmeidigen Linien. Dem Kennzeichen nach ist das Auto in Nevada zugelassen.

»Nur ein Firmenwagen.«

Das muss ja eine Wahnsinnsfirma sein, wenn sie ihm für ein paar Monate solch einen Wagen finanzieren. Der Türöffner piept und Griffin hält mir die Beifahrertür auf. Er schiebt einen Finger unter den Riemen meines Beutels, nimmt ihn von meiner Schulter und verstaut ihn hinter dem Sitz. Er hält mir die Hand hin und ich gebe ihm einen missratenen Low five.

Er grinst mich breit an. »Der Wagen ist sehr niedrig, deshalb wollte ich so ritterlich sein, dir meine Hilfe anzubieten.«

»Oh, wow, was für ein hochtrabendes Wort.« Ich lege meine Hand in seine. »Seid bedankt für Eure Ritterlichkeit, edler Herr.«

Seine Haut fühlt sich weich, glatt und warm an. Und verglichen mit meiner, ist seine Hand verdammt groß. Ich frage mich, ob diese ganzen Geschichten, die man über große Hände und große Füße erzählt, vielleicht doch einen wahren Kern haben. Aber ich habe nicht vor, das heute Nacht herauszufinden.

Er hält seine Hand schützend über meinen Kopf, damit ich beim Einsteigen nicht anstoße. Im Innern riecht es nach Neuwagen und seinem Rasierwasser. Ich lasse mich in das handschuhweiche Leder sinken und betrachte die vielen Anzeigen im Armaturenbrett. Es ist nett hier drin, wirkt aber etwas beengt für jemanden, der so groß ist wie Griffin. Erstaunlicherweise gelingt es ihm aber, ohne Mühe auf dem Fahrersitz Platz zu nehmen.

Musik schallt aus der Stereoanlage, als er die Zündung einschaltet, und lässt meinen Sitz vibrieren. Klassische Rockmusik von der Art, die ich schon als Teenager mochte, während alle anderen auf Boygroups abfuhren.

»Ist das okay? Du kannst gerne den Sender wechseln.«

Griffin dreht die Anlage leiser, sodass wir uns nicht anschreien müssen.

Ich nenne ihm meine Adresse, die er in sein Navi eingibt. Ich wohne nur knapp fünf Minuten entfernt, vorausgesetzt, wir bleiben an drei roten Ampeln hängen. Was auch passiert.

Der Wagen hat keine Automatik, weshalb ich das Spiel seiner Armmuskeln genießen kann, während er an den Ampeln herunterschaltet. Wir sind kurz vor meiner Wohnung, was bedeutet, dass sich unsere Verabredung dem Ende nähert. Was laut Dating-Protokoll häufig einen Abschiedskuss bedeutet.

Und ich habe Zwiebeln gegessen. Und zwar ganz schön viele. Was zum Teufel habe ich mir nur dabei gedacht? Ich suche in den Taschen meiner Shorts nach einem Kaugummi und atme erleichtert auf, als ich ein Päckchen Listerine finde. Ich schiebe mir den letzten Streifen in den Mund und wünschte, ich hätte einen Schluck Wasser, weil mein Mund ganz trocken ist. Ich bin auf einmal fürchterlich nervös.

Griffin hält vor dem Eingang meines Wohnhauses. Ich schlucke ein paarmal, damit sich der Kaugummi auf meiner Zunge auflöst, und blicke durch die getönte Seitenscheibe, um es aus seiner Perspektive zu betrachten. Es ist kein schlechtes Viertel, in dem ich wohne, dennoch würde ich seinen Sportwagen hier nicht für längere Zeit unbeaufsichtigt lassen, außer ich wäre scharf darauf, dass er zerkratzt und demoliert wird.

Griffin stellt den Motor ab und dreht sich zu mir um, eine Hand auf die Rückenlehne meines Sitzes gelegt. »Das war ein toller Abend, Cosy.«

»Fand ich auch. Danke für das Abendessen.« Ich hatte versucht, ihm meinen Anteil rüberzuschieben, aber er hatte bereits seine Kreditkarte gezückt.

»War mir ein Vergnügen.« Er beugt sich ein winziges Bisschen zu mir herüber, ein wortloses Zeichen, dass er mich küssen möchte.

Ich komme ihm entgegen und signalisiere ihm mein Einverständnis. Ich bin ganz nervös und atme langsam durch die Nase aus. Der Kaugummi sollte zwar den Zwiebelgeruch beseitigt haben, aber ich will den Augenblick nicht dadurch ruinieren, dass ich ihm direkt ins Gesicht atme.

Seine Fingerspitzen berühren mein Kinn, ich schließe die Augen und spüre seine Lippen an meiner Wange. Ich warte darauf, dass sie sich zu meinem Mund bewegen, aber als sich nach einigen Sekunden, die sich wie eine halbe Ewigkeit anfühlen, nichts tut, öffne ich vorsichtig die Augen. Griffin ist immer noch ganz nah, ein schiefes Lächeln auf den Lippen und ein Funkeln in den Augen.

»Das war's schon? Nur ein Kuss auf die Wange?«

Sein Lächeln wird breiter und lässt kleine Lachfalten in seinen Augenwinkeln entstehen. Er ist völlig anders als die Typen, mit denen ich mich sonst verabrede. Collegeboys lassen es niemals langsam angehen. Wäre ich mit einem von denen ausgegangen, säße ich jetzt bei dröhnender Musik in einem runtergekommenen Honda Civic, und der Typ wäre halb über mir, um mir seine Zunge in den Hals zu stecken in der Annahme, dass mich das antörnt.

»Ich dachte, die ganzen Zwiebeln sollten die gleiche Wirkung auf mich haben wie Knoblauch auf Vampire.« Er spielt mit den Haaren, die über meine Schulter fallen. Ich wünschte, er würde mit etwas anderem spielen. Stopp. Ich meine, ich würde gerne seine Hände spüren. Nicht in meinem Höschen. Na gut, vielleicht doch in meinem Höschen, aber nicht gleich bei der ersten Verabredung.

»Ich mag Zwiebeln, sehr sogar, und ich hab echt nicht nachgedacht. Im Nachhinein betrachtet ist das vielleicht nicht das perfekte Essen für ein Date. Irgendwie komme ich mir blöd vor, aber ich muss gestehen, am Anfang war ich mir nicht sicher, was dich betrifft. Woher sollte ich denn wissen, dass du so eigen bist?«

»Eigen?«

»Ich meine, wer freiwillig Club Soda trinkt, kann nicht ganz richtig sein.« Ich tippe sanft gegen seine Schläfe.

Griffin umschließt mein Handgelenk mit seinen Fingern und haucht einen Kuss auf meine Knöchel. »Wir können nicht alle perfekt sein, oder?«

»Wohl kaum. Außerdem ist Perfektion langweilig.«

»Stimmt.« Ich spüre die Vibration seiner Stimme auf meiner Haut und durch meinen ganzen Körper. »Ich würde das mit dem Kuss gerne noch einmal versuchen, falls du nichts dagegen hast.«

Oh mein Gott, er bittet mich tatsächlich um Erlaubnis. Und das auf eine Art, die nicht peinlich ist, sondern sexy, und die mir das Gefühl vermittelt, alles unter Kontrolle zu haben. »Ich bin noch immer interessiert.«

Er presst seine Lippen auf meinen Handrücken, dann auf mein Handgelenk, was umgehend eine Welle von Verlangen durch meinen Körper jagt. Genau genommen fühle ich mich, als hätte mich ein Blitzschlag der Lust getroffen.

Ganz langsam fährt er mit seinen Fingern über meinen Arm und meine Schulter und lässt sie dann meinen Hals hinaufwandern, meine Kinnlinie entlang, bis er sanft mein Kinn anhebt. »Weißt du eigentlich, wie schön du bist?«

Ich habe keine Gelegenheit, darauf zu antworten, was wohl besser ist, da meine Antwort garantiert ironisch gewesen wäre. Nev ist schön, ich bin eher das, was die Leute »auffallend« nennen, was wohl bedeutet, dass irgendwas mit meinem Gesicht nicht ganz stimmt, aber niemand genau sagen kann, was es ist. Unsere Lippen berühren sich ganz leicht. Ich will schon die Augen öffnen, als ich sie erneut spüre, und diesmal richtig.

Er umfasst mein Kinn, drückt meinen Kopf leicht zur Seite und neigt seinen in die entgegensetzte Richtung. Mein Magen macht diesen seltsamen Überschlag, von dem ich schon gelesen, den ich aber bisher selber noch nie gespürt habe, doch dann zieht er meine Unterlippe zwischen seine Lippen, wodurch ein Feuerwerk in meinem Körper entfacht wird. Ich kann in meinem Kopf hören, wie es losgeht. Aber vielleicht brennt auch wirklich jemand da draußen ein paar Feuerwerkskörper ab. Egal, ich mag es. Er wiederholt das Spiel mit meiner Oberlippe und lässt schließlich seine Zunge in meinen Mund gleiten.

Für einen Moment gerate ich in Panik und fürchte, dass der Zwiebelgeruch doch zu intensiv für den Kaugummi ist, aber all meine Bedenken verschwinden, als seine Zunge meine berührt. Es fühlt sich an wie ein Tanz, schlängelnd und tastend, sanft und vorsichtig und langsam zunächst.

Ich beuge mich weiter zu ihm hinüber und fahre mit meiner Hand über seine Brust, bis zu seinem Hals. Ich kann das heftige Pochen seiner Halsschlagader spüren, und das Wissen, dass ich es bin, die das bei ihm auslöst, stärkt mein Selbstbewusstsein. Ich streiche über die Stoppeln an seinem Kinn und lasse meine Hand dort verweilen, um das Pulsieren zu genießen. Er stöhnt tief und neigt meinen Kopf weiter zur Seite, um tiefer in mich zu gelangen.

Meine Zehen krümmen sich, als er an meiner Zunge saugt, und ich stöhne tief in seinen Mund. Mein ganzer Körper vibriert, und würden wir nicht in einem engen Sportwagen sitzen, würde ich mich höchstwahrscheinlich auf seinen Schoß schwingen und mich an seinen Körper schmiegen, damit wir ewig so weiterküssen. Ich kann nicht mal sagen, ob ich enttäuscht oder erleichtert bin, dass ich diesem Impuls nicht nachgeben kann.

Wir keuchen beide, als er sich schließlich von mir losmacht. Sein Blick wandert über mein Gesicht und bleibt an meinen Lippen hängen, die ich gerade lecke.

»Verdammt«, stöhnt er und beugt sich erneut über mich für einen Kuss, der genauso lange und intensiv wie der erste ist, aber ohne die verspielte Einleitung. Ich habe keine Vorstellung, wie viel Zeit vergangen ist. Aber nachdem er sich von mir gelöst hat, spüre ich ein Pulsieren unterhalb des Bauchnabels.

Darum werde ich mich kümmern müssen, wenn ich in meiner Wohnung bin.

Einen Moment lang oder auch mehrere überlege ich, ob ich ihn einladen soll, mit in meine Wohnung zu kommen. Aber dann fällt mir ein, dass meine Schwester immer noch auf meiner Couch campiert. Auf diese Art von peinlichem Zusammentreffen kann ich gerne verzichten. Besonders bei der ersten Verabredung. Außerdem bezweifle ich, dass Griffin seit dem College einen Mitbewohner hatte, wenn überhaupt jemals, und ich würde es gern vermeiden, noch mehr Aufmerksamkeit auf unseren Altersunterschied/unsere unterschiedliche Lebenserfahrung zu ziehen.

Er atmet langsam aus und fährt sich mit der Zunge über die Lippen. »Ich möchte dich wiedersehen.«

Ich will nicht zu bereitwillig klingen, also räuspere ich mich. »Ich kann ja mal in meinen Kalender sehen.«

Dieses umwerfende Lächeln erscheint wieder auf seinem Gesicht, und er streicht mit einem Fingerknöchel sanft über meine Wange. »Kann ich dich anrufen?«

»Sicher.«

»Und du wirst den Anruf auch entgegennehmen?«

Ich lache. »Das werde ich.«

»Toll.« Er löst den Sicherheitsgurt und öffnet die Fahrertür.

Ich bin immer noch ganz benommen, sodass ich ein paar Sekunden brauche, um mich an die notwendigen Handgriffe zu erinnern und den Sicherheitsgurt zu lösen. Als ich es geschafft habe, steht Griffin bereits an meiner Tür und öffnet sie. Ich bin so neben der Spur, dass ich meinen Beutel liegenlasse. Griffin nimmt ihn und begleitet mich zur Tür. Er gibt mir einen kurzen und beinahe züchtigen Abschiedskuss.

Er wartet, bis ich das Haus betreten habe und die Tür hinter mir ins Schloss gefallen ist, bevor er zu seinem Wagen zurückkehrt. Die Fahrstuhltür öffnet sich und ich betrete ihn mit einem Winken.

Sobald die Türen sich wieder geschlossen haben, quietsche ich wie ein Teenie: »Oh mein Gott!« Ich halte mir die Hand vor den Mund, obwohl niemand hören kann, dass ich wie eine Verrückte kreische.

Ich betrete das Apartment mit einem strahlenden Lächeln im Gesicht und bin wahnsinnig aufgedreht. Ich bemerke nicht einmal den Kirschgeruch, bis ich das Wohnzimmer erreiche und von Rauchschwaden eingehüllt werde.

Nev hat sich auf der Couch ausgestreckt, in der einen Hand eine E-Zigarette, während sie eine Flasche von meinem Lieblingscocktail trinkt und durch die Kanäle zappt. Außerdem trägt sie meine Sachen, was erklärt, warum ich vorhin ein Problem hatte, etwas Sauberes zum Anziehen zu finden. Sie blickt mich an und zieht eine Augenbraue hoch. »Bist du etwa high?«

»Wie bitte?« Ich blicke an mir herab, als würde ich dort den Grund für ihre Frage entdecken.

»Du trägst ein ausnehmend dümmliches Grinsen im Gesicht.«

»Oh, das. Nein. Ich bin nur high vor guter Laune.« Ich lasse meinen Beutel auf den Boden fallen, öffne ein Fenster und lasse mich in den Sessel gegenüber der Couch sinken. »Ich hatte gerade eine Verabredung mit einem umwerfenden Typen, der küssen kann wie … ich kann es gar nicht beschreiben, wie toll es war, aber meine Zehen krümmen sich noch immer.«

»Ich hoffe, es war nicht wieder einer von diesen College-Versagern.«

»Nur weil sie auf dem College sind, sind sie noch lange keine Versager, Nev. Und der Typ hat das College längst abgeschlossen.«

Nev horcht auf. »Aha? Hat er einen guten Job? Du solltest

dich mit keinem Typen treffen, der nicht mindestens hundertfünfzigtausend im Jahr verdient. Hat er dich abgeholt? Was für einen Wagen fährt er?«

Ich finde es schlimm, dass das für meine Schwester die wichtigsten Fragen sind. »Ich glaube nicht, dass es ein guter Anfang ist, wenn man einen Typen gleich beim ersten Treffen fragt, wie viel er verdient. Aber ich kann ja versuchen, beim nächsten Mal dran zu denken«, entgegne ich sarkastisch.

Meine Schwester verdreht die Augen. »Männer reden wahnsinnig gern darüber, wie viel Geld sie verdienen. Sie glauben, dass ein fettes Bankkonto ihren Schwanz größer wirken lässt. Aber egal, was war das für ein Auto?«

Meine Schwester ist verrückt nach Autos. So sehr, dass sie nicht nur ihre Jungfräulichkeit in einem verloren hat, sondern bis Mitte zwanzig versucht hat, in so ziemlich jedem besseren Sportwagen Sex zu haben. Worüber ich nur den Kopf schütteln kann, aber sie und ich sind nun einmal grundverschieden.

»Ein Sportwagen.« Ich stehe aus dem Sessel auf und suche im Kühlschrank nach etwas Trinkbarem. Ich bin immer noch satt, aber ich brauche etwas, um diesen penetranten Zwiebelgeschmack loszuwerden. Ich kann es immer noch nicht fassen, dass ich einen ganzen Teller Zwiebelringe gegessen habe und Griffin mich trotzdem geküsst hat. Und das ziemlich lange.

»Geht das etwas präziser, Cosy?«

»Ein schwarzer Zweisitzer mit Startknopf und Ledersitzen. Sehr hübsch, aber mehr weiß ich nicht.« Außer einer Flasche Traubensaft gibt der Kühlschrank nichts her, also öffne ich sie und nippe an dem eklig süßen Zeug. Zumindest überdeckt es den Zwiebelgeschmack.

»Also gut, er fährt einen Sportwagen, sieht verdammt gut aus und hat das College absolviert. Wie alt ist er?«

»Älter.«

Nev setzt sich auf, wobei ihre E-Zigarette zu Boden fällt. Wenigstens hinterlässt sie keine Brandflecken.

»Wie viel älter?«

»So zehn Jahre«, murmele ich.

»Sehr gut, Kleines.« Sie klatscht langsam in die Hände.

»Warum klatschst du?«

»Komm schon, Cosy. So naiv bist du doch nicht. Ein Typ um die dreißig, der einen Sportwagen fährt und mit einem Mädchen vom College ausgeht? Der erlebt gerade seinen zweiten Frühling, solange er noch einen hochkriegt, ohne eine Pille einwerfen zu müssen. Sieh dich doch an, unschuldig und sexy und das Ganze in einer hübschen Verpackung. Du solltest ihn auf jeden Fall wiedersehen. Ich sage dir, welche Restaurants und Clubs am angesagtesten sind.«

Ich hasse es, wie abgebrüht Nev ist, aber noch mehr hasse ich, dass sie womöglich recht hat, weil ich genau den gleichen Gedanken auch schon hatte. Zehn Jahre sind vielleicht unwesentlich, wenn man zwischen vierzig und fünfzig ist, oder meinetwegen auch zwischen dreißig und vierzig, aber dieser Typ ist beruflich erfolgreich, und er ist sowieso nur für ein paar Monate hier.

Ich bin nur ein Zeitvertreib, nicht die richtige Freundin für einen Mann wie Griffin. Nicht dass ich darauf scharf wäre. Ich war nur ein einziges Mal mit ihm aus und nach dem Semester trete ich sowieso mein Praktikum an und verlasse Vegas. Vielleicht sollte ich mich also doch noch mal mit ihm treffen. Es wäre auch nett, mal ein Restaurant zu besuchen, in dem man nicht mit Gutscheinen bezahlen kann. Jetzt klinge ich schon genau wie meine Schwester. Na toll.

Als ich mich wieder einklinke, ist Nev bei ihrem liebsten Thema und plappert munter drauflos. »Du solltest unbedingt zusagen, wenn er dich anruft. Ich meine, kein Typ in deinem

Alter wird dich jemals so schick ausführen wie er. Außerdem dürfte ein Typ in den Dreißigern wissen, wie man eine Klitoris behandelt.«

»Wow, wie könnte ich da noch widerstehen, Nev?«

»Ich meine ja nur. Wenn du schon bei einem Kuss dermaßen in Verzückung gerätst, dann stell dir mal vor, wie gut der Sex sein muss. Schließlich hat er Erfahrung, und er wird dich nicht einfach nur rammeln, bis er abgespritzt hat.«

Nicht die vornehmste Art, es auszudrücken, aber wieder einmal ein gutes Argument.

5

WINE AND DINE

Cosy

Ich habe mich gerade in mein Bett gekuschelt, nachdem ich geduscht und mir selber sexuelle Erleichterung verschafft habe, als das Telefon klingelt. Es ist bereits nach Mitternacht.

Ich greife danach, um den Anruf auf die Mailbox umzuleiten, als ich Griffins Namen auf dem Display sehe.

»Hallo?«

»Hi Cosy.« Seine Stimme hat diesen rauen Klang, den ich mit Schlaf oder auch Sex verbinde. Ich frage mich, ob er sich ebenfalls selbst befriedigt hat, nachdem er zu Hause angekommen war. Wo immer das auch sein mag. Ich stelle mir vor, wie er in Boxershorts oder nackt ausgestreckt auf seinem Bett liegt.

»Oh, hallo.« Ich beiße mir auf die Knöchel und presse die Beine zusammen.

»Du bist drangegangen.«

»Hab ich doch gesagt, dass ich das tun würde.«

»Also … auf die Gefahr hin, mir jede Chance zu vermasseln, wollte ich dir einfach noch mal sagen, wie sehr mir der Abend gefallen hat.«

»Dir ist schon klar, dass du dir jede Chance vermasselst, wenn du mich nur zwei Stunden, nachdem du mich abgesetzt hast, anrufst.« Ich bin froh, dass er mich nicht sehen kann, weil ich gerade ziemlich blöd grinse.

»Das hatte ich befürchtet. Aber da ich das Telefon schon mal in der Hand hatte, wollte ich es nicht wieder weglegen. Hast du morgen Abend schon was vor? Oder besser heute Abend, da es ja inzwischen bereits morgen ist.«

»Hm, ich arbeite bis acht.«

»Acht passt mir gut. Wir könnten essen gehen. Aber diesmal wähle ich das Lokal aus.«

»Ich habe noch nicht Ja gesagt.«

»Aber auch nicht nein.«

Womit er recht hat. Aber trotzdem lasse ich ihn noch ein paar Sekunden zappeln, als müsste ich mir die Antwort überlegen. »Essen gehen wäre schön, aber ich habe am nächsten Tag gleich morgens einen Termin, also müsste ich vor Mitternacht zu Hause sein.«

»Du hast aber keinen Hausarrest?«

Ich muss laut lachen. »Nein. Und wenn das eine indirekte Frage war, ob ich noch bei meinen Eltern wohne, lautet die Antwort: Nein, ich habe meine eigene Wohnung.« Zumindest meistens. »Aber wenn ich nicht mindestens meine sechs Stunden Schlaf hatte, bin ich unausstehlich, und wenn ich übermüdet bin, sollte mir besser niemand in die Quere kommen.« Außerdem möchte ich vermeiden, ihn abweisen zu müssen, falls er hinterher vorschlagen sollte, mit heraufzukommen oder zu ihm zu gehen. Egal, wie gut er aussieht oder wie toll die Knutscherei war, ich werde mich nicht in eine Situation bringen, in der ich versuchen muss, mich *nicht* auszuziehen. Auch weil ich denke, dass ich das gerne würde und mich das nervös macht.

»Notiert. Ich werde ein entsprechendes Lokal aussuchen. Kann ich dich abholen, damit wir ein wenig mehr Zeit miteinander haben?«

»Gerne.«

»Toll. Dann bis nachher um acht. Schlaf gut, Cosy.«

»Du auch, Griffin.«

Dieses eine Mal sollte ich wohl Nevs Rat folgen und die Sache einfach genießen. Wir wünschen uns beide jemanden, mit dem man Spaß haben kann, und daran ist nichts Falsches.

Während der nächsten paar Wochen treffe ich mich häufig mit Griffin. Wir machen die üblichen Sachen, die man bei Dates so macht. Glow-in-the-Dark-Minigolf, wobei wir die Hälfte der Zeit golfen und die andere Hälfte im Dunkeln knutschen. Wir stellen fest, dass wir beide dieselbe Vorliebe für Actionfilme haben und man die am besten im Kino sieht. Wir gehen oft zum Essen aus und wechseln dabei zwischen exklusiven, kostspieligen Restaurants, wo eine Flasche Wein mehrere hundert Dollars kostet – was ich schwachsinnig finde –, und meinen bevorzugten Diners.

Inzwischen hätte mich jeder andere Typ, mit dem ich aus war, dazu gedrängt, mit ihm Sex zu haben. Aber nicht Griffin. Vielleicht wartet er darauf, dass ich den ersten Schritt mache. Unsere Gute-Nacht-Küsse arten regelmäßig in heftige und erhitzte Knutschereien in seinem Auto aus, aber da meine Schwester sich immer noch auf meiner Couch breitmacht, kann ich ihn schlecht mit in meine Wohnung nehmen. Und bislang hat er mich noch nicht zu sich eingeladen.

Es ist einer der seltenen Samstage, an denen ich nicht arbeiten muss, und Griffin hat eine Überraschung geplant. Als ich ihn frage, was ich anziehen soll – ein paarmal hatte ich nicht das passende Outfit an –, sagt er, dass lässige Kleidung okay sei.

»Deine Art von lässig oder meine?«, frage ich zurück und durchstöbere dabei meinen Kleiderschrank.

»Gibt es da einen Unterschied?« Ich kann hören, wie er lächelt.

»Du trägst T-Shirts von Bands, von denen du nie zuvor gehört hast, um jünger zu wirken. Ja, es gibt einen Unterschied.«

»Wie wäre es mit Shorts und einem Top? Aber wenn du magst, kannst du für später ein Kleid mitnehmen.«

»Später? Was heißt später?«

»Abendessen. Ich habe den ganzen Tag verplant, und du möchtest vielleicht die Möglichkeit haben, dich umzuziehen.«

Ich bin kein Fan von Überraschungen, aber ich versuche dennoch guter Laune zu sein, und Griffin scheint sich auf alles zu freuen, was wir gemeinsam unternehmen. Dennoch habe ich nicht die geringste Vorstellung davon, was ich mitnehmen oder anziehen soll. »Also heißt das jetzt, dass ich ein zweites Outfit mitbringen soll oder nicht?«

»Du musst gar nichts mitbringen. Ich mache nur Vorschläge, weil ich weiß, dass du nicht gerne unvorbereitet bist und sauer reagierst, wenn ich dir was zum Anziehen kaufen will.«

Ich stütze eine Hand in die Hüfte und funkle das Telefon an. »Wenn du damit auf das Kleid von letzter Woche anspielst, das war völlig überteuert.«

»Es hat dir gefallen.«

»Mir gefallen auch Diamanten, das heißt aber nicht, dass du mir einen schenken sollst. Und kauf mir jetzt bloß keinen Diamanten, nur weil ich das eben gesagt habe. Wir sind nicht an dem Punkt, an dem Diamanten ein angemessenes Geschenk wären.«

»Könnte es sein, dass du gerade ein wenig übertreibst?«

»Ich kann hören, wenn du grinst, das weißt du genau. Mach so weiter und ich sage die Verabredung ab, außer du verrätst mir endlich, wofür ich zwei verdammte Outfits benötige.« Was natürlich gelogen ist. Auf keinen Fall werde ich diese Verabredung absagen.

»Komm schon, Cosy. Verdirb mir nicht die Überraschung. Ich hol dich in einer halben Stunde ab.«

»Na gut. Aber du weißt, dass ich kein Fan von Überraschungen bin. Ganz und gar nicht.«

»Notiert. Aber ich bin sicher, dass dir diese gefallen wird.« Er legt auf, bevor ich etwas entgegnen kann.

Während ich mich fertig mache, lächle ich blöde. Ich mag zwar keine Überraschungen, aber ich mag Griffin. Und dies ist das erste Mal, dass wir einen ganzen Tag miteinander verbringen werden. Es ist gerade mal zehn, und ich schleiche auf Zehenspitzen in die Küche, weil ich nicht erwarte, dass Nev bereits wach ist.

»Gehst du zur Arbeit?«

Ich erschrecke dermaßen, dass ich beinahe den Krug mit Orangensaft fallen lasse. »Verdammt. Nein, ich hab frei.«

Sie reibt sich die Augen. »Und warum bist du dann so früh auf?«

»Griffin holt mich ab.«

»Wer?«

»Der Typ, mit dem ich mich seit ein paar Wochen treffe.« Ich wundere mich, dass sie den Namen nicht behalten hat.

»Der mit dem schicken Sportwagen?«

»Genau der.«

»Oh, gratuliere. Hast du schon mit ihm geschlafen?«

»Nein, Nev, das habe ich nicht.« Ich gieße mir ein Glas Saft ein und stürze es in einem Zug hinunter. Ich könnte einen Kaffee gebrauchen, aber Griffin wird in fünf Minuten hier sein und es wäre mir lieber, er würde Nev nicht kennenlernen, wenn sie ein enges Top trägt, durch das man ihre Nippel sehen kann.

»Wirklich? Aber warst du nicht schon ein paarmal mit ihm aus? Worauf wartest du noch?«

Ich warte auf nichts Bestimmtes. Bisher hat er keine Anstalten gemacht, mehr als seine Finger in mein Höschen zu schieben. Und was seine Fingerfertigkeit angeht, hat er sich als *sehr* talentiert erwiesen. Aber das werde ich auf keinen Fall meiner Schwester erzählen, weil sie immer alles genau analysiert und ich kein Interesse daran habe, Dinge zu hinterfragen, wenn ich den Tag mit Griffin verbringen will. Inklusive Abendessen. »Meine Mitbewohnerin macht Privatsphäre zu einer Herausforderung.« Das war Absicht. »Hast du was vor heute?«

»Frankie hat angerufen und mich angefleht, zurückzukommen.« Sie lässt sich auf die Couch zurückfallen. »Ich habe ihm gesagt, dass ich mir das überlegen müsste, also werde ich wohl heute Nacht noch hierbleiben und mich morgen irgendwann von ihm abholen lassen.«

»Bist du sicher, dass du zu ihm zurück willst?«

Dass meine Schwester mit einem Typen namens Frankie ausgeht, lässt bei mir alle möglichen Alarmglocken läuten. Irgendwie ist das der passende Name für einen Mafioso. Aber vielleicht heißt er auch einfach nur Frank und sie nennt ihn Frankie, damit er jünger erscheint, als er in Wirklichkeit ist.

Ich bemühe mich, meine gegenwärtige Situation nicht mit ihrem gewohnten Lebensstil zu vergleichen. Ich habe eine Menge Spaß mit Griffin. Und das hat nichts mit Geld oder seinem Sportwagen oder damit zu tun, dass er meine Miete zahlen könnte, was vermutlich kaum ein Problem für ihn wäre, wenn man bedenkt, wie leicht er Geld ausgibt.

»Wir werden sehen. Die Couch verursacht mir auf Dauer Rückenschmerzen, und ich hoffe, er fühlt sich schlecht genug, dass es sich für mich auszahlt. Schließlich ist es nicht einfach, einen anständigen Job zu finden. Aber selbst wenn ich zu ihm zurückgehe, gebe ich ihm höchstens einen Monat, bis ich jemanden finde, der besser zu mir ist.« Sie gähnt und streckt sich. »Wenn du jetzt gehst, hüpfe ich rüber in dein Bett.«

»Mach doch. Bei mir wird es sicher spät werden.«

»Viel Spaß und pass auf dich auf. Aber nicht zu sehr.« Sie rollt sich von der Couch und stolpert in mein Schlafzimmer. Ich muss mich beeilen und bin froh, dass ich nicht auf den Fahrstuhl warten muss.

Griffin wartet bereits auf mich, als ich im Erdgeschoss ankomme. Er lehnt am Auto und blickt auf sein Telefon, bis er das Geräusch der Tür hört. Er lässt seinen Blick langsam über mich wandern, dann stößt er sich ab und kommt mir entgegen. Er nimmt meine Tasche – eine Handtasche, nicht mein Rucksack –, legt seinen Arm um meine Taille und zieht mich an sich. Er senkt den Kopf zu mir herab, während ich meinen einladend in den Nacken lege, doch der Kuss ist enttäuschend kurz.

»Morgen.« Er knabbert an seiner Unterlippe, was ihn deutlich jünger wirken lässt und mir das Gefühl gibt, wir wären auf Augenhöhe.

»Morgen.« Es klingt fast lächerlich, wie ich dieses Wort hauche.

»Bereit für ein wenig Spaß?«

»Bereit für einen Kaffee.«

»Der steht im Wagen für dich bereit.«

»Ernsthaft?« Ich dränge an ihm vorbei und versuche die Tür zu öffnen, aber die reagiert nur auf seinen Fingerabdruck.

Seine Brust presst sich gegen meinen Rücken, und seine Lippen streifen meine Ohrmuschel, als er meine Hand zur Seite schiebt und die Beifahrertür öffnet. Allerdings nur eine Handbreit, da er direkt hinter mir steht und ich nirgendwohin ausweichen kann. »Das bringt dich also auf Trab.«

»Für einen Kaffee tue ich alles.« Ich versetze ihm einen leichten Stoß mit dem Po, aber er bewegt sich nicht.

Seine freie Hand liegt auf meiner Hüfte, während seine Lippen meinen Nacken hinaufwandern. Ich habe mir die Haare geflochten, damit sie mir nicht ins Gesicht hängen. »Hast du eine Ahnung, wie verführerisch du aussiehst? Diese Shorts werden mich heute noch in den Wahnsinn treiben.«

»Wieso? Es ist alles bedeckt.«

»Gerade so.« Er fährt mit einem Finger am Saum entlang, was mich erschauern lässt.

»Es soll heute heiß werden.«

»Du bist schuld, wenn ich einem Gaffer die Zähne einschlage, weil er dir auf den Hintern starrt.«

Da ich immer noch zwischen ihm und dem Auto eingeklemmt bin, drehe ich mich zu ihm herum, um ihn anzusehen. »Wie ein echter Höhlenmensch.«

Er zuckt gleichgültig die Schultern. »Daran sind nur Testosteron und ein unterentwickeltes Ego schuld.«

Ich muss lachen. »Seit wann ist dein Ego unterentwickelt? Sieh dich doch nur mal an.« Ich lasse meine Hand über seine muskulöse Brust gleiten. Er trägt Khakishorts und ein anderes Shirt von einer obskuren Band. Ich weiß nicht, wie er es schafft, adrette Hosen mit merkwürdigen Shirts zu kombinieren und dabei so scharf auszusehen. Aber es gelingt ihm.

Für einen Moment verdüstert sich sein Blick, dann lächelt er wieder, aber es wirkt angespannt. »Das ist eine lange Geschichte. Aber wir sollten jetzt besser losfahren, wir wollen doch nicht zu spät kommen.«

Die Tür stößt gegen meinen Hintern, und er tritt einen Schritt zurück, damit ich einsteigen kann, lässt mich aber nicht aus seinem persönlichen Bereich. Ich lege die Hand um seinen Nacken und ziehe seine Lippen auf meine. Normalerweise lasse ich ihn das Tempo bestimmen, was vermutlich unterbewusst passiert. Doch heute spüre ich eine seltsame Kräfteverschiebung, und das werde ich ausnutzen.

Seine Finger bohren sich in meine Hüfte, und unsere Zungen umspielen sich sekundenlang, bevor er von mir ablässt. »Ich ähnle gerade wahrscheinlich dem schlimmsten Stereotyp der Welt. Bitte steig ein, Cosy.«

Ich protestiere nicht. Im Auto wartet Kaffee auf mich, und wir haben jede Menge Zeit, um an Orten miteinander rumzumachen, die nicht mitten auf der Straße sind. Griffin verstaut meine Tasche und nimmt hinter dem Lenkrad Platz. Er tippt auf den Becher im Getränkehalter. »Der ist für dich. Ich hoffe, ich habe das Richtige bestellt.«

Ich schnalle mich an und nehme einen vorsichtigen Schluck, während Griffin sich in den Verkehr einfädelt. Ein Café Latte und genau so, wie ich ihn mag. Ich lese den Sticker auf dem Becher. Doppelter Espresso, fettarme Milch, ein Schuss Vanille. »Sehr gut.«

Er lächelt und schaltet hoch. Keine Ahnung, warum mich sogar das anmacht. »Dann ist er richtig?«

»Nicht nur richtig, sondern perfekt.«

»Du bist perfekt.«

Ich schnaube. »Meine Güte, du musst mit diesen Schmeicheleien aufhören. Die Überraschung und der Latte reichen völlig.«

»Das ist keine Schmeichelei, Cosy. Wenn ich eine Liste zum Abhaken hätte, wärst am Ende du diejenige, die als perfekte Partnerin übrigbliebe.«

Ich habe keine Ahnung, was ich darauf erwidern soll, zumal er nicht lächelt.

Er nimmt meine Hand und verschränkt seine Finger mit meinen. »Entschuldige, das war ernst gemeint. Aber ich höre jetzt auf damit. Du siehst einfach toll aus heute Morgen und ich freue mich darauf, den Tag mit dir zu verbringen.« Er haucht einen Kuss auf meine Fingerknöchel.

»Ich freue mich ebenfalls auf unseren gemeinsamen Tag. Willst du mir verraten, wohin es geht?«

»Auf keinen Fall. Bestimmt wirst du sowieso bald dahinterkommen.« Er drückt meine Hand, als wir auf den Freeway fahren.

Erst, als er zu einem der beliebten und exklusiven Heliports abbiegt, ahne ich, was er vorhat. »Oh mein Gott, spielen wir heute Touristen?«

Er parkt den Wagen und stellt den Motor ab. »Bist du jemals mit einem Helikopter über den Grand Canyon geflogen?«

»Oh mein Gott! Nein!« Ich habe es mir immer gewünscht, aber es ist so teuer, und einfach mal fünfhundert Dollar rauszuwerfen, um über ein riesiges Loch in der Erde zu fliegen, schien mir eine wahnsinnige Geldverschwendung zu sein. Zumal sich der Canyon quasi schon mein Leben lang in meiner Nachbarschaft befindet.

»Aber ja.«

Ich löse den Sicherheitsgurt und versuche ihn unbeholfen zu umarmen, was die Enge und der Schalthebel zwischen uns nicht gerade erleichtern. Er lacht, und ich spüre seine Lippen an meinem Hals.

»Komm, wir haben noch Einiges vor uns heute und wir wollen den Piloten nicht warten lassen.«

Widerstrebend löse ich mich aus der Umarmung und steige aus dem Auto. Es ist heute nicht ganz so glühend heiß, aber ich bin dennoch froh, dass ich meine Haare zu einem Zopf geflochten habe. Wir müssen ein paar Papiere unterschreiben und werden dann Vern, dem Piloten, vorgestellt, der uns zum Landeplatz begleitet. Ich hatte erwartet, dass noch andere

Leute mitfliegen würden, aber offensichtlich ist da niemand außer uns und dem Piloten.

»Wo sind denn die anderen Fluggäste?« Ich deute auf die leeren Sitze hinter dem Cockpit.

»Auf Wunsch werden auch Privatflüge unternommen.« Griffin hilft mir in das Cockpit und nimmt dann neben mir Platz.

Ich wage gar nicht, mir vorzustellen, wie viel ein privater Helikopterflug kosten mag. Und ich werde auch nicht nachfragen, weil das unhöflich wäre, obwohl ich versucht bin.

Wie sich herausstellt, überfliegen wir den Canyon nicht nur, sondern landen auch für einen romantischen Lunch. Inklusive Champagner.

Ich bin bereits bei meinem zweiten Glas. »Der ist wirklich köstlich. Ich habe bisher nur einmal Champagner getrunken, und der schmeckte wie Ziegenpisse.«

»Und wie genau schmeckt Ziegenpisse?«

»Keine Ahnung, aber er schmeckte widerlich. Genau so, wie in meiner Vorstellung Ziegenpisse schmeckt.« Ich rutsche ein bisschen herum, um es mir bequemer zu machen – in Griffins Schoß.

Im selben Moment teilt Vern uns mit, dass er uns in einer Stunde abholen wird.

»Denkst du, dass er sich meinetwegen unwohl fühlt?«, flüstere ich, nur für den Fall, dass es hier ein Echo gibt. Vielleicht bin ich ein bisschen beschwipst und fühle mich deswegen mutiger als sonst. Und außerdem ist dies hier mit Abstand das Tollste, was jemals ein Mann für mich getan hat. Möglicherweise hatte meine Schwester ja doch recht. Wenn ich mir vorstelle, welche Mühe er sich mit diesem Überraschungsausflug gegeben hat, könnte der Sex mit ihm wirklich fantastisch sein.

Griffin spielt mit dem Ende meines Zopfes. Seine Miene

ist undurchdringlich. »Wenn überhaupt, fühlt er sich meinetwegen unbehaglich.«

»Warum sollte sich Captain Vern deinetwegen unbehaglich fühlen? Ich bin doch diejenige, die auf deinem Schoß sitzt.«

Er fährt sanft mit seinem Finger an meinem Kinn entlang, was augenblicklich Gänsehaut bei mir auslöst. Mein ganzer Körper vibriert vor Unruhe und Energie, wogegen ich gerade nichts unternehmen kann. Außer, ich entschließe mich, Exhibitionistin zu werden. Vielleicht sollte ich das in Erwägung ziehen.

»Sieh dich doch mal an.«

Ich trage ein knappes Top von Animals of the World, bei dem jedes der abgebildeten Tiere eine verdrehte Bezeichnung trägt, dazu Shorts, von denen Griffin behauptet, dass sie kaum meine intimsten Stellen bedecken, und ein paar ausgetretene Chucks. Er sagte »lässig«, also habe ich ein lässiges Outfit gewählt. »Denkt er, dass du ein obdachloses Mäuschen abgeschleppt und in die Wüste entführt hast?«

Er verdreht die Augen und grunzt. »Nein, Cosy. Er denkt, dass ich eine College-Studentin ausnutze. Er denkt, dass ich dich mit Glanz und Glamour blende, um dann über dich herzufallen und dir deine Tugend zu stehlen.«

»Zunächst einmal: Woher willst du wissen, was er denkt, außer du kannst Gedanken lesen? Zweitens hat er keine Ahnung, dass ich eine College-Studentin bin. Und drittens, wo bitte ist der versprochene Glamour, mit dem du mich blenden willst?« Ich versuche die Situation zu entspannen, weil ich weiß, wie sehr Griffin der Altersunterschied zwischen uns bewusst ist. Wann immer wir ausgehen und Leute uns interessierte Blicke zuwerfen, ist das sein allererster Gedanke. Als würde niemand meine Shorts bemerken, oder wie umwerfend gut er aussieht.

Nein, jeder registriert umgehend die zehn Jahre Altersunterschied und die ersten winzigen Augenfältchen.

»Du musst nur dich ansehen und dann mich und dann weißt du sofort, was sein erster Gedanke war«, entgegnet er gereizt.

»Das wäre ganz schön anmaßend.« Ich weiß nicht, ob ich amüsiert oder verärgert oder einfach nur scharf bin.

Vielleicht alles auf einmal.

»Was wäre anmaßend?«

»Zu denken, dass ich tugendhaft wäre.« Ich beschließe, meinem Verlangen nachzugeben, und drehe mich so, dass ich rittlings auf ihm sitze. »Vielleicht bin ich ja diejenige, die über dich herfallen will. Ich meine, sieh *dich* doch mal an.« Ich fahre mit meinen Händen über seine Schultern und drücke sanft seinen Bizeps. Ich muss wirklich ziemlich angeheitert sein, sonst würde ich mich nicht so dreist und schamlos verhalten.

Griffin legt seine Hände auf meine Schenkel. »Was tust du da?«

Ich rutsche noch dichter an ihn heran und kreise mit den Hüften, während ich meine Lippen an sein Ohr bringe. »Anscheinend mache ich dich ziemlich geil.«

Er stöhnt und schiebt seine Handflächen an meinen Beinen empor, bis seine Fingerspitzen unter dem Saum meiner Shorts verschwinden und er mich zwischen den Schenkeln liebkost.

Ich knabbere an seinem Ohrläppchen, trunken vor Lust und einem plötzlichen Gefühl der Stärke. »Weißt du, was du gerade mit mir machst?«, hauche ich. Meinen ganzen Körper überläuft es heiß und kalt zugleich und meine Härchen stellen sich auf.

Ich spüre seinen Atem an meinem Hals. »Sag's mir«, knurrt er.

»Du machst mich verrückt.« Ich fahre mit meinen Fingernägeln über seinen Nacken. »Und feucht.« Ich beiße in sein Kinn. »Und total geil.«

Griffin packt mich im Nacken und lehnt sich zurück. Seine Augen funkeln vor Begierde, seine Lippen pressen sich hart auf meine, und seine Zunge fährt in meinen Mund. Mein Gefühl der Stärke verwandelt sich in pure, feuchte Lust. Ich öffne mich, will mehr spüren. Mehr von ihm. Weniger störenden Stoff.

Und urplötzlich wird mir klar, was Anziehungskraft wirklich bedeutet. Dieses unbezähmbare Verlangen. Wenn Gier den Anstand besiegt und das Verlangen, sich in der Öffentlichkeit die Kleider vom Leib zu reißen, völlig normal erscheint.

Seine Finger bohren sich in meine Schenkel, und seine Daumen gleiten unter dem Saum meiner Shorts vor und zurück.

»Berühr mich«, bettele ich.

Er beißt mich in die Unterlippe. »Nicht hier.«

»Bitte!« Ich stöhne auf und reibe mich mit kreisenden Bewegungen an seiner nicht zu übersehenden Erektion.

Ganz plötzlich steht er mit mir zusammen auf. Es ist irritierend, weil ich es gewohnt bin, auf meinen eigenen Beinen zu stehen, aber zum Glück lässt er mich nach einer Sekunde herunter.

Griffin schlingt die Arme um meine Taille und zieht mich an sich, während er ein paar Schritte nach rechts macht. Ich spüre, wie etwas an meinen Hintern stößt.

»Sitz.«

»Ich bin doch kein Hund.«

Er hebt mich hoch und setzt mich auf den Picknicktisch. »Du bist betrunken.«

»Bin ich nicht.« Na gut, ein bisschen. Ich will mich nur noch hinlegen und die Beine spreizen. Anscheinend bin ich doch eine Exhibitionistin.

Griffin legt seine Hand in meinen Nacken; sie ist stark und sanft zugleich und hält mich aufrecht. »Nimm das, bitte.« Er reicht mir eine Wasserflasche. »Und jetzt trink bitte etwas.«

»Ich will kein Wasser.« Es ist nicht annähernd so köstlich wie der Champagner, von dem ich gerne noch mehr hätte.

»Solange du nicht mindestens die halbe Flasche leergetrunken hast, werde ich dich nicht dort berühren, wo ich soll. Also trink jetzt.«

Na schön. Ich trinke aus und zerdrücke sogar die Plastikflasche, als ich fertig bin. »Zufrieden?«

»Sehr.« Und schon sind wir wieder dabei, uns gegenseitig mit unseren Lippen zu verschlingen.

Ich versuche, meine Beine um seine Taille zu schlingen, aber Griffin lässt es nicht zu.

»Fass mich an. Da, wo es mir Lust bereitet«, befehle ich ihm.

Ich war nie fordernd, was Sex betrifft. Im Gegenteil, ich gehöre eher zu der zurückhaltenden Sorte. Vielleicht liegt es am Champagner. Vielleicht liegt es auch daran, dass er mich hierher geflogen hat, zu diesem Weltwunder der Natur, und ich will, dass dieser Ausflug zu etwas Unvergesslichem wird.

»Griffin, bitte.« Ein letzter Anflug von Höflichkeit.

Er massiert meine Schenkel. »Und wo würde es dir am meisten Lust bereiten, Cosy?«

»Deine Hände sind nah am Ziel.« Ich spreize die Beine so weit ich kann, um es ihm leichter zu machen.

Griffins gieriger Blick gleitet an mir hinab, und seine Finger nähern sich dem Saum meiner Shorts. Ich kann sehen, dass mein Slip an beiden Seiten hervorschaut, und nehme an, dass er noch einen viel besseren Blick hat.

Seine Lippen streichen über meine. »Diese Shorts sind obszön.«

»Jeder trägt sie«, entgegne ich, obwohl mir klar ist, dass sie lächerlich kurz sind.

»Jeder, der unter fünfundzwanzig ist.«

»Großartig. Dann kann ich sie ja die nächsten drei Jahre noch tragen.«

Er schiebt die ganze Hand unter den Saum, bis sie auf der anderen Seite wieder herausschaut. In das eine Hosenbein hinein und zum anderen wieder heraus. Viel Stoff ist da nicht, wenn man bedenkt, wie kurz sie sind.

Leider schiebt er die Hand nicht in meinen Slip. Er krümmt die Finger und presst seine Fingerknöchel gegen meine empfindlichste Stelle. »Die würden glatt als Unterwäsche durchgehen.«

»Denim wäre zu unbequem.« Ich keuche vor Lust. »Lass uns jetzt nicht über meine Shorts reden.« Ich versuche seinen Mund auf meinen zu ziehen. Als er nur noch einen Zentimeter von meinen Lippen entfernt ist, zieht er den Kopf zurück.

»Ich finde, wir sollten genau jetzt über sie reden.« Er verlagert den Griff in meinen Schritt und massiert mich mit sanftem Druck genau da, wo ich es haben will.

»Weißt du, was ich denke?«

»Was?« Sein Blick wandert zwischen meinem Gesicht und der Stelle, an der er meine Shorts festhält, hin und her. Es ist so wahnsinnig erregend. Und er bewegt seine Hand so, dass er die ganze Zeit meinen Lustknopf reibt.

»Dass du es zu einem unvergesslichen Erlebnis für uns beide machen solltest, indem du mich hier auf diesem Tisch zum Höhepunkt bringst, anstatt darüber zu reden, wie kurz meine kurzen Shorts sind.«

»Findest du?« Er grinst, fährt aber mit der sanften Bewegung fort.

Ich weiß nicht, ob es an der Umgebung liegt, der Möglichkeit, entdeckt zu werden, oder daran, dass wir in freier Natur sind, ich vollständig bekleidet bin und seine Hand genau an der Stelle liegt, an der ich sie mir wünsche, jedenfalls ist es das erregendste Vorspiel, das ich je hatte. »Wann werde ich jemals wieder die Gelegenheit haben, mitten im Grand Canyon zu kommen? Ich könnte es dir gleichzeitig besorgen.« Ich blicke auf die Beule in seiner Hose, taste nach seinem Gürtel, aber er schüttelt den Kopf.

»Ein verlockendes Angebot, aber ich will jetzt nicht abgelenkt werden. Ich konzentriere mich lieber auf dich.«

Ich verdrehe die Augen, als seine Fingerknöchel erneut über meine Klitoris streichen, und das noch immer über dem verdammten Slip. Ich habe für dieses Date extra einen neuen gekauft, was für mich völlig unüblich ist. Er ist aus weißem Satin mit Spitze – nichts, was ich normalerweise trage, aber für das, was ich heute Abend vorhabe, schien er genau das Richtige zu sein. »Vielleicht ginge es noch besser, wenn deine Finger mich direkt berühren würden.«

»Möglich, aber ich bringe dich auch so zum Höhepunkt.«

So, wie sich unterhalb meiner Taille alles anfühlt, lässt sich kaum etwas dagegen einwenden. Das warme, vertraute Gefühl prickelt in meinen Gliedern und gibt mir sowohl ein Gefühl von Schwere als auch von Schwerelosigkeit. Tief in meinem Unterleib entladen sich Empfindungen, wie bei einem Sturm, der langsam aufzieht. Ich kreise mit den Hüften und denke nicht mehr an die direkte Berührung, die ich mir wünsche, aber aus unerfindlichen Gründen nicht bekommen kann. Stattdessen lasse ich den Sturm volle Fahrt aufnehmen, bis er mich mitreißt.

Als ich stöhne, presst Griffin seinen Mund auf meinen. Er hat recht damit, dass er mich auch so zum Höhepunkt bringen kann. Was echt magisch und unerwartet ist. Ich habe gerade den verrücktesten öffentlichen Orgasmus, den ich je hatte, und bin verzweifelt bemüht, keinen Lärm zu machen, denn wer weiß, wie weit entfernt der Pilot ist? Griffin löst seine Lippen von meinen. Und mit einem Mal lässt der Druck zwischen meinen Schenkeln nach.

Ich gebe einen schrecklichen Klagelaut von mir und kralle mich wie im Rausch in seinen Nacken, halb im Delirium, weil ich immer noch komme und da nichts mehr ist, woran ich mich reiben kann. Ich will schon protestieren, weil es unfair ist, vor allem als Griffin meinen Schritt loslässt, aber er schiebt meinen Slip zur Seite und streichelt mit dem Daumen meine Klitoris. Die Berührung ist sanft wie eine Feder. Man sollte meinen, dies wäre zu wenig, um einen Höhepunkt zu verlängern, aber irgendwie funktioniert es.

Die nächste Welle trifft mich mit einer Kraft, die überhaupt nicht dem entspricht, wie Griffin mich berührt. Diese kaum spürbare Berührung hat mir den intensivsten Höhepunkt beschert, den ich je durch jemand anders erlebt habe.

Es schadet auch nicht, dass Griffin einfach umwerfend aussieht, wie er da zwischen meinen Beinen steht, mich unverwandt anblickt und so unglaublich befriedigt wirkt, obwohl ich es doch war, die gerade einen Orgasmus hatte. Mitten im Grand Canyon.

Das stand zwar nicht auf meiner Wunschliste, aber nachdem es passiert ist, kann ich es trotzdem abhaken.

Griffin rückt vorsichtig meinen Slip zurecht und steckt den Daumen zwischen seine Lippen. Lächelnd leckt er ihn ab. »War das unvergesslich genug?«

Ich lache verlegen und bin zugleich noch immer höchst erregt. »Absolut.« Ich löse meine Finger von seinem Nacken. »Der Grand Canyon wird auf ewig mit dir und diesem Höhepunkt verbunden sein.«

»Gut.« Er beugt sich vor, um mich zu küssen, und ich kann den Geschmack meiner Lust auf seiner Zunge spüren. Es schmeckt seltsam geil.

Leider zieht er sich viel zu schnell zurück und reicht mir seine Hand. »Komm, lass uns sehen, was es hier außer meiner Fähigkeit, dich zum Orgasmus zu bringen, sonst noch zu entdecken gibt, bevor Vern zurückkommt.«

Meine Wangen brennen, und er grinst. Dennoch erlaube ich ihm, seine Finger mit meinen zu verschränken. Ich bin noch immer ganz benommen, aber das liegt wahrscheinlich nicht mehr am Champagner. Wir folgen einem Pfad, der uns nach kurzer Zeit an eine Klippe führt, von der aus man einen fantastischen Ausblick hat. Obwohl wir uns ziemlich weit unten im Canyon befinden, fällt der Abhang vor uns noch immer steil ab. Also klammere ich mich an Griffin und recke den Hals, um über die Kante zu blicken.

»Das ist verdammt eindrucksvoll«, murmele ich.

»Das ist es. Ich hätte nicht gedacht, dass es so auf mich wirken würde, aber das liegt vielleicht auch an der Begleitung.«

»Du bist noch nie zuvor im Grand Canyon gewesen?« Ich bin überrascht, weil er schon fast überall war.

»Nein, nie. Das ist mein erstes Mal. Aber du warst sicherlich schon eine Million Mal hier unten, oder?«

Ich hebe den Kopf und rücke meine Sonnenbrille zurecht, damit ich nicht geblendet werde. »Tatsächlich ist das auch mein erstes Mal.«

Er schenkt mir ein neugieriges Lächeln. »Du bist hier aufgewachsen und warst nie im Grand Canyon?«

»Ich bin eine Einheimische, und das hier ist für Touristen. Ich hab es nicht eingesehen, für etwas Geld auszugeben, das sowieso da ist.«

»Das verstehe ich gut. Ich lebe schon mein Leben lang in New York und war noch nie auf dem Empire State Building.«

»Was vielleicht nicht ganz so eindrucksvoll ist wie das hier.«

Griffin betrachtet die Felswände, die um uns herum aufragen. »Nicht ganz, nein. Aber wenn mir jemand gesagt hätte, dass ich dich auf der Spitze finden würde, wäre dies womöglich ein Anreiz gewesen, genau diese Touristenattraktion zu besuchen.« Er nimmt mich bei der Hand und führt mich zu einem schattigen Platz.

Er lässt mich zwischen seinen Beinen Platz nehmen, und ich spüre wieder seinen Atem an meinem Hals. »Hast du einen Lieblingsort?«

»Hm. Schwierig. Ich liebe Kalifornien, vermutlich weil es am Meer liegt. Aber auch Colorado, wegen der Berge. Und du?«

»Gerade jetzt, in diesem Moment? Dieser hier.«

Ich gebe ihm einen Stoß in die Rippen. »Red keinen Blödsinn.«

Ich spüre seine Lippen auf meiner Haut. »Was könnte wohl schöner sein, als eine hinreißende Frau in einem der sieben Weltwunder zum Höhepunkt zu bringen?«

Ich rolle mit den Augen und spüre, wie ich rot werde. Ich kann immer noch nicht glauben, dass er das getan hat. Und noch weniger, dass ich ihn darum gebeten habe. »Na schön. Von dem Höhepunkt im Grand Canyon einmal abgesehen, was war der tollste Ort, an dem du gewesen bist?«

»Wahrscheinlich Griechenland. Die Architektur und die Berge sind einfach großartig. Ich glaube, es würde dir dort gefallen. Besonders Meteora.«

»Ist das dort, wo man die Klöster auf den Berggipfeln errichtet hat?«

»Genau dort.« Er legt seine Wange auf meine Schulter. »Ich würde sofort dorthin zurückkehren.«

»Du kannst mich ja in deinen Koffer stecken.«

»Es würde sicher viel Spaß machen, mit dir zu reisen.«

»Keine Ahnung. Ich plane eine Reise normalerweise nicht. Ich suche mir einen Ort, der mich interessiert, und dann fahre ich einfach dorthin. Manchmal schlafe ich unterwegs im Auto an Raststätten und dusche tagelang nicht.«

»Das klingt doch toll. Na ja, abgesehen von den fehlenden Duschen und dem Übernachten im Auto. Das klingt eher riskant.«

»Nicht zu duschen hält die schrägen Vögel auf Abstand, und außerdem habe ich Pfefferspray im Handschuhfach. Obwohl mein Auto nach dem letzten Trip dringend in die Werkstatt müsste und gerade nicht fahrbereit ist. Ansonsten habe ich mit achtzehn Selbstverteidigungskurse besucht, und wenn es nötig ist, kann ich einen dreihundert Pfund schweren Kerl in den Schwitzkasten nehmen.«

»Ernsthaft?«

»Nein, aber als Kind haben mich meine Eltern zum Karate geschickt, damit ich lerne, wie man einen Kerl mit einem Tritt gegen die Luftröhre ausschaltet.«

»Hm. Wenn wir gemeinsam auf Reisen gingen, würde ich vermutlich die ganze Spontanität verderben, indem ich Campingplätze oder Hotels ansteuern würde. Und natürlich würden wir an jedem Aussichtspunkt anhalten und endlos Fotos machen, die wir dann in den sozialen Medien posten würden, damit jedermann davon träumen könnte, auch nur halb so verwegen zu sein wie wir.«

»Planst du immer alles im Voraus?«

»Gezwungenermaßen.«

»Du weißt aber schon, dass es befreiend ist, nicht nach

einem Plan zu leben? Wenn man sich nicht von Dingen wie Hotelreservierungen einschränken lässt, kann man jederzeit alles tun, was man will, und es gibt keine Enttäuschungen.«

»Dann sollten wir das tun. Zusammen auf einen Road Trip gehen, bevor ich zurück nach New York muss.«

Mein Herz beginnt unregelmäßig zu schlagen, zumal ich daran erinnert werde, dass seine Zeit hier begrenzt ist. Erst recht ein Grund, das Beste daraus zu machen, schätze ich. »Das sollten wir.«

Das Mobiltelefon in seiner Tasche summt. »Wir müssen wieder zurück, nicht dass Vern ohne uns fliegt.«

Ich stehe auf und klopfe den roten Staub von meinem Po.

»Aber vorher sollten wir auf jeden Fall noch ein Foto machen.« Er nimmt das Telefon und stellt die Kamera auf den Selfie-Modus. Er stellt sich ungeschickt an, also hält er das Telefon still, während ich auf den Auslöser drücke. Wir schießen mindestens vierzig Bilder, von denen die Hälfte unsere Köpfe von oben zeigt. Selfies sind offensichtlich nicht Griffins Stärke. Schließlich kriegen wir doch noch ein paar gute hin, dicht aneinander geschmiegt mit dem aufragenden Canyon im Hintergrund. Wobei er die ganze Zeit mich ansieht und nicht in die Kamera blickt.

Sein Gesichtsausdruck sollte ein Warnzeichen sein. Genau wie meiner. Unsere Wege werden sich bald trennen, also ignoriere ich meinen strahlenden Blick und mein breites Lächeln.

Auf dem Rückflug sitzt Griffin auf dem mittleren Sitz und ich am Fenster. Ich schätze, es hat ihm nicht gefallen, wie viel Aufmerksamkeit der Pilot meinen Ausrufen geschenkt hat, die hauptsächlich aus »Oh, wie toll!« und »Wow, sieh doch mal!« bestanden.

Ich hake mich bei ihm unter und lehne meine Wange an seine Schulter, während der Pilot uns die Sehenswürdigkeiten erläutert. Ich spüre Griffins Blick auf mir und stelle fest, dass er lächelt, als ich zu ihm schaue. »Was?«

Er küsst mich auf die Schläfe. »Ich liebe deine Lebensfreude.«

»Und ich deine Überraschungen.« Ich begebe mich auf gefährliches emotionales Terrain, aber aus irgendeinem Grund verspüre ich nicht den üblichen Drang fortzulaufen. Vielleicht weil mir klar ist, dass dies hier sowieso keine Zukunft hat und er auch nicht an einer festen Beziehung interessiert ist, sondern nur jemanden sucht, mit dem er seine Zeit in Vegas angenehm verbringen kann.

»Kann ich mich vor dem Dinner noch frisch machen?«, frage ich, als wir wieder auf den Freeway in Richtung Strip auffahren.

So fantastisch der Trip in den Canyon auch war, nach Stunden in der brütenden Sonne fühle ich mich völlig verschwitzt und verklebt. Ich brauche wenigstens ein Badezimmer und einen Stapel Feuchttücher. Und neue Unterwäsche. Zum Glück habe ich zusammen mit dem Kleid welche zum Wechseln eingesteckt.

»Der Tisch ist erst für halb neun reserviert, wir haben also noch jede Menge Zeit.« Er legt seine Hand auf meinen Schenkel und drückt ihn leicht, was sofort eine Hitzewelle durch meinen Körper jagt. »Wenn du nichts dagegen hast, können wir vorher zu mir fahren, und du machst dich dort frisch.«

Mein Magen krampft sich leicht zusammen bei der Vorstellung, mit ihm allein sein. An einem Ort, wo niemand uns sieht. Und wo es ein Bett gibt.

»Ich kann dich auch zu dir fahren, wenn dir das lieber ist.«

»Oh nein! Bei dir ist okay.«

»Schön. Ich hatte gehofft, dass du einverstanden bist. Ich habe etwas für dich.« Er lächelt und legt die Hand wieder auf den Schaltknüppel. »Ich könnte vor dem Essen noch eine Dusche vertragen.«

Ein Bild von Griffin, wie er nackt unter der Dusche steht, steigt vor mir auf und ich schlage die Beine übereinander. Ich kenne ihn zwar nur bekleidet, aber danach zu urteilen, wie seine Hemden sitzen und was ich durch den Stoff sehen kann, bin ich mir verdammt sicher, dass er ohne Hemd fantastisch aussieht. Und ganz nackt noch viel besser.

Als wir den Strip entlangfahren, spüre ich, wie mein Mund immer trockener wird, und ich lege meine Handflächen auf die Knie, um nicht zu viel herumzufingern. Keine Ahnung, warum ich auf einmal so nervös bin. Okay, ich weiß es genau. Ich habe einen Plan für heute Nacht, und wie es aussieht, werde ich ihn bereits vor dem Essen und nicht erst zum Nachtisch umsetzen. Einen Mann zu verführen, ist ein ziemlich nervenaufreibendes Unterfangen, und ich befürchte, dass ich nicht genügend darauf vorbereitet bin. Nicht dass ich vorhätte zu kneifen. Ich brauche nur eine Strategie.

Noch während ich die verschiedenen Szenarien durchspiele – wie etwa nur mit Unterwäsche bekleidet aus dem Badezimmer zu kommen, nachdem ich mich frisch gemacht habe –, biegt Griffin vom Strip auf einen Hotelparkplatz. Wir sind beim Commodore, einem der älteren, aber noch immer sehr exklusiven Hotels am Strip.

Er fährt vor dem Eingang vor und drückt auf die Entriegelung, damit ein Hotelbediensteter mir die Tür öffnen kann. Griffin holt meine Tasche aus dem Fond und verschränkt seine Finger mit meinen. Doch wir benutzen nicht den Haupteingang des Hotels. Stattdessen öffnet uns einer der Angestellten eine Tür zu einem Foyer mit einem einzelnen Aufzug. Er muss wirklich für eine Wahnsinnsfirma arbeiten, wenn sie ihm solche Annehmlichkeiten bieten.

Mein Mund wird noch trockener, als er eine Karte zückt und die Aufzugtüren aufgleiten. Es geschieht tatsächlich. Ich werde mit diesem Mann schlafen. Wahrscheinlich sehr bald. Ich betrete die Kabine, und er drückt auf den Knopf, auf dem PH steht.

»Geht es dir gut? Du bist auf einmal so schweigsam.« Er streichelt sanft meine Wange.

»Wie? Oh nein, mir geht's gut.« Das klingt mindestens eine Oktave zu hoch.

Er lehnt sich an die verspiegelte Kabinenwand und betrachtet mich mit einer Mischung aus Besorgnis und Amüsement. »Bist du nervös, Cosy?«

»Nein!« Das kam viel zu schnell, um auch nur ansatzweise wahr zu klingen.

»Hey.« Er legt einen Finger unter mein Kinn und zwingt mich, ihn anzusehen. »Es war ein wundervoller Tag mit dir, und ich möchte nicht, dass er endet. Aber ich will auch nicht, dass du dich irgendwie unwohl fühlst. Du bestimmst. Ich respektiere deine Wünsche.«

Er ist ein vollendeter Gentleman. Und er ist echt heiß und weiß genau, wie er mich zum Höhepunkt bringen kann. Was er unbedingt noch einmal tun soll. Ich atme zitternd aus. »Okay.«

Die Aufzugtüren gleiten auf. Doch er macht keine Anstalten auszusteigen. Stattdessen drückt er auf die Türöffnertaste. »Wir müssen nicht zu mir gehen.«

»Ich weiß. Ich möchte es aber.«

»Sicher?«

»Sicher.« Ich ergreife seine Hand und ziehe ihn mit mir aus dem Aufzug. Es ist so weit.

6

UND DIE ÜBERRASCHUNG DES ABENDS GEHT AN …

Griffin

Ich atme erleichtert auf, als Cosy die Eingangshalle betritt. Der Tag war bis jetzt in jeder Hinsicht perfekt, bis zu dem Moment, als sie in den Aufzug gestiegen ist und auf einmal seltsam verschlossen wirkte. In dem Augenblick war nicht zu übersehen, wie viel jünger sie tatsächlich ist.

Die meiste Zeit verschwende ich keinen Gedanken an den Altersunterschied, nur manchmal erschwert es ihre Kleiderwahl, den Generationsunterschied zu ignorieren.

So wie die Shorts, die sie heute trägt. Ich hatte versucht mich zurückzuhalten, aber nachdem sie den Champagner getrunken hatte und auf meinem Schoß gelandet war … wie zum Teufel hätte ich da widerstehen können? Und wieso hätte ich das überhaupt tun sollen?

Ich vermute, dass sie seit Collegebeginn einige Verabredungen hatte, also frage ich mich, warum sie plötzlich so nervös und auf so hinreißende Art schüchtern ist. Ich will ihr auf keinen Fall das Gefühl geben, dass ich etwas erwarte, also habe ich es langsam angehen lassen und mit einer Einladung zu mir bis heute gewartet. Außerdem kenne ich das Gebäude, in dem sie wohnt. Es könnte schlimmer sein, aber auch deutlich besser, und im Vergleich dazu wirkt mein Penthouse hier protziger, als mir lieb ist. Ich will nicht, dass meine finanzielle Situation einen weiteren großen Unterschied darstellt, der Zweifel in ihr weckt. Obwohl ein privater Helikopterflug nicht gerade ein billiges Date war.

Ich ziehe meine Keycard über den Sensor, öffne die Tür und führe sie hinein.

Nach drei Schritten bleibt sie unvermittelt stehen, sodass ich beinahe mit ihr zusammenstoße. »Meine Güte, Griffin! Das ist … kein gewöhnliches Hotelzimmer?«

»Äh, nein, das ist eine Suite.«

»Das ist ein wirklich schönes Apartment. Vermutlich das schönste Apartment, in dem ich jemals war.« Sie geht im Wohnzimmer umher und streicht mit den Fingerspitzen über die Sofalehne. Dann wirft sie einen kurzen Blick ins Schlafzimmer und geht rasch weiter, während sich ihr Hals rot verfärbt.

In der Küche bleibt sie stehen und gerät in Verzückung. »Du hast ja einen Einbaubackofen!« Sie öffnet die Schränke und Schubladen. »Und Besteck und Geschirr auch.«

»Es ist nicht sehr angenehm, sich aus der Minibar zu ernähren.«

»Kochst du denn?«

»Gelegentlich. Ich bin häufig zu Geschäftsessen eingeladen, und für sich allein zu kochen ist oft zu viel Aufwand.«

»Wenn ich so eine Küche hätte, würde ich nur noch selber kochen. Ich würde sogar Dinnerpartys veranstalten.«

Ich schiebe eine Hand in die Hosentasche und lehne mich in den Türrahmen. »Du kannst jederzeit gerne vorbeikommen und für mich eine Dinnerparty veranstalten.«

Ich muss grinsen, als sie mir einen zweideutigen Blick über die Schulter zuwirft.

»Ich muss ins Bad.« Sie huscht an mir vorbei und verschwindet auf ihren langen Beinen um die Ecke.

Vielleicht war es doch keine so gute Idee, sie zu mir einzuladen. Jetzt, wo sie hier ist, kann ich nur noch daran denken, wie gerne ich ihr diese viel zu kurzen Shorts ausziehen möchte, um dort weiterzumachen, wo wir auf dem Picknicktisch aufgehört haben. Natürlich nach einer Dusche.

»Oh mein Gott! Du hast einen Whirlpool!« Ich folge ihr ins Badezimmer, wo sie, die Hände in die Hüften gestemmt, mitten in der leeren Wanne steht. »Bitte sag mir, dass du den wenigstens einmal benutzt hast.«

»Ich habe ihn wenigstens einmal benutzt.« Das stimmt natürlich nicht, aber es ist das, was sie gerne hören möchte.

Sie legt den Kopf zur Seite. »Du lügst. Ich kann mir gar nicht vorstellen, warum du ihn noch nicht benutzt hast. Wenn das meiner wäre, würde ich jeden Abend ein Schaumbad nehmen.«

»Nimm doch jetzt eins, wenn du magst.«

»Bring mich nicht in Versuchung.«

»Warum nicht? Es wäre doch schade, wenn niemand ihn benutzen würde.«

Sie zieht die Nase kraus. »Das wäre seltsam.«

»Was wäre seltsam daran, meinen Whirlpool zu benutzen?«

»Ich weiß auch nicht, Griffin, vielleicht die Vorstellung, dass ich hier nackt in einem Schaumbad liege, während du da draußen bist und sonst was tust.« Ihre Wangen werden knallrot, während sie eilig auf die Tür zustrebt, an der ich lehne.

Ich muss ein Grinsen unterdrücken. »Hattest du nicht sowieso vor, eine Dusche zu nehmen? Wo ist da der Unterschied?«

»Eine Dusche ist etwas anders als ein Schaumbad in einem Whirlpool, in dem vier Leute Platz hätten.« Das Gestikulieren und Rotwerden nimmt weiter zu. »Natürlich heißt das nicht, dass vier Leute gemeinsam in den Whirlpool steigen sollen oder so, schon gar nicht nackt. Ich meine … es ist … i-i-ich …«

Ich versuche sie davor zu bewahren, mich offen zurückzuweisen. »Schon verstanden. Du willst nicht nackt und von Schaum bedeckt in meinem Badezimmer sein, während ich da draußen bin und mir dich nackt und schaumbedeckt vorstelle. Das ist völlig verständlich.« So wie sie mich anfunkelt, bin ich mir nicht sicher, ob das die richtige Antwort war. Ich trete hinaus auf den Flur. »Mach dich in Ruhe frisch. Dusche oder bade, ganz wie du magst. Ich lass dich einfach machen und werde nicht an deinen nackten Körper denken.«

Ich drehe mich um und verfluche mich innerlich dafür, sie in diese unnötig peinliche Situation gebracht zu haben.

»Griffin?«

Ich bleibe stehen und werfe einen Blick über die Schulter. Ganz schlechte Idee. Cosy steht immer noch in der Wanne, einen Finger an die Lippen gelegt, den langen, geflochtenen Zopf über der Schulter, Kleider und Haut orange vom Staub, mit windzerzaustem Haar. Sie sieht aus, als wäre sie die personifizierte Freiheit in wunderschöner Verpackung. Die ich nur zu gerne öffnen würde, um sie überall zu berühren, staubig oder nicht.

»Brauchst du etwas? Deine Tasche vielleicht. Ich hol sie dir.«

»Nein. Die brauche ich nicht.« Sie zieht eine Schulter hoch und wirkt verunsichert. »Hättest du vielleicht Lust, mit mir ein Schaumbad zu nehmen?«

Es ist eine Frage. Meine Augenbrauen schnellen nach oben, und ich bin mir verdammt sicher, dass die Geschwindigkeit, mit der mein Schwanz hart wird, einen Eintrag im *Guinness-Buch der Rekorde* verdient.

»Nur wenn du magst. Vielleicht badest du ja nicht gerne. Ich kann auch duschen.« Sie beugt sich vor, um aus der Wanne zu steigen.

»Und ob ich mag.« Ich mache einen Schritt auf sie zu. »Auf jeden Fall.«

Ein scheues und zugleich kokettes Lächeln erscheint auf ihrem Gesicht. »Ich dachte, es könnte Spaß machen, und außerdem haben wir bis zum Dinner noch so viel Zeit.«

»Irgendwo muss es Badeschaum geben. Das gibt es immer in diesen Suiten.« Ich will hier keine Vermutungen anstellen, aber gemeinsam in einen Whirlpool zu steigen, kommt einer Einladung zum Sex schon ziemlich nahe. Ich bin nicht der Typ, der es direkt darauf anlegt, mit einer Frau im Bett zu landen. Zumindest nicht, bevor es ein paar Verabredungen gab, um sich besser kennenzulernen. Und was Cosy betrifft, war ich sogar noch zurückhaltender als üblich. Was auch damit zusammenhängen mag, dass sie die erste Frau ist, mit der ich mich mehr als einmal getroffen habe, seit mir Imogen den Laufpass gegeben hat. Deshalb fühlt es sich ein wenig seltsam an, dass wir uns plötzlich mit Überschallgeschwindigkeit bewegen, nachdem wir bisher nur im Kriechgang vorangekommen sind.

Cosy dreht den Wasserhahn auf und überprüft die Temperatur an ihrem Handgelenk, während ich in den Schränken nach dem Geschenkkorb mit den Badeutensilien suche, der immer in den Suiten steht. Schließlich finde ich ihn im Wäscheschrank, in dem auch die weißen Bademäntel liegen. »Ich hab's!« Ich halte triumphierend die Flasche hoch und drehe mich zu Cosy um, die auf dem Wannenrand sitzt und zusieht, wie das Wasser einläuft, während sie mit ihrem Zopf spielt.

Ich öffne den Verschluss und rieche an der Flasche. Süß und blumig, aber nicht übertrieben. Ich halte die Flasche über die Wanne und drücke sie.

»Oh nein!« Cosy greift nach der Flasche, woraufhin ich sie überrascht fallen lasse. Sie landet platschend im Wasser.

»Ist es zu intensiv?« Vielleicht hätte ich sie vorher daran riechen lassen sollen. Der Schaum fängt bereits an, sich auszubreiten, als Cosy die Flasche aus dem Wasser angelt.

»Man braucht nur ganz wenig davon, und du hast beinahe die halbe Flasche reingekippt.«

»Oh.« Ich beobachte, wie sich der duftende Schaum immer höher auftürmt.

»Wenn wir jetzt die Massagedüsen anstellen, wird das ganze Badezimmer im Schaum versinken«, sagt sie kichernd, was total niedlich klingt.

Ich lächle sie betreten an. »Sollen wir noch mal von vorn anfangen?«

»Nicht nötig, es wird schon nicht so weit kommen, hoffe ich.« Sie zieht ihr Top über den Kopf und lässt es zu Boden fallen. Auch ihr BH ist aus weißem Satin mit Spitzenbesatz. Zumindest war er weiß, denn auch auf ihm hat der orangefarbene Staub deutliche Spuren hinterlassen. Dennoch scheint er noch immer die pure Unschuld zu repräsentieren, und ich frage mich, ob das wohl beabsichtigt war.

Cosy trägt bevorzugt Tanktops – häufig durchsichtig – und kurze Shorts, weshalb ich in letzter Zeit eine Menge Haut zu sehen bekommen habe. Aber das hier ist etwas anderes. Sie zieht sich vor mir aus, um sich mir nackt zu präsentieren. Zumindest denke ich, dass das hier gerade passiert.

»Lass mich dir helfen.« Meine Stimme ist tief und rau, als ich vor sie hintrete.

Sie lächelt mich verschmitzt an. »Glaubst du etwa, ich kann mich nicht selber ausziehen?«

»Ich bin überzeugt, dass du das sehr gut kannst, Cosy, aber im Moment suche ich einfach nach einer Ausrede, um dich berühren zu können. Natürlich nur, wenn du es möchtest.«

»Schon okay.« Sie nagt an ihrer Unterlippe.

Ich nehme ihr Gesicht in meine Hände und beuge mich hinab, um sie zu küssen. Sie legt die Handflächen auf meine Brust und neigt den Kopf zur Seite, damit ich es einfacher habe. Ich gebe mich ihren Lippen sekundenlang hin, bevor ich von ihr ablasse. Ich kann sehen, wie sich die Härchen auf ihrer Haut aufstellen, als ich den Knopf an ihren Shorts öffne und den Reißverschluss herunterziehe, bis ich ihr Höschen sehen kann. Ich schiebe sie ihr über die Hüften, gehe auf ein Knie und lasse sie an ihren glatten, gebräunten Schenkeln herabgleiten. Cosy legt eine Hand auf meine Schulter und steigt aus ihren Shorts. Ich hauche einen Kuss unter ihren Nabel, bevor ich mich wieder aufrichte.

Ihr Blick wandert von meinem Mund zu meiner Brust. »Ich kann dir ebenfalls helfen.« Sie zieht am Saum meines Shirts und schiebt es hoch, wobei ihre Fingerspitzen meine Bauchmuskeln kitzeln. Weil sie viel kleiner ist als ich, helfe ich ihr und ziehe es über meinen Kopf.

Sie beißt sich in den Finger und fährt mit der anderen Hand über meine Brust. »Du erinnerst mich an die Statuen, die man in Museen sieht. Aber zum Glück bist du nicht aus Marmor.«

Ich lache verlegen, aber es schmeichelt meinem Ego. »Danke für das Kompliment.«

Sie blickt mir in die Augen. »Es war auch als Kompliment gemeint. Aber bitte sag mir, dass du dafür hart trainieren musstest. Und wenn nicht, lüg mich an. Niemand sollte so einen Körper haben, ohne etwas dafür tun zu müssen.«

»Ich hab auch eine Menge Zeit im Fitnessstudio verbracht.«

»Wenigstens einer von uns«, murmelt sie. Sie fährt an meinem Bauch hinab bis zu meinen Shorts, lockert den Gürtel und öffnet den Knopf. Ich stöhne, als sie den Reißverschluss herabzieht, hinter dem sich meine Erektion wölbt. Die Shorts fallen zu Boden, und es gibt keine Möglichkeit, meine Erregung zu verbergen, die sich scheinbar gewaltsam ihren Weg aus meinen Boxershorts bahnen will.

Ich bin nicht sicher, wie ich Cosys Gesichtsausdruck deuten soll. »*Das* sieht jetzt nicht mehr nach einer Statue aus.«

»Was soll das denn heißen?« Ich hatte immer den Eindruck, in diesem Bereich ziemlich gut ausgestattet zu sein, weshalb mir allein die Vorstellung, dass sie nicht beeindruckt sein könnte, ein unangenehmes Gefühl beschert.

Sie grinst und wirft den Zopf zurück. »Du solltest mal hören, wie beleidigt du klingst. Statuen haben entweder gar keinen Pimmel oder einen wie von einem Kleinkind. Was man von ihm hier definitiv nicht behaupten kann.« Sie pikt meine Eichel durch den Stoff, was diese zum Zucken bringt. Sie macht große Augen und wackelt grinsend mit den Händen. »Er lebt!« Sie tänzelt von mir fort und wirft einen Blick in die Wanne. Der Schaum steht mittlerweile fast einen halben Meter über dem Badewannenrand und wächst weiter.

»Oh mein Gott! Sieh nur, was du angerichtet hast!« Noch immer mit BH und Slip bekleidet steigt sie in die Wanne und tastet sich durch den Schaum, bis sie die Armaturen findet und das Wasser abdreht. Sie schenkt mir ein freches Grinsen und lässt sich in das Wasser sinken, bis sie unter dem Schaum verschwindet. »Das ist, als würde man in einer Wolke sitzen!« Sie lacht und sagt dann Schaum spuckend: »Nur schmeckt es nicht so gut, wie ich mir das von einer Wolke vorgestellt hätte.«

»Ich vermute, dass Wolken nach gar nichts schmecken, weil sie aus Wasser bestehen.« Ich lasse die Boxershorts an, steige in die Wanne und suche in all dem Schaum nach Cosy. Ich finde sie ganz am anderen Ende. Nur ihr Gesicht ist nicht mit Schaum bedeckt, obwohl sie einen Spitzbart aus Schaum am Kinn hat. Ich lasse mich neben ihr ins Wasser sinken und breite meine Arme auf dem Rand der Wanne aus.

»Als Kind habe ich immer gedacht, dass Wolken wie Zuckerwatte oder Marshmallows schmecken.« Sie hebt eine Handvoll Schaum hoch.

»Ich wette, das fühlt sich an, als wär's gestern gewesen«, erwidere ich und merke im selben Moment, wie dumm das klingt.

Cosy holt Luft und bläst mir den Schaum ins Gesicht.

»Blödmann.«

»Tut mir leid, das war nicht so gemeint.« Ich will sie umarmen, aber ihre Haut ist ganz glitschig vom Schaum, und so entwindet sie sich meinem Griff und gleitet auf die gegenüberliegende Seite. Bevor sie sich zu weit entfernen kann, erwische ich sie am Knöchel und ziehe sie zurück. Sie wehrt sich nicht, wirkt aber auch nicht gerade begeistert. Unsere Beine verheddern sich, als ich sie an mich ziehe, und meine Hände tasten blind nach ihren Rundungen, als sie sich auf mich setzt. »Weißt du Griffin, du solltest wirklich versuchen, deinen Vaterkomplex in den Griff zu kriegen.«

»Das war eine unglückliche Formulierung. Ich habe keinen Komplex.« Ich will ihr den Badeschaum aus dem Haar streichen, was sich als unmöglich erweist, weil er überall ist.

»Bist du sicher? Vielleicht ist da ja was in deinem Unterbewusstsein und du bist dir gar nicht im Klaren darüber, dass du einen hast.« Sie nimmt einen Arm voll Schaum, legt ihn auf meinen Kopf und verteilt ihn seitlich bis zu meinem Kinn.

»Was wird das?«

»Ich verpasse dir einen Schaumbart.« Ihr Tonfall impliziert »Du Dummkopf!«. Sie grinst breit und blinzelt mich an. »So, jetzt siehst du aus wie ein schmutziger alter Mann.«

»Es war nicht so gemeint.«

»Entspann dich, Griffin. Ich mach doch nur Spaß.« Sie streift den Schaum aus meinen Haaren und von meinen Wangen, beugt sich vor und streicht mit ihren Lippen über meine. »Zehn Jahre sind kein so großer Unterschied.«

»Elf.«

»Auch kein Drama. Hör mit der Haarspalterei auf. Man könnte meinen, du willst dich wegen irgendwas schuldig fühlen.« Sie saugt an meiner Unterlippe.

Ich schlinge meine Arme um sie und erwidere den Kuss. Ich lasse die Hände an ihrem Körper hinab bis zu ihrem Po gleiten, um sie fester an mich zu ziehen.

Es ist wahrscheinlich gut, dass wir nicht völlig nackt sind, sonst könnte das ziemlich schnell riskant werden, weil die Kondome im Nachttisch liegen. Wir fummeln, knutschen und reiben uns aneinander, ohne dass einer von uns es eilig hätte. Es ist zärtlich und sexy und … einfach wohltuend. So ist Cosy – ganz absichtslos, nur dem Hier und Jetzt verpflichtet.

Sie löst sich von meinen Lippen, lehnt sich zurück und presst ihre Hüften gegen meine. Einen Moment lang bin ich verwirrt, bis ihre BH-Träger an ihren Armen hinunterrutschen und sie ihn über den Rand der Badewanne schleudert. Mit einem klatschenden Geräusch landet er auf den Fliesen.

Ich würde am liebsten sofort hinunterblicken und umfassen, was dort auf mich wartet, aber ich widerstehe dem Drang, zu grapschen und zu glotzen. Ich bin bereit, die Belohnung hinauszuzögern. Ich sehe ihr in die Augen. Sie kaut nervös auf der Innenseite ihrer Lippe und hat beide Hände an ihrem Hals, bevor sie sie langsam an ihrer Brust hinabgleiten lässt. Ich folge gebannt der Bewegung ihrer Fingerspitzen, die über die feuchte Wölbung gleiten und im schaumbedeckten Wasser verschwinden. Es plätschert um ihre Brustwarzen herum, deren Spitzen kaum zu sehen sind.

Ich packe sie um die Taille und hebe sie aus dem Wasser, den Blick noch immer mit ihrem verschränkt, während ich die Stelle zwischen ihren Brüsten küsse, die voll und üppig und wahnsinnig straff sind. Ich lecke über die Rundungen, genieße ihre warme, seifige Haut und ihr leises Stöhnen, als ich meine Lippen um ihre Nippel schließe und vorsichtig an ihnen sauge.

Cosy setzt sich so hin, dass ihre Brust direkt vor meinem Gesicht ist, und lässt ihre Hände durch meine Haare gleiten. Sie packt zu, als ich eine ihrer Brüste umfasse und die andere küsse. Heiser ertönt der Schrei meines Namens, als ich auf meinem Weg über ihre Brust sanft in die Rundung beiße, um ihrer anderen Brust die gleiche Behandlung zuteilwerden zu lassen.

»Badezeit ist wohl vorüber«, knurre ich an ihrer Haut. Ich setze mich auf den Wannenrand, schwinge meine Füße aus dem Wasser und ermuntere sie, ihre Beine um meine Taille zu schlingen. Als ich aufstehe, muss ich sie anders packen, weil wir beide vom Seifenschaum ganz glitschig sind. Cosy kreischt erschrocken auf und klammert sich an mich, als ich auf halbem Weg aus dem Bad auf den Fliesen beinahe ausrutsche, aber ich schaffe es bis zum Bett, ohne uns zu Fall zu bringen.

Sobald ich Cosy am Bettende absetze, löst sie ihre Lippen von meinem Hals und presst sie auf meinen Mund. Mit einer Hand versucht sie mir die nassen Boxershorts über die Hüften zu ziehen und mit der anderen ihren Slip.

Ich muss lachen und löse meine Lippen von ihren. »Eins nach dem anderen, Cosy.«

»Ich will dich ganz nackt spüren.«

»Und ich dich, also lass uns einander helfen.« Ich schiebe meine Finger unter den Bund ihres Slips und ziehe ihn ihr über die Hüften. Gleichzeitig zerrt sie mir meine Boxershorts herunter. In nassem Zustand ist das schwierig, weshalb wir einander helfen müssen. Es ist irgendwie peinlich und wir müssen beide lachen, während wir versuchen, uns weiterhin zu küssen. Schließlich kann ich meine nassen Shorts wegstrampeln, und Cosys Slip landet als nasses Häuflein auf dem Boden zu meinen Füßen.

Ich fluche, als sie meinen Penis mit ihrer warmen Hand umfasst und ihn drückt. Ihre andere Hand legt sie flach auf meine Brust, bevor sie sich zurücklehnt und den Blick nach unten schnellen lässt. Ihre Augen flackern, und sie macht ein ungläubiges Gesicht. »Jesus! Beim Herrn mit einem Vergrößerungsglas. Was zum Teufel ist das, Griffin?«

Ich senke meinen Blick. Mein Schwanz ist alles andere als klein, also frage ich mich, was sie meint. »Was ist was?«

Ihre Finger gleiten zaghaft über meinen Schaft, ihr Daumen streicht über meine Eichel, was mich die Augen verdrehen lässt. »Das ist ein ganz schön großes Ding.«

Ich muss grinsen, woraufhin sie errötet. »Keine Angst, er geht nur dahin, wo du ihn haben willst.«

»Ich hoffe, du hast Gleitcreme«, murmelt sie und presst ihre Lippen auf meine.

Ich habe zwar keine Gleitcreme mehr, aber darüber mache ich mir keine Sorgen. Ich werde sie zuerst mit den Fingern zum Höhepunkt bringen, bevor ich es ein weiteres Mal mit meiner Zunge tun werde. Ich küsse ihren Bauch, dann ihre Nippel, bis ich schließlich wieder bei ihren Lippen ankomme. Irgendwann löst sich ihr Zopf, und die dunklen, gewellten Haare fließen über die weißen Decken.

Sie stöhnt, als ich mich zwischen ihre Schenkel lege und meine Erektion sich an ihrer empfindlichsten Stelle reibt. Sie schlingt die Beine um meine Taille und biegt sich mir entgegen. Ich gleite tiefer und für einen Moment stößt meine Eichel an ihre Öffnung.

Wenn ich nicht so verantwortungsbewusst wäre und nicht wüsste, welche Konsequenzen das haben kann, würde ich gern ungeschützt in sie eindringen. Doch zum Glück bin ich kein verdammter Idiot. Natürlich würde es sich besser anfühlen, aber sie weiß genauso wenig über mein bisheriges Liebesleben wie ich über ihres.

»Griffin«, krächzt sie warnend an meinen Lippen.

Ich stütze mich auf einen Arm, damit ich ihr Gesicht sehen kann. »Ich habe Kondome.«

Sie fährt sich mit der Zunge über die Lippen. »Das ist gut.«

»Soll ich eins holen?« Nur weil wir hier beide nackt auf dem Bett liegen, habe ich noch kein Recht auf Sex. Hätte ich gern welchen? Ja, verdammt. Aber ich will eine klare Ansage von ihr, dass sie mich genauso sehr will wie ich sie.

Sie nickt. »Bitte.«

Ich küsse sie, bevor ich zum Nachttisch hinübergreife und eine Schachtel aus der obersten Schublade nehme. Es ist ein ungeöffneter Dreierpack. Er stammt aus der Bar, in der mein Kumpel seinen Junggesellenabschied gefeiert hat. Was für ein Glück, dass ich sie aufgehoben habe.

Ich lehne mich auf Knien zurück, während Cosy ihre zusammenpresst, als ich die Schachtel aufreiße.

»Griffin?«

»Ja, Süße?« Ich schüttele die Kondome heraus und werfe zwei auf den Nachttisch. Vielleicht will sie ja nach dem Dinner hierher zurückkommen und über Nacht bleiben, also brauchen wir die vielleicht noch.

»Kann ich …« Sie stützt sich auf die Ellbogen.

»Möchtest du vielleicht?« Ich drehe die quadratische Folie zwischen meinen Fingern und halte sie ihr hin.

Sie macht keine Anstalten, sie zu nehmen. »Äh, ich … äh … Ich habe das noch nie gemacht.«

»Kein Problem, ich kann dir zeigen, wie es geht. Wir können es gemeinsam tun.« Ich weiß nicht, warum mir diese kleine Information ein so befriedigendes Gefühl gibt. Ich schätze, mit zweiundzwanzig ist es nicht ungewöhnlich, dass sie noch kein Kondom übergestreift hat. Genau der richtige Moment, um das nachzuholen.

»Nein. Das ist es nicht. Ich weiß, wie man ein Kondom überstreift.« Sie setzt sich auf, und ihr Blick wandert von meinem Schwanz, den ich mit der Hand umklammere, zu dem Kondom, das ich ihr immer noch hinhalte. »Ich habe *das* noch nie gemacht.«

Ich schalte nicht schnell genug, um die Bedeutung des Satzes zu begreifen.

»Was nie gemacht? Sex in einem Hotelzimmer gehabt?«

»Sex überhaupt«, murmelt sie.

»Wie bitte?« Ich muss mich wohl verhört haben.

Sie stößt ungeduldig die Luft aus. »Ich bin noch Jungfrau.«

Ich starre sie einen Moment lang an und warte darauf, dass sie loslacht. Was sie nicht tut. Stattdessen läuft sie rot an.

»Hätte ich doch besser meinen Mund gehalten.«

»Du meinst das ernst.« Es ist eine Feststellung. Sie meint es wirklich ernst. »Wie geht das denn?«

Sie blickt mich finster an. »Wie bitte?«

»Du arbeitest in einem Sexshop.«

Sie reckt trotzig ihr Kinn vor. »Und? Was hat das damit zu tun?«

»Ich weiß auch nicht. Es ist nur … Ich meine … Verdammt. Wahrscheinlich hat es nichts damit zu tun, dass du …« Ich kann den Satz nicht beenden, weil ich einen Kloß im Hals habe, also räuspere ich mich. »Ich dachte nur, wenn du Sexspielzeug verkaufst, von dem du anscheinend eine Menge verstehst, hättest du auch Erfahrung damit.«

»Ich hab eine Menge Erfahrung mit einem Gummischwanz. Aber ich hatte noch keinen richtigen in mir. Und Bartholomew ist weder so dick noch so lang wie deiner, also dachte ich, ich sollte dich warnen.«

»Bartholomew?« Ich verspüre das dringende Bedürfnis, diesen Typen aufzutreiben und ihm die Zähne auszuschlagen.

»Mein Vibrator.«

»Du hast deinem Vibrator einen Namen gegeben?«

»Ich habe ihn schon seit Jahren, und er hat mich nie im Stich gelassen. Also fand ich, er hätte es verdient.« Sie nimmt das Kondom, das mir aus den Fingern gefallen ist.

»Hoppla, langsam.« Ich schnappe es mir. »Ich denke, wir sollten zuerst darüber reden.«

»Das haben wir doch. Ich sagte dir, dass ich noch Jungfrau bin, und jetzt darfst du deinen Penis dort reinstecken, wo noch nie zuvor ein menschlicher Schwanz gewesen ist.«

»Cosy.« Ich fahre mir mit einer Hand durch die Haare und versuche mir darüber klar zu werden, was ich jetzt verdammt noch mal tun soll. Will ich Sex mit Cosy? Und ob. Aber eine Frau zu entjungfern ist eine große Sache. Und vermutlich verdiene ich ihre Jungfräulichkeit auch nicht. Nein, nicht vermutlich, sondern garantiert. Aber wie sollte ich sie nicht wollen.

»Dein Schwanz sieht aus, als wäre er bereit, in mich einzudringen.« Sie streift mit der Fingerspitze den Tropfen von meiner Eichel und führt ihn an ihre Lippen.

»Verdammte Scheiße.« Es klingt wie ein Knurren. Ich räuspere mich. »Dein erstes Mal sollte etwas Besonderes sein, mit jemandem, den du liebst.« *Was rede ich da bloß?*

Sie verdreht die Augen. »Mal ernsthaft, wie alt warst du bei deinem ersten Mal?«

»Siebzehn.«

»Und du willst mir erzählen, dass du in sie verliebt warst? Wo ist es passiert, auf dem Rücksitz des SUVs deines Vaters?«

»Nein, in einem Bett, und wir gingen seit der neunten Klasse zusammen.«

»Wie niedlich, aber das war doch bestenfalls jugendliche Schwärmerei. Ich hatte ein Jahr lang einen Freund auf der Highschool, aber er hat mich abserviert, weil er ein Jahr vor mir seinen Abschluss machte und nicht gebunden sein wollte, während er auf dem College alles nagelte, was nicht bei drei auf dem Baum war. Aber als ich dann auf dem College war, hatte ich kein Interesse daran, meine Unschuld an irgendeinen Trottel zu verlieren, der sich fünf Minuten lustlos mit mir abgemüht hätte, wobei ich bestimmt keinen Orgasmus gehabt hätte. Soll ich dir sagen, dass ich dich liebe, damit du dich besser fühlst, wenn du mich vögelst? Es ist kaum zu übersehen, dass du scharf darauf bist.« Sie deutet auf meinen Steifen, den ich so fest gepackt halte, als wollte ich ihn erwürgen.

Sie ändert ihre Stellung und kniet sich direkt vor mich hin. »Sag bitte nicht Nein, Griffin. Wir hatten einen wundervollen Tag, alles war perfekt und bis jetzt war es der Abend ebenfalls. Natürlich sollte das erste Mal unvergesslich sein. Und ich will, dass mein erstes Mal unvergesslich ist, weil es gut war, und nicht, weil es ein Reinfall war. In Anbetracht der vielen Orgasmen, die du mir bereits beschert hast, bin ich ziemlich sicher, dass Sex mit dir kein Reinfall ist, also solltest du dich damit abfinden und mich so erobern, wie du es willst.«

Sie wartet meine Antwort gar nicht erst ab. Stattdessen nimmt sie das Kondom aus meinen Fingern und reißt die Verpackung auf.

»Warte.« Ich lege meine Hand auf ihre.

»Jetzt bin ich dran, Griffin, und ich will, dass du es annimmst.«

Schon seit den ersten Höhlenmenschen löscht das dringende Bedürfnis, genau das zu tun, was sie gesagt hat – *er-*

obern, nehmen, Anspruch erheben –, jedes vernünftige Argument aus. Ich will, was sie mir darbietet, und sie hat natürlich recht – mein erstes Mal war gut für mich, aber für meine damalige Freundin war es wahrscheinlich nicht berauschend, weil wir beide ziemlich ahnungslos waren. Außerdem wird sie nicht bleiben wollen, wenn ich sie jetzt zurückweise. Es wird also weder ein Dinner noch weitere Verabredungen geben. Wenn ich jetzt Nein sage, werde ich sie nie wiedersehen, und irgendein dummer Trottel in ihrem Alter wird das bekommen, was sie mir geben wollte.

Ich umfasse ihre Wange und küsse sie. »Ich verspreche dir, dass es unvergesslich wird. Und kein Reinfall.«

»Ich zähl auf dich, also enttäusch mich nicht.« Sie nimmt das Kondom aus der Folie und zwinkert mir zu. »Aber ohne Eile.«

Ich lache, muss aber tief einatmen, als sie das Kondom an der Spitze packt und es auf die Eichel setzt. »So ungefähr?« Sie blickt mich mit großen Augen fragend an.

Ich sollte nicht so erregt sein. Aber ich freue mich wahnsinnig darüber. »Genau so.«

Sie rollt das Kondom über meinen Schaft und wischt sich dann die Hand an der Bettdecke ab, was mir ein Lächeln entlockt. Cosy legt ihre Hand in meinen Nacken und zieht sanft, bis unsere Lippen sich berühren. »Komm, die Zeit für Jungfräulichkeit ist abgelaufen.«

Halb muss ich lachen, halb stöhnen, als sie sich zurücklegt und mich an sich zieht. Ich stütze mich auf meine Unterarme. »Vielleicht sollte ich nochmals mit meinen Fingern spielen?«

»Keine weiteren Verzögerungen, Griffin.« Sie zieht einen Fuß an der Außenseite meines Beins entlang und greift mit ihrer freien Hand zwischen ihren Schenkeln nach meiner Erektion.

Ich nehme ihre Hand, schiebe sie sanft weg und lege mich zwischen ihre Schenkel. »Nicht so schnell, Cosy.«

Ich küsse sie und spüre ganz genau, wie sie sich unter mir anfühlt, wie sie sich windet und an meinen Körper presst. Ich will nicht, dass es zu schnell vorbei ist. Das letzte erste Mal war, als ich meine eigene Unschuld verloren habe. Ich hatte damals keine Ahnung, was ich tat, und wusste nicht, wie ich das zu einer schönen Erfahrung für meine Partnerin machen sollte, aber Alter und Erfahrung ändern vieles, vor allem die Perspektive.

Ich kreise weiterhin mit den Hüften, woraufhin Cosy ihre Beine enger um mich schlingt. Ich stöhne leise, während sie die Fingernägel in meine Schultern krallt. Ich löse meine Lippen von ihrem Mund und stütze mich auf meinen Unterarm, um sie zu betrachten.

Ich fahre sanft über die Linie ihres Kinns. Ihre Lippen sind voll und gerötet von unseren Küssen, und ihr Blick ist verschleiert vor Lust. »Du bist schön.«

»Du auch, aber auf eine extrem männliche und zugleich jungenhaft attraktive Art. Aber zu deiner Information, ich finde, du spielst weiterhin auf Zeit.«

Ich nehme meinen Penis und umkreise mit der geschwollenen Eichel ihre Klitoris. »Ich will, dass du mir sagst, wenn sich etwas nicht gut anfühlt.«

»Schon klar.«

»Bist du dir sicher, dass du das willst?«

»Unbedingt.« Sie nickt und fährt sich mit der Zungenspitze über die Unterlippe.

»Wenn ich aufhören soll, reicht ein Wort.« Ich lasse meinen Penis noch einmal kreisen, gleite etwas tiefer und blicke zwischen ihre Schenkel.

»Griffin.«

Mein Kopf schnellt hoch. »Ja.«

»Das hier ist keine Rechenaufgabe. Es ist Sex. Also sei nicht so ernst und hab Spaß mit mir.« Sie fährt mir mit den Fingern durch das Haar und schenkt mir ein sanftes Lächeln.

Ich erwidere es und streichle ihre Wange, während ich meinen Penis an ihre Öffnung führe. »Ich bin bereit, dorthin zu gehen, wo noch nie zuvor ein Mann gewesen ist.«

»Außer Bartholomew.«

»Bart soll beten, dass er mir nie über den Weg läuft, sonst werfe ich ihn in die nächste Tonne.«

Cosy lacht und hält die Luft an, als ich in sie eindringe.

Ich halte inne. »Mehr oder warten?«

»Mehr. Ich will ihn ganz«, flüstert sie.

»Keine Sorge, ich gebe dir alles.«

7

ECHT FANTASTISCH

Cosy

Das Geplänkel verebbt, als Griffin in mich eindringt und ich das Gefühl habe, nicht nur leicht gedehnt zu werden, sondern komplett ausgefüllt zu sein. Sein Blick fixiert mich, als würde er meine Reaktionen auf ihn genau registrieren.

Griffin ist gut bestückt. Ich weiß das aufgrund der Pornos, denen ich im Laden ausgesetzt bin, der Gummischwänze, die ich den Leuten verkaufe, und des gesunden Menschenverstands. Gut bestückt, aber nicht zu gut.

Seine Miene ist hochkonzentriert, die Lippen sind leicht geöffnet, und jeder Atemzug ist ein leises Stöhnen. Es ist wirklich faszinierend. Die unterschiedlichsten Empfindungen huschen über sein Gesicht, und ich folge jeder einzelnen: Lust, Schuld, Verlangen, Besorgnis, Leidenschaft, Furcht, Zögern und schließlich eine seltsam verzweifelte Erlösung, als seine Hüften meine berühren.

Mit zweiundzwanzig hatte ich schon ein paar Freunde – alles Kurzzeitbeziehungen bis auf den einen an der Highschool –, weshalb ich ausreichend sexuelle Erfahrungen habe, abgesehen vom eigentlichen Akt. Und Analsex, denn darauf kann ich verzichten. Ich bin davon ausgegangen, der Sex mit einem Mann wäre wie mit einem Vibrator, der an einem Menschen befestigt ist. Offensichtlich lag ich falsch.

Es ist völlig anders. Und ich kann die Faszination verstehen. Warum Leute danach verlangen. Warum Leute danach süchtig werden. Ich fühle mich völlig ausgefüllt. Nicht schmerzhaft, aber ausgefüllt. Von Griffin. Er ist überall, unsere Körper sind eins, obwohl er sich über mir abstützt. Sein warmer Atem streicht bei jedem Ausatmen über mein Gesicht.

Seine Arme umfangen mich, ich werde zugleich beherrscht und beschützt. Er streichelt an meinem Kinn entlang und umfasst meinen Nacken mit der Hand. Es ist eindrucksvoll, wie einfach es für ihn zu sein scheint, sein gesamtes Gewicht nur auf einen Arm zu stützen. Dieser Grad an Nähe ist schon beinahe irritierend. So sehr, dass ich die Augen schließen will, doch ich schaffe es nicht, den Blick von ihm abzuwenden. Er ist einfach so verdammt schön.

Nach einer halben Ewigkeit, die in Wirklichkeit nur ein paar Sekunden dauert, beugt er sich herab, um mit seinen Lippen über meine zu streichen. Anstatt mich leidenschaftlich zu küssen, löst er sich jedoch wieder von meinem Mund.

»Wie fühlst du dich?«

»Ausgefüllt.«

Er runzelt die Stirn und hebt die Hüften leicht an.

»Zu viel?«

»Genau richtig.« Ich presse ihm meine Knie in die Seiten und verschränke meine Beine hinter seinem Rücken. Dann finde ich, dass ich wahrscheinlich sein Ego streicheln sollte. »Na schön, vielleicht ein bisschen zu viel, aber im positiven Sinne.«

Er lächelt, lässt sich wieder auf mich sinken und kreist mit den Hüften. Die Bewegung ist wie ein Funkenregen, der sich in meinem Innern entlädt.

»Du sagst mir, was du magst, okay?«

»Genau das, was du gerade machst. Das gefällt mir.« Ich streiche über seine Arme und Schultern.

»Sag Bescheid, wenn du es liebst.«

Er bohrt sich noch tiefer in mich hinein, und die Funken werden zu einem Feuer, das an meinem Rückgrat emporzüngelt. Es ist, als könnte ich ihn überall spüren, und ich will ihn noch tiefer, näher, *mehr von ihm.* Es dauert eine oder zwei Minuten, mich an dieses neue Gefühl zu gewöhnen, und auf einmal wird mir bewusst, dass, nur weil ich unter ihm liege, das nicht bedeutet, dass ich keinerlei Kontrolle habe.

Ich verändere die Stellung ein wenig, und plötzlich trifft er genau *den Punkt.* Den, der dieses magische Gefühl auslöst. Ich bin mir ziemlich sicher, dass mir gleich die Augen aus dem Schädel springen. »Oh Gott.«

Griffins Lippen verziehen sich zu einem zufriedenen Grinsen und seine Bewegungen werden schneller, seine Stöße tiefer und jeder einzelne von ihnen trifft genau diesen verdammten Punkt. Es fühlt sich an, als bräuchte ich nur die Hand auszustrecken, um den Himmel zu berühren, während ich mich emporwinde, immer höher und höher.

Hitzewellen jagen über meinen Körper, meine Kopfhaut prickelt, genau wie jeder andere Körperteil. Ich grabe meine Fingernägel in Griffins Schultern und kann meinen Körper nicht dazu bringen, den Griff zu lockern. Ich rufe seinen Namen, ohne zu wissen, warum. Vielleicht will ich ihn um etwas bitten. Einen Orgasmus möglicherweise? Aber ich habe keine Ahnung, wie ich das anstellen soll.

Ich bin kurz davor. »Ich komme gleich«, stöhne ich.

»Komm schon, Baby, lass dich gehen.« Griffin ändert seine Stellung, gleitet mit seiner warmen Handfläche an meinem Schenkel hinab und schiebt seinen Daumen in meine Kniekehle. Er spreizt mich weiter und drückt mein Knie gegen meine Brust. »Ich spüre, dass du kommst.«

Und dann passiert es. Kaum hat er es ausgesprochen und

kraftvoll zugestoßen, explodiert die glühend heiße Lust zwischen meinen Schenkeln.

Ich stoße einen Fluch aus, gefolgt von einer Ankündigung, dass ich komme – als wäre das nicht offensichtlich. Mein Körper gehorcht mir nicht länger. Griffin hat in diesem Moment völlig von mir Besitz ergriffen. Ich bin absolut überwältigt, und die Empfindungen löschen alles andere aus. Ich treibe dahin und ertrinke, fliege und falle zugleich.

Das ist der reine, unverfälschte Rausch. Der Orgasmus ist so anhaltend, dass hinter meinen geschlossenen Augen wundersamerweise das Sonnensystem erscheint, Sternschnuppen eingeschlossen. Griffin stößt weiter zu, immer schneller, selbst als er aus dem Rhythmus kommt. Ich zwinge mich, meine Augen zu öffnen, und bin sehr, sehr glücklich darüber.

Weil er wirklich umwerfend aussieht.

Sein gesamter Körper ist mit einem feinen Schweißfilm überzogen, was unter anderen Umständen unangenehm wäre, aber in diesem Moment einfach nur scharf ist. Er fixiert mich unter schweren Lidern, seine Kiefer zusammengepresst und seine Lippen zu einem zufriedenen, geräuschlosen Knurren verzogen.

Er stößt ein letztes Mal zu, spannt sich an und gibt ein tiefes Stöhnen von sich. Es ist herrlich.

Er lässt sich herabsinken, wobei er einen Großteil seines Gewichts noch immer abstützt, aber seine Lippen finden meinen Hals, und sekundenlang spüre ich seinen schweren Atem auf meiner Haut. Ich streichle sein Haar, befriedigt, aber noch immer voller Verlangen.

Als ich so daliege, während ich einen Wahnsinnsorgasmus und den wahrscheinlich unglaublichsten Entjungferungssex nachwirken lasse, wird mir bewusst, wie leicht man diese Lust und Nähe für mehr halten könnte. Und mir wird ebenfalls klar, wie leicht ich mich in diesen Mann verlieben könnte, weshalb ich für einen kurzen Moment meine Entscheidung bedauere. Nicht weil ich denke, dass ich besser auf die Liebe gewartet hätte, sondern weil es keine Perspektive gibt, die über die nächsten paar Monate hinausgeht.

Während ich den salzigen Geruch von Griffins Haut einatme und mir jede Einzelheit dieses Augenblicks einpräge, verschließe ich zugleich mein Herz. Ich kann es nicht riskieren, mich in jemanden zu verlieben, der nur vorübergehend da ist. Ich kann diese Zeit mit ihm genießen. Er kann für eine Weile der Märchenprinz in meinem Leben sein.

Er küsst mich auf den Hals und dann an meinem Kinn entlang bis zu meinem Mund. Ich erwarte, dass er mich flüchtig küsst und anschließend von mir herunterrollt. Aber das tut er nicht. Stattdessen küsst er mich lang und zärtlich, bis ich sowohl matt als auch erneut voller Verlangen bin.

Aber natürlich muss sich mein Magen als Spielverderber erweisen und anfangen zu knurren. Laut.

Griffin stützt sich lächelnd auf die Unterarme. »Na.«

»Na.«

Nachdem die ganze Anspannung von mir abgefallen ist, fühle ich mich … verletzlich. Ich muss irgendwas tun, damit es sich nicht mehr so seltsam anfühlt. Also beginne ich zu klatschen, was es schon deutlich besser macht.

»Gut gemacht. Für diese Vorstellung hättest du einen Deflorationspokal verdient.«

Sein Lächeln verschwindet, und er wendet den Blick ab. Das gefällt mir nicht. Ich versaue mein erstes Mal, indem ich mich wie eine unreife Idiotin benehme.

Ich lege meine warme, leicht verschwitzte Hand auf seine ebenfalls schweißbedeckte Wange und zwinge ihn, mich anzusehen. Ich kann das nicht so stehenlassen. »Es war wundervoll. Mir fehlt zwar der Vergleich, also weiß ich nicht, ob Sex sich immer so anfühlt, als ob in mir ein Feuerwerk explodiert, aber das war ungelogen der beste Höhepunkt, den ich jemals hatte. Ich mache mir wirklich Sorgen, dass du mich damit für alle Zeiten verdorben hast. Ich meine, wie in aller Welt willst du das beim nächsten Mal noch übertreffen?«

Das bringt sein Lächeln zurück, obwohl es eher ein Grinsen ist. »Du bereitest dich also schon auf das nächste Mal vor?«

»Äh … hast du den Teil nicht mitbekommen, als ich gesagt habe, das hier wäre der beste Höhepunkt gewesen? Wenn du so weit bist, hätte ich gern mehr davon. Aber vielleicht musst du dich ja erst einmal erholen?«

»Gib mir fünf Minuten, dann bin ich wieder so weit.«

Mein Magen knurrt erneut protestierend, aber meine Pussy zeigt ihm den Mittelfinger.

»Vielleicht sollten wir uns den Höhepunkt bis zum Dessert aufheben.« Er wirft einen Blick auf die Uhr auf dem Nachttisch. »Wenn du ausgehen möchtest, unser Tisch ist immer noch reserviert. Wir können aber auch etwas aufs Zimmer bestellen.«

»Ich bin für Zimmerservice.«

»Ich habe gehofft, dass du das sagen würdest. Lass mich nach der Karte sehen.« Er lehnt sich auf die Knie zurück, immer noch zwischen meinen Schenkeln – und immer noch irgendwie in mir.

Ich stütze mich auf einen Ellbogen, um zu sehen, wie er aus mir herausgleitet. Es hinterlässt ein kaltes, leeres Gefühl und ein undefinierbares Pochen in meinem Schoß. Kein Schmerz, nur dieses seltsame Verlangen, das überhaupt keinen Sinn ergibt, weil meine Vagina Verlangen ja gar nicht empfinden kann.

Sein Schwanz ist immer noch halb steif, und die Spitze des schlaffen Kondoms hängt unter dem Gewicht der Samenflüssigkeit herab.

Als er es abstreift, schnipse ich seltsam fasziniert gegen das Ende. »Sieh nur, wie sie strampeln. Die Ärmsten ahnen nicht einmal, dass ihr einziger Daseinszweck unerfüllt bleibt und sie in einer Plastiktüte ersticken werden.«

Griffin lacht prustend. »Das ist eine ziemlich verstörende Betrachtungsweise.«

»Und doch zutreffend.« Meine Schenkel sind immer noch weit gespreizt und zeigen alles von mir. Ich schließe sie, nicht weil ich plötzlich voller Scham wäre. Im Gegenteil, ich schwelge im Hochgefühl des Sex und fühle mich verdammt gut dabei. Ich fühle mich nicht unbedingt anders, aber entspannt und gleichzeitig auch nicht. Zufrieden, aber auch unruhig.

Griffin verschwindet im Badezimmer, um das Kondom zu entsorgen. Ich überlege, mich anzuziehen, aber meine Sachen sind dreckig und verschwitzt und ansonsten habe ich nur ein Kleid dabei. Nicht wirklich praktisch für ein Abendessen auf dem Zimmer. Vielleicht kann ich mir ein Hemd von ihm borgen.

Ich rutsche vom Bett und schlendere zum Wandschrank. Ich überlege, ob ich besser auf ihn warten soll, bevor ich herumstöbere, aber hier geht es nicht um persönliche Unterlagen, eine Brieftasche oder so etwas. Nur um den Ort, wo er seine Anzüge hinhängt. Vielleicht kann ich ja in eins seiner Button-down-Hemden schlüpfen. Das wäre sexy.

Ich öffne den Wandschrank und erwarte, einen Haufen Anzüge vorzufinden. Was auch so ist. Was ich überhaupt nicht erwarte, ist Frauenkleidung. Kleider, um genau zu sein. Plural. Und Schuhe. Hochhackige. Drei Paar von denen mit den roten Sohlen.

»Oh mein Gott!« Ich schlage mir die Hand vor den Mund. Ich habe das Gefühl, ich muss mich übergeben.

Ich habe mich von einem Ehebrecher entjungfern lassen.

8

ÜBERREAKTION. VIELLEICHT AUCH NICHT.

Cosy

Ich nehme einen Schuh, dessen Absatz definitiv als Mordwaffe dienen könnte, und wirble herum, als sich die Badezimmertür öffnet. Griffin strahlt übers ganze Gesicht und präsentiert seinen nackten Körper. Seine Haare sind ordentlich frisiert, er wirkt erfrischt und scheint völlig im Reinen mit der Tatsache, dass er ein verlogenes Arschloch ist.

»Du Mistkerl!« Ich schleudere den Schuh nach ihm und bin ziemlich beeindruckt, als er ihm ausweichen muss, damit er ihn nicht ins Gesicht bekommt. Er prallt von seiner Schulter ab und landet auf dem Boden.

»Was hast du, Cosy?«

»Komm mir bloß nicht so, du hinterhältiger, verlogener Ehebrecher.« Ich wünschte, ich wäre gerade nicht splitternackt. Ich gestikuliere in Richtung der schicken Kleider im Wandschrank und greife nach einer Clutch, die an einem Haken hängt. Der Henkel aus einer dünnen Goldkette reißt, und ich werfe sie in seine Richtung. »Du bist ein mieser Scheißkerl.«

Es gelingt ihm, die Handtasche im Flug zu fangen, was mich ärgert. Ich weiß nicht, ob ich mich übergeben oder weinen muss. Vielleicht beides. Ich muss meine Sachen nehmen und von hier verschwinden.

Sein Blick wandert von dem Wandschrank zu mir und wieder zurück. Seine Augen funkeln. »Moment mal, Cosy. Lass mich das erklären.«

»Was genau willst du denn erklären? Dass du diejenige, der diese Kleider gehören, betrügst? Ich habe dich *in mich* hineingelassen!« Ich raste völlig aus. Und ich habe wohl das Recht dazu. Für das hier werde ich meiner Schwester eine aufs Maul hauen. Na schön, vielleicht auch bloß auf die Titten, aber sie kriegt auf jeden Fall eine verpasst, weil es ihre Idee war, mich mit diesem Arsch einzulassen.

Er macht ein paar vorsichtige Schritte auf mich zu. »Du begreifst nicht. Die sind für dich. Ich betrüge niemanden. Das würde ich niemals tun. Nicht im Traum. Erinnerst du dich, wie ich gesagt habe, ich hätte etwas für dich?«

»Wie bitte?« Ich bin völlig verwirrt.

»Die Kleider. Die sind für dich, auch die Schuhe und die Handtasche. Ich wollte dich mit etwas Nettem zum Abendessen überraschen, weil ich dich über meine Pläne im Ungewissen gelassen habe. Ich dachte, du hättest vielleicht Lust, dir ein Kleid und ein Paar Schuhe auszusuchen, und wir würden ausgehen und … verdammt … dann kam das mit dem Bad dazwischen, und das Abendessen hat nicht … und ja.« Er fährt sich mit der Hand durch die Haare, woraufhin sie auf einer Seite hochstehen.

Ich zeige mit dem Daumen über meine Schulter zum Schrank. »Die sind für mich?«

Er nickt. »Allesamt. Es sind sogar noch die Preisschilder dran. Es kann alles umgetauscht werden. Ich wollte dir die Wahl lassen. Such dir was aus.«

Ich drehe mich um – immer noch nackt – und suche bei dem ersten Kleid nach dem Preisschild. Er hat nicht gelogen, es hängt noch immer dran. Und weist einen Preis von eintausendfünfhundert Dollar aus. Ich werfe einen Blick auf das nächste, auf dem ein Preis von zweitausend Dollar steht. Ich hänge es vorsichtig wieder in den Schrank, weil ich nicht vorhabe, heute Abend noch ein Kleid dieser Preisklasse zu ruinieren. Wer weiß, was die Clutch gekostet hat, und ich habe den Henkel abgerissen.

»Was soll das, Griffin? Diese Kleider kosten mehr als meine Monatsmiete.«

Er kommt mit erhobenen Händen näher. »Sei nicht verärgert, bitte. Ich dachte, es wäre eine schöne Überraschung. Ich hab nicht einmal auf die Preisschilder geachtet.«

»Du hast die alle selber gekauft?« Ich weiß nicht genau, wie ich das finden soll.

»Ja. Ich wollte etwas Nettes für dich tun. Ich kann alles wieder zurückbringen. Ich bin kein Betrüger, Cosy. Ich habe noch nie jemanden betrogen. Ich mache dir nichts vor, Ehrenwort. Du hast mir etwas Kostbares geschenkt, das ich gar nicht verdiene, und ich will auf keinen Fall, dass du es bedauerst.«

Ich versuche das alles zu verstehen, aber ich bin nach wie vor nackt, genau wie er, und außerdem reichlich verwirrt. Und jetzt dringt er auch noch in meinen persönlichen Bereich ein, und ich habe noch immer keine Ahnung, was hier eigentlich gespielt wird.

»Diese Schuhe kosten mehr als tausend Dollar das Paar.« Was völlig absurd ist. Wer zum Teufel gibt tausend Dollar für ein blödes Paar Schuhe aus? Ich jedenfalls nicht, so viel ist klar.

»Ich hab einen Deal gemacht.«

»Sag mir jetzt nicht, dass du zur Mafia gehörst. Oh mein Gott. Bin ich etwa in eine Verbrecherorganisation geraten?« Ich drehe mich um und greife blindlings nach einem Hemd, um mich zu verhüllen. Ich erwische eins seiner Businesshemden, was mir lieber ist als die Tausend-Dollar-Kleider im

Schrank. Ich schlüpfe hinein und fühle mich gleich ein wenig besser.

»Ich gehöre nicht zur Mafia. Ich habe nur gute Verbindungen durch meine Geschäftspartner. Das sind Geschenke. Ich musste nichts dafür zahlen, wenn dir also etwas davon gefällt und du es gerne haben möchtest, gehört es dir.«

»Das hat was von *Pretty Woman*, nur dass ich hier für meine Jungfräulichkeit bezahlt werde.«

Griffin schließt die Augen und atmet tief durch. »So ist es nicht.«

»Wie ist es dann?«

»Ich habe wohl versucht … dich zu beeindrucken? Was in der Rückschau vielleicht dumm war. Ich habe nun mal Zugang zu Sachen, den andere nicht haben. Und ich wollte, dass du dich als was Besonderes fühlst. Aber wenn dir das unangenehm ist, werde ich sie zurückgeben.«

Ich verschränke die Arme. Das Hemd ist viel zu groß für mich, und die Ärmel rutschen mir bis über die Hände. »Ich werde kein Paar Schuhe tragen, das einen Tausender gekostet hat.«

»Okay. Ich schicke sie zurück.« Er kommt einen Schritt näher. »Es tut mir leid.«

Ich reibe mir mit der Hand übers Gesicht. Sie riecht nach Latex und Sex. Erst diese unglaublichen Orgasmen und dann diese extravaganten Geschenke, ich bin ganz verwirrt. »Ist schon okay. Es gibt nichts, was dir leidtun müsste, schließlich war ich diejenige, die überreagiert hat.«

Er überbrückt die Distanz zwischen uns mit einem letzten Schritt.

Jetzt, wo ich nicht ausraste, komme ich mir richtig fies vor. »Tut mir leid, dass ich den Schuh nach dir geworfen habe.«

»Schon vergessen.«

»Und ich habe wohl den Henkel der Handtasche zerrissen. Ich werde sie bezahlen.«

»Nicht nötig. Außerdem kann man ihn reparieren.« Er streicht meine Haare zurück.

»Ich habe völlig falsche Schlüsse gezogen. Ich fühle mich schrecklich deswegen.« Ich streichele seine nackte Brust.

»Dazu gibt es keinen Anlass. Ich kann es vollkommen verstehen.« Er hebt mein Kinn an und haucht einen sanften Kuss auf meine Lippen. »Lass uns was zu essen bestellen, damit ich zu meinem Nachtisch komme.«

»Oh, für Eiscreme würde ich töten.«

»Ich meinte zwar dich mit meinem Nachtisch, aber ich bin sicher, hier gibt es auch Eiscreme.«

»Okay. Klingt beides gut. Ich bekomme die Eiscreme, und du darfst mich vernaschen.«

Nachdem meine Panik abgeklungen ist, kehrt der Hunger zurück. Und auch die Geilheit. Griffin schlüpft in ein T-Shirt und ein Paar Shorts, während er unsere Reservierung absagt und beim Zimmerservice bestellt. Dann geht er in die Küche, um uns etwas zu trinken zu holen. Ich möchte am liebsten die Küchenschränke nach einem Snack durchstöbern. Chips oder Cracker, sogar die Ramen-Nudeln würde ich im Moment einfach trocken aus der Packung essen, aber ich will nicht unhöflich erscheinen. Ich denke, mit Schuhen nach ihm zu werfen und ihn einen Betrüger zu nennen, war unhöflich genug für heute Abend, wenn nicht für die ganze Woche.

Griffin nimmt eine Flasche Champagner aus dem Kühlschrank – ein richtiger Kühlschrank in Küchengröße, nicht so eine Minibar, wie man sie üblicherweise in Hotels findet – und ein zugedecktes Tablett.

»Was ist das?«

»Ich hatte Vorkehrungen getroffen, falls wir vor dem Abendessen noch einmal herkommen würden.« Er nimmt die Abdeckung aus Edelstahl ab und enthüllt eine Käseplatte mit Früchten.

»Oh mein Gott. Das sieht ja fantastisch aus.«

Sein Lächeln könnte mein Höschen zum Schmelzen bringen. Sofern ich eins tragen würde. Er entkorkt den Champagner und schenkt uns beiden ein Glas ein, während ich mir einen Käsewürfel in den Mund stecke und mich zwinge, zu kauen, bevor ich ihn hinunterschlucke. In den Käsewürfeln stecken kleine Zahnstocher mit Schildchen, damit wir wissen, woher sie stammen.

Ich trage das Tablett zur Sitzecke hinüber, und Griffin folgt mir mit dem Champagner.

»Du hast gesagt, dass ihr in Hotelmodernisierung investiert, stimmt's? Hast du dadurch Zugang zu all dem hier?« Ich mache eine Armbewegung und verspeise eine Erdbeere. Ich bemühe mich, nicht alles in mich hineinzuschaufeln, um mir nicht den Appetit auf das Abendessen zu verderben.

»Größtenteils. Im Grunde genommen kümmere ich mich um die Standortanalyse, um zu entscheiden, ob eine Immobilie profitabel ist.«

»Dafür musst du gut mit Zahlen umgehen können.« Ich habe mich in eine Ecke der Couch gekuschelt und meine Füße unter Griffins Schenkel geschoben. Ich habe nur drei Knöpfe an dem Hemd geschlossen – ja, mit Absicht – und gewähre so einen dezenten Blick auf mein Dekolletee. Ich musste auch die Hemdsärmel ungefähr vierhundert Mal umkrempeln, um meine Hände frei bewegen zu können.

»Scheint so.«

Ich verstehe trotzdem noch nicht, warum ihm das dermaßen viele Vorteile einbringt. »Und was geschieht, wenn du ein Hotel als profitabel bewertest?«

»Das kommt auf die Situation an und wie profitabel es tatsächlich ist. Etwas kann kurzfristig gesehen Gewinn versprechen, aber ich bin hauptsächlich an langfristigen Investitionen interessiert.«

»Hast du jemals in ein Hotel investiert, das pleitegegangen ist?« Mich erschreckt die Vorstellung, Geld in etwas zu stecken, das schiefgehen kann. So wie es meinen Eltern mit ihren Rücklagen für die Ausbildung meiner Schwester erging. Sie hatten das ganze Geld gespart, und dann ging sie aufs College, schrieb sich in drei verschiedenen Studiengängen ein und brach sie alle drei ab. Sie hat die gesamten Ersparnisse aufgebraucht, weshalb ich selbst für mich aufkommen muss, was der andere Grund dafür ist, weshalb ich so lange für meinen Abschluss brauche. Ich habe zwar ein Teilstipendium bekommen, aber den Rest muss ich selbst beisteuern.

»Ja, das kam schon ein paarmal vor, aber ich lerne aus meinen Fehlern. In der Regel basieren die Investitionen in Projekte auf Zahlen, die die Entscheidung rechtfertigen. Aber genug von meiner Arbeit, das ist nicht sehr abendfüllend. Erzähl mir lieber, was du vorhast, wenn du mit dem College fertig bist.«

Ich zucke mit den Achseln. »Ich will vor allem reisen. Ich dachte, Hotelmanagement wäre eine gute Möglichkeit dafür. Ich mag vor allem Veranstaltungsplanung. Wenn ich ein Praktikum bei einer großen Kette bekomme, wird vielleicht eine Festanstellung daraus, dann komme ich viel herum und sehe etwas von der Welt. Vielleicht kann ich sogar irgendwann außerhalb der USA arbeiten und einige Zeit auf Hawaii oder in Übersee verbringen.«

Ein Klopfen an der Tür unterbricht uns. Ich fühle mich unwohl, nur mit Griffins Hemd bekleidet zu sein, als der Zimmerkellner das Essen bringt, aber er ist höchst professionell, redet Griffin mit *Sir* an und arrangiert die Teller auf dem Tisch –

es gibt tatsächlich einen eigenen Essbereich in dieser riesigen Suite.

Nachdem er gegangen ist, stellt Griffin die Stühle so hin, dass wir nebeneinander sitzen. Er hat so ziemlich alle Vorspeisen auf der Karte bestellt, weil ich gesagt habe, dass sie gut klingen. Also machen wir uns über sie her – mit Tischmanieren natürlich – und unterhalten uns weiter übers Reisen und die Universität.

Anscheinend war er in Harvard. Was mich nicht überraschen sollte. Ich muss lachen, als er mir das Jahr nennt, in dem er seinen MBA gemacht hat. »Da war ich noch nicht mal in der Highschool.«

Er klaut sich eine Pommes von meinem Teller. »Wie war es auf der Highschool?«

»Die meiste Zeit über war ich gelangweilt. Ich mochte Geografie und Sport und Kunst, aber das war's auch schon. Mathe war okay, aber nicht mein Lieblingsfach. Englisch gefiel mir schon besser, besonders in der elften und zwölften Klasse, weil wir uns da die Bücher für unsere Arbeit selber aussuchen konnten. Ich habe mir immer Reisegeschichten ausgesucht.«

Er lehnt sich auf dem Stuhl zurück, und sein Blick gleitet über mich und bleibt an meinem Ausschnitt hängen. »Was war mit Freunden?«

»Es gab ein paar.«

»Irgendwas Ernstes?«

»Im ersten Jahr bin ich häufig mit einem Jungen ausgegangen, aber sein Vater war beim Militär, und sie sind am Ende des Schuljahrs fortgezogen, womit die Sache zu Ende war. Später ging ich mit einem anderen Typ für fast ein Jahr, aber das war der, der aufs College ging und fand, dass er Freiraum braucht, um in der Gegend herumvögeln zu können.« Ich angle mir eine Gurke von einem Mini-Hamburger und knabbere an ihr.

»Klingt nach einem echten Hauptgewinn.« Es gefällt mir, wie wenig er sich davon beeindrucken lässt.

»Er war sicherlich nicht meine beste Wahl, so viel ist sicher. Er hat auch nicht mal versucht, es zu beschönigen. Nach seiner ersten Woche auf dem College hat er mir gesagt, entweder ich würde ihn ranlassen oder er würde eine andere finden, die es täte. Also sagte ich ihm, er sollte das tun. Nicht einmal vierundzwanzig Stunden nach unserer Trennung postete er bereits Partyfotos mit halbnackten Frauen auf seinem Social-Media-Account, und das war's dann.«

»Was für ein Arsch.«

»Ohne ihn war ich besser dran. Ich hab mitgekriegt, wie meine Schwester ihre Freunde häufiger wechselte als ihre Unterwäsche. Sie hatte einen richtig miesen Ruf auf der Highschool, und da ich nicht daran interessiert war, dass es mir genauso erging, habe ich mich auf das Gegenteil verlegt. Egal, in der zweiten Hälfte meines Abschlussjahres bin ich dann mit diesem Typen gegangen, der zu den wirklich coolen Kids gehörte und eher auf meiner Wellenlänge war.«

»Du bist umwerfend.«

»Auf der Highschool war ich völlig unbeholfen, aber es war mir auch egal, ob ich dazugehörte. Im Gegensatz zu Nev. Also bin ich ein paar Monate mit ihm ausgegangen, und er hat nicht so gedrängt, wie ich es erwartet hatte. Er lud mich zum Abschlussball ein, und irgendwie hatte ich die Vorstellung, dass dies ein guter Zeitpunkt wäre, um mich von meiner Jungfräulichkeit zu verabschieden, was dumm und klischeehaft ist, aber so ist es nun mal. Zwei Wochen vor dem Ball fand ich dann heraus, dass er ohnehin nur mit mir ging, weil er mich entjungfern wollte. Ich schätze, das muss etwas Besonderes gewesen sein, weil ich die Felton war, die nicht leicht zu haben war.«

»Klingt, als wärst du mit einer Menge Blödmännern zur Schule gegangen.«

»Das stimmt. Ich muss wohl nicht erwähnen, dass ich nicht mit ihm zum Abschlussball gegangen bin. Und irgendwie hat mir das die Lust auf Beziehungen verdorben. Nach der Schule bin ich dann viel herumgereist und fand heraus, dass Typen auf dem College noch schlimmer sind als die auf der Highschool, was dazu führte, dass ich meine Jungfräulichkeit länger behielt, als ich geplant hatte.« Der Mann, der Champagner und die Orgasmen machen mich ungewöhnlich mitteilsam. Also drehe ich den Spieß um. »Und wie war das bei dir? Hast du dich auf der Highschool ausgetobt? Du hast doch sicher Football gespielt und bist mit den ganzen Cheerleadern ausgegangen? Ich wette, du warst beliebt.«

»Mein kleiner Bruder Lex war der Liebling. Er hatte jede Menge Freunde in jedem sozialen Zirkel. Ich war ziemlich ruhig und ein Einzelgänger, aber Football habe ich tatsächlich gespielt. Auch wenn ich mit keinem Cheerleader ausgegangen bin.«

»Ernsthaft?« Ich kann gar nicht sagen, warum es mich überrascht. Die Hälfte der Zeit wirkt Griffin auf mich, als wäre eine reife Seele im Körper eines Jünglings gefangen.

»Während der ganzen Zeit auf der Highschool bin ich mit demselben Mädchen gegangen, vom ersten Jahr an. Sie war Tänzerin, und wir trennten uns, als sie zum Studium nach Frankreich ging.«

»War sie diejenige, bei der du deine Unschuld verloren hast?«

Er lächelt. »Ja.«

»Und ihr seid drei Jahre miteinander gegangen, bevor du sie flachgelegt hast?«

Sein Lächeln wird breiter. »Sie wollte noch warten, also

warteten wir. Aber keine Sorge, ich bin nicht leer ausgegangen.«

Ich stoße mit meiner Zunge von innen gegen die Wange. »Nichts außer einem guten Blowjob, um dich zu vertrösten, bis sie sich dir schließlich hingegeben hat, hm?«

»So in der Art.«

»Hast du sie seit der Highschool wiedergesehen?«

»Wir sind noch in Kontakt. Sie hat einen Franzosen geheiratet und hat zwei kleine Töchter.«

»Und was war im College? Hast du alle deine Kommilitoninnen gevögelt?«

»Oh nein. Ich habe in meiner ersten Woche ein Mädchen kennengelernt, und wir blieben bis zu unserem Abschluss zusammen. Dann studierte sie Medizin am anderen Ende des Landes, und uns beiden war klar, dass das nicht funktionieren würde, also haben wir uns getrennt.«

»Und nach dem College?«

»Ich hatte ein paar Dates, eine Reihe kürzerer und eine längere Beziehung.«

»Was heißt für dich kürzer?«

»Weniger als ein Jahr.«

»Wow. Du bist wohl ein serieller Monogamist. Wie lange dauerte deine letzte ernsthafte Beziehung?« Ich weiß gar nicht, warum ich diese Fragen stelle. Vielleicht finde ich es einfach faszinierend, dass er schon so viele ernsthafte Beziehungen hatte. Ich kann mir gar nicht vorstellen, wie verletzend es sein muss, jemanden zu verlieren, der für so lange Zeit ein wichtiger Teil des Lebens war.

Obwohl sich alle meine Ex-Freunde von der Highschool als Blödmänner erwiesen haben, haben die Trennungen doch Narben auf meiner Seele hinterlassen. Ich mochte dieses Gefühl nicht, diese überwältigende Traurigkeit über den Verlust von jemandem, der so wichtig gewesen war. Sich benutzt zu fühlen und verwundbar zu sein. Also habe ich es mit keinem mehr so weit kommen lassen. Wenn man viel unterwegs ist, ist es einfacher, sein Herz zu schützen, weil man weiß, dass es früher oder später zu Ende sein wird.

»Fast vier Jahre.«

Krankhafte Neugier überkommt mich. »Was ist passiert?«

»Ich bin wegen meines Jobs viel auf Reisen.«

»Wie lange ist das jetzt her?«

Er starrt mit abwesendem Blick auf den Teller. »Lang genug, um über sie hinweg zu sein.«

»Tut es manchmal noch weh? Vermisst du sie?« Ich habe das Gefühl, an einer verschorften, aber noch nicht völlig verheilten Wunde zu kratzen, aber ich komme nicht gegen die Neugier an. Vielleicht, weil ich mich niemals so auf jemanden eingelassen habe, für einen so langen Zeitraum und das mehrmals. Vielleicht ist sein Herz ja zu lädiert und wund, um sich erneut in den Ring zu wagen, weshalb ich jetzt hier bin. Ungefährlich. Nur für begrenzte Zeit. Ich stelle für ihn kein Risiko dar und er nicht für mich.

»Nein. Wir haben einfach nicht zusammengepasst. Wir haben uns wohlgefühlt, und das ließ uns vergessen, dass wir nicht wirklich zusammengehören. Es war richtig von ihr, es zu beenden.« Er wirft seine Serviette auf den Teller. »Und du? Wie lange ging deine letzte Beziehung und wann war sie vorbei?«

»Zwei Monate. Es war vorbei, als ich nach Vegas zurückging.« Ich leere mein Glas Champagner. Ich bin beschwipst, weil ich zwei Gläser hatte.

»Also, ich bin froh, dass du nach Vegas zurückgekommen bist. Du bist mit Abstand das Beste auf diesem Trip.« Er schiebt den Stuhl zurück. »Darf ich dir noch was zu trinken bringen?«

Das ist wohl seine Art, dieses sehr persönliche Gespräch zu beenden. Als er zurückkommt, bringt er nicht nur eine neue Flasche Champagner mit, sondern ebenfalls Schlagsahne, einen Teller mit Erdbeeren und eine Flasche mit Schokoladensirup.

»Ich bin bereit für den Nachtisch. Und du?«

»Ich dachte, es gäbe Eiscreme. Brauchen wir keine Schalen?«

Er verzieht seinen Mund zu einem geheimnisvollen Lächeln. »Ich glaube nicht, dass das nötig ist, weil ich vorhabe, den Nachtisch von deinem Körper zu essen.«

9

DER MORGEN DANACH

Cosy

Griffins Nachtisch zu sein war eine erhellende und orgiastische Erfahrung. Die das dringende Bedürfnis nach einer Dusche weckte, was wiederum zu noch mehr Sex und einer Übernachtung führte.

Griffin ist ein Kuschelbär. Ein extremer Hardcore-ich-lass-dich-nicht-los-Kuschelbär. Ich habe noch nie an der Seite von jemandem geschlafen, der die ganze Nacht lang in der Löffelchenstellung liegen wollte. Was irgendwie süß ist. Aber auch ein wenig anstrengend.

Da ich nichts Passendes anzuziehen habe, bestellen wir das Frühstück beim Zimmerservice und nehmen es im Bett ein. Meine Schicht bei STW beginnt am Mittag, und Griffin bietet mir an, mich zuerst nach Hause zu fahren, damit ich mich umziehen kann, und anschließend bei der Arbeit abzusetzen. Er hat mir großzügigerweise ein T-Shirt geborgt, das an mir eher wie ein Kleid aussieht, damit ich nicht meine dreckigen, verschwitzten Sachen anziehen muss.

Genau wie gestern nehmen wir einen eigenen Fahrstuhl, der zu einem Privatausgang führt. Sein Wagen steht bereit, als wir hinaustreten.

»Wann sehe ich dich wieder?«, fragt er, als er sich in den sonntäglichen Morgenverkehr einfädelt.

»Morgen hab ich die Spätschicht und am Mittwoch ein Abendseminar.«

»Hast du Dienstag schon was vor?« Er verschränkt seine Finger mit meinen.

»Bisher nicht.«

»Darf ich dich zum Essen einladen? Du kannst wieder bei mir übernachten, wenn du magst.«

»Gerne. Aber wenn ich bei dir übernachte, dann nur unter einer Bedingung.«

»Die wäre?«

»Wir veranstalten einen Orgasmuswettbewerb.«

Er wirft mir einen Blick von der Seite zu. »Klingt lustig. Wie genau läuft das ab?«

»Wir finden heraus, wie oft wir einander zum Höhepunkt bringen können.«

»Gefällt mir. Gibt es irgendwelche Regeln oder Einschränkungen?«

»Man darf nur den eigenen Körper zum Einsatz bringen.«

»Klingt annehmbar. Was bekommt der Gewinner?«

»Der Gewinner darf entscheiden, was wir bei unserer nächsten Verabredung unternehmen.«

»Du weißt, dass ich gewinnen werde, stimmt's?«

»Wenn du meinst.« Ich sehe aus dem Fenster und unterdrücke ein Grinsen. Es ist egal, ob ich gewinne oder verliere, aber dass er bereit ist, das Spiel mit mir zu spielen, freut mich am meisten.

Als wir bei mir ankommen, sage ich Griffin, dass ich in ein paar Minuten zurück sein werde.

Er stellt den Motor ab. »Ich kann ja auch mit raufkommen.«

»Äh, oder das.«

»Außer, du willst es nicht.« Er wirkt beinahe verletzt, was ich nicht möchte.

»Das ist es nicht. Meine Schwester campiert immer noch auf meiner Couch und ist die meiste Zeit nicht das, was ich vorzeigbar nennen würde. Ich weiß nicht, ob sie da ist, aber weil es noch nicht einmal Mittag ist, ist es ziemlich wahrscheinlich. Lass mich ihr kurz eine Nachricht schicken, damit sie weiß, dass ich dich mit rauf bringe. Sie läuft vielleicht trotzdem ohne Höschen rum. Sie hält sie für überflüssig.«

»Das ist … interessant.«

»Das ist sie auf jeden Fall.«

Ich schicke ihr eine SMS, damit sie weiß, dass ich auf dem Weg bin und jemanden mitbringe, und falls sie da ist, doch bitte etwas anzieht.

Sie antwortet mit einem Daumen hoch, was hoffentlich bedeutet, dass sie angezogen ist.

Ich bin dankbar, dass der Aufzug heute funktioniert. Auf der Fahrt in den achten Stock spielt Griffin mit meinem Zopf. »Wenn ich die Schlacht gewinne, darf ich entscheiden, was du zum Dinner trägst.«

»Und wenn ich gewinne, wähle ich dein Outfit.«

»Wie süß, dass du glaubst, dass du auch nur die geringste Chance hättest.«

»Du kennst meine oralen Fertigkeiten noch nicht, Griffin. Bis letzte Nacht war ich eine zweiundzwanzigjährige Jungfrau, was bedeutet, dass ich eine Menge Erfahrung in allem anderen habe.«

Sein Blick verdunkelt sich. »Das macht mich geil und gleichzeitig auf eine absurde Art wütend.«

»Weil du glaubst, dass dir meine Pussy ab jetzt allein gehört, nachdem du sie erobert hast.«

Griffin presst mich gegen die Kabinenwand und packt mich durch meine Shorts. Die, die ich gestern getragen habe. Sie sind abstoßend, aber ich hatte keine andere Wahl. Griffin hat mir ein Paar von seinen Boxershorts angeboten, aber da ich viel kleiner bin, wären sie mir einfach heruntergerutscht.

»Ich war mit dem wichtigsten Körperteil bis zum Anschlag in dieser niedlichen, kleinen Pussy. Sie gehört bis auf Weiteres mir. Das nächste Mal verpasse ich dir als Erinnerung ein paar Knutschflecken.«

Eigentlich müsste ich über diese besitzergreifende Bemerkung erzürnt sein, aber stattdessen macht sie mich richtig an. Was leider unpassend ist. So erregt ich auch bin, ich bin auch wund, und ich bezweifle, dass ich eine Berührung an dieser speziellen Stelle in den nächsten vierundzwanzig Stunden aushalten könnte.

Zum Glück – oder auch nicht – ertönt das Ping des Fahrstuhls. Griffin tritt zurück, atmet tief durch und fährt sich mit der Hand über die Brust. Meine Knie sind ganz weich, als ich ihn durch den Flur zu meiner Wohnung führe. Ich sehe die abblätternde Tapete mit seinen Augen und frage mich, ob es nicht doch besser gewesen wäre, wenn er im Wagen gewartet hätte. Doch ich fürchte, dafür ist es jetzt zu spät.

Ich öffne die Tür und führe ihn in den engen Flur. In dem es wieder einmal nach Kirschdampf riecht. Ich hasse es, wenn Nev das Zeug in meiner Wohnung raucht. Es setzt sich in allen Kleidern und meinen Haaren fest und es dauert ewig, bis es verschwunden ist.

»Nev!«, rufe ich. »Ich will mich nur kurz umziehen. Ich bin nicht allein, also sieh zu, dass du vorzeigbar bist.«

»Ich bin angezogen.«

Sie ist in der Küche, wo sie gerade einen leeren Krug Orangensaft in den Kühlschrank zurückstellt. Sie trägt ein Paar Männershorts und ein weißes Top mit weitem Armausschnitt ohne BH darunter. Ich würde das nicht vorzeigbar nennen, aber es passt zu ihr.

Griffin taucht hinter mir auf. »Nevah, das ist Griffin. Griffin, das ist Nevah.« Ich zeige mit der Hand erst auf ihn und dann auf sie. »Ich muss mich für die Arbeit umziehen.«

Nevahs Gesichtsausdruck wechselt von Neugier zu etwas, das eher einem Wiedererkennen gleicht. Ich sehe Griffin an. Er macht große Augen, und das vermutlich nicht, weil meine Schwester halbnackt ist.

»Schwarzer Tesla«, sagt sie.

»Was?«, frage ich.

»Oh, verdammt«, murmelt Griffin.

Mein Blick wandert zwischen den beiden hin und her. »Jetzt sagt bitte nicht, dass ihr zwei euch kennt.« Mir dreht sich der Magen um, denn so, wie sich die beiden ansehen, kennen sie sich definitiv. Und das auf eine Art, die mir nicht gefällt.

»Du warst im Lemonade Stand, vor ein paar Monaten, richtig?«, fragt sie Griffin und ist sich anscheinend gar nicht bewusst, wie merkwürdig die Situation ist. »Und du fährst einen schwarzen Tesla.«

»Hast du mit meiner Schwester rumgemacht?« Das ist weitaus schlimmer als gestern Abend, als ich dachte, er wäre ein Fremdgänger. Nev würde mit jedem ins Bett gehen, der ein schönes Auto fährt. Ich liebe meine Schwester, aber was Männer angeht, hat sie keinerlei Selbsterhaltungstrieb.

Als Griffin nicht gleich antwortet, blicke ich Nev an.

»Hast du mit ihm gevögelt?«

Sie blickt mich mit ihrem Tut-mir-leid-Gesicht an. »Er hatte einen Tesla.«

Griffin fährt sich über den Nacken. »Ich wusste nicht, dass sie deine Schwester ist.«

»Oh mein Gott!« Ich werfe die Arme in die Luft und versetze ihm dann einen Stoß gegen die Schultern. »Du musst gehen. Ich kann nicht mal … das ist echt beschissen.«

»Cosy, bitte. Ich war an dem Abend völlig durch den Wind.« Er wehrt sich nicht dagegen, dass ich ihn aus der Küche und durch den Flur schiebe.

»Das ändert nichts daran. Du hast mit meiner Schwester geschlafen …«

»Ich wusste nicht …«

»Aber ich. Du fährst ein schönes Auto. Oh Gott. Du hast meine Schwester in deinem Auto gefickt! Und ich hab darin gesessen. Verschwinde.«

Er stemmt die Füße gegen den Boden, was bedeutet, ich kann schieben so viel ich will, er wird nirgendwo hingehen. »Wir sollten darüber reden.«

»Ich *will* nicht darüber reden. Und ich will nicht daran denken, wie du es mit meiner Schwester in deinem Auto getrieben hast.« Ich massiere mir die Schläfen und wünschte, ich könnte das Bild auslöschen, wie Griffin es nackt mit meiner Schwester treibt, aber jetzt ist es in meinem Kopf, und ich werde es nicht los. »Geh einfach.«

Er sieht mich panisch und reumütig an. »Kann ich dich wenigstens nachher anrufen? Wirst du drangehen?«

»Ich weiß es nicht. Wirklich … Das ist echt zu viel, Griffin.« Ich deute auf uns und dann in Richtung Küche. »Ich hatte Sex mit dir und jetzt finde ich raus, dass du auch mit meiner Schwester Sex hattest. Das ist irgendwie ziemlich daneben, und ich muss überlegen, wie ich damit umgehen soll.«

Er rauft sich wieder mit beiden Händen die Haare und versucht, auf und ab zu gehen, aber in dem engen Flur ist kein Platz für seinen großen Körper. Er wirkt total geknickt. »Na schön. Ich hab verstanden. Es tut mir wirklich leid.« Er vergräbt die Hände in den Taschen. Seine Haare sind völlig zerzaust. »Ich habe eigentlich keine One-Night-Stands. Ich muss wohl einen Aussetzer gehabt haben.«

»Schon klar, offensichtlich passiert das öfter in dieser Gegend.« Ich öffne die Tür und warte darauf, dass er hinausgeht. »Wir sprechen später. Vielleicht.« Ich schließe die Tür, bevor er darauf antworten kann, und verriegele das Schloss. Ich blicke durch den Türspion. Er steht immer noch da. Er verschränkt die Hände im Nacken und macht seltsam ruckartige Bewegungen, während er mehrmals hintereinander »Fuck« ausstößt. Er ballt die Hand zur Faust, und einen Moment lang habe ich den Eindruck, dass er klopfen will. Ich habe keine Ahnung, wie er das wieder ins Lot bringen könnte, immerhin hat er meine Schwester gefickt und dann mich, aber in meiner Brust spielt sich etwas Seltsames ab, als ich sehe, wie er den Flur entlanggeht, fort von meiner Tür. Einige Sekunden darauf ist er wieder zurück. Er packt die Türpfosten, schüttelt den Kopf und jammert, was für ein verdammter Idiot er doch ist. Mit entschlossenem Blick hebt er erneut die Hand, um zu klopfen, als sein Telefon klingelt.

»Verdammte Scheiße.« Er nimmt es aus der Tasche, schüttelt den Kopf und blickt hinauf zur Decke. Er hält das Telefon an sein Ohr. »Hey.« Er verschwindet den Flur hinunter und kommt nicht zurück.

Ich drehe mich um und sehe meine Schwester, die am anderen Ende des Flurs an der Wand lehnt und einen Schokoladenpudding löffelt. »Ganz schön verrückt, was? Wie groß kann die Chance sein, dass wir beide denselben Typen vögeln?«

»Das ist nicht hilfreich, Nev. Erst lasse ich mich von dem Typen entjungfern, und dann finde ich heraus, dass er auch mit dir geschlafen hat.«

»Moment, warte mal, was? Bis wann warst du denn eine Jungfrau?«, fragt sie mich, den Mund voll Schokoladenpudding.

»Bis gestern Abend.« Ich schiebe mich an ihr vorbei in mein Zimmer. Ich hätte gern etwas Zeit, um eine Art Zusammenbruch zu erleiden, aber es ist schon zwanzig nach elf, und ich schaffe es nicht rechtzeitig, wenn ich den blöden Bus nehme.

Sie folgt mir, ganz offenkundig betroffen, was man an ihrer hohen Stimme erkennen kann. »Warum wusste ich das nicht?«

»Keine Ahnung. Es war kein Thema.«

»Aber ich bin deine Schwester, ich sollte so etwas wissen. Ich … wow. Ich dachte, du hättest mit diesem Weichei – wie war noch gleich sein Name – damals in deinem ersten Jahr auf der Highschool geschlafen.«

Ich gehe zu meinem Schrank. »Er hat mich sitzenlassen, weil ich nicht mit ihm schlafen wollte.«

»So ein Arsch.«

»Anscheinend bin ich gut darin, solche Typen zu finden.«

»Es tut mir wirklich leid, Cosy, aber ehrlich gesagt habe ich mit vielen Typen geschlafen, und er hat ein tolles Auto, das ist doch verständlich, oder? Ich meine, ja, es kam überraschend, aber so läuft das nun mal.«

»Soll ich mich jetzt besser oder schlechter fühlen?«

Sie stellt den Puddingbecher auf meinen Nachttisch und seufzt. »Ich weiß, dass ich es nicht ungeschehen machen kann, aber wenn ich es könnte, würde ich es tun.«

»Aber weder du noch er können das, also war's das dann wohl.«

»Das muss nicht sein.«

Ich werfe ihr einen ungläubigen Blick zu. »Ich kann nicht mit jemandem zusammen sein, der etwas mit meiner Schwester hatte. Das wäre einfach … daneben.«

»War es wenigstens gut?«, fragt sie.

»Was?«

»Der Sex? War er gut?«

»War's bei dir gut?«, entgegne ich.

Nev hebt eine nackte, knochige Schulter, ihr Gesichtsausdruck ist eine Mischung aus Bedauern und schlechtem Gewissen. »Ich muss wohl ziemlich hinüber gewesen sein, weil ich mich an nichts erinnern kann, was schade ist, weil Gary ziemlich scharf ist.«

»Er heißt Griffin, nicht Gary«, blaffe ich, während ich wütend meine T-Shirts durchkämme, um das von STW zu finden. Ich reiße es vom Bügel herunter. »Und ja, es war mehr als nur gut. Es war unglaublich gut. Ich hatte gleich bei meinem ersten Mal einen Höhepunkt.«

»Ernsthaft?«

»Ernsthaft. Und er war unglaublich lieb und aufmerksam, und jetzt ist alles im Arsch.« Verdammt. Ich bin kurz davor loszuheulen.

Nev packt mich an den Schultern. »He, hör mal. Es in einem Tesla zu treiben, stand auf meiner Wunschliste und er passte einfach ins Profil. Er hat mich nie angerufen. Es gab kein zweites Treffen. Wir beide wissen doch, dass ich ein Partygirl bin und immer einen Begleiter für den Abend finde, und das war's auch schon. Es ist nicht zu übersehen, dass der Typ auf dich steht. Ich meine, denk doch nur mal an den ganzen Aufwand, den er treibt. Lass dir doch nicht durch eine Fehleinschätzung von ihm dein tolles erstes Mal verderben.«

Ich hasse es, wenn meine Schwester so über sich redet. Ich hasse es, dass sie denkt, sie sei nicht mehr wert – ein Fick in einem hübschen Auto mit einem hübschen Mann.

»Das ist merkwürdig, Nev. Und peinlich.«

»Das ist es nur, wenn du es zulässt. Zieh dich an, dann fahr ich dich zur Arbeit.«

»Mein Wagen fährt nicht.«

»Doch, tut er. Ich hab ihn letzte Woche repariert.«

»Wie?«

Sie wedelt mit den Händen. »Hiermit. Nun beweg deinen Hintern. Und erzähl mir, wie er dich umworben hat, sodass du ihm deine Jungfräulichkeit geschenkt hast. Und ich möchte mehr über diese Höhepunkte erfahren.«

10

VERBOCKT

Griffin

Mein Leben ist eigentlich frei von Dramen, außer es geht um meine Familie. Mein Bruder Lex ist derjenige, der schon als Kind immer irgendwelchen Mist gebaut hat, meistens zusammen mit meinem Cousin Armstrong. Letztes Jahr hat Lex es dann auf die Spitze getrieben, als er mit Armstrongs sitzengelassener Braut während ihrer Flitterwochen geschlafen hat – sie war allein gereist, weil Armstrong sich auf dem Hochzeitsempfang von jemand anderem als der Braut einen blasen ließ. Anschließend hat sich Lex in sie verliebt. Und jetzt sind sie verlobt.

Wie schon gesagt, sind Dramen üblicherweise anderen Mitgliedern meiner Familie vorbehalten.

Also habe ich nicht die geringste Vorstellung, wie ich mit dieser noch nie da gewesenen Situation umgehen soll.

Wie wahrscheinlich ist es, dass ich es in einer so großen Stadt mit einer Frau treibe und anschließend unwissentlich ihre Schwester entjungfere?

Verflucht unwahrscheinlich, würde ich sagen.

Ich erinnere mich kaum noch an den Abend mit Nevah. Ich hab ihr ein paar Drinks spendiert, und wir haben zahlreiche Shots gekippt. Als ich die Bar verließ, habe ich alles doppelt gesehen. Also beschloss ich, ein Nickerchen im Auto zu machen, weil ich so blöd gewesen war, selber dorthin zu fahren.

Sie folgte mir nach draußen, rastete beim Anblick des Tesla völlig aus und fragte mich, ob sie einmal darin Platz nehmen könnte. Von da an ist alles verschwommen.

Jetzt sehe man sich den Schlamassel an.

Das Zimmer ist noch nicht aufgeräumt, als ich ins Hotel zurückkomme, weshalb ich mit all den Andenken an die gemeinsame Nacht mit Cosy konfrontiert werde. Ich reibe mir die Augen. Ich könnte einen Rat gebrauchen. Also rufe ich den einzigen Menschen an, der mich dafür bestimmt nicht zu hart verurteilen wird – Lincoln.

Er befindet sich gegenwärtig in Guatemala bei einem der Sozialprojekte, die er betreut, weshalb der Empfang reine Glückssache ist.

Gott sei Dank nimmt er schon beim dritten Klingeln ab. »Ich habe gerade überlegt, dich anzurufen? Was ist los, Cousin? Lebst du immer noch in der Stadt der Sünde?«

»He, ja, immer noch. Wie geht's dir in Guatemala?« Ich lasse mich auf die Couch sinken. Der Stoff riecht noch nach Cosy.

»Hier ist es heiß wie zwischen den Eiern des Teufels, aber ansonsten geht's mir gut. Und du? Du klingst irgendwie fertig.«

»Können wir reden, hast du ein paar Minuten? Ich habe hier ein Problem und weiß nicht, wie ich damit umgehen soll.«

»Ja. Klar. Ärger im Büro?«

»Nein, etwas Persönliches.«

»Sag jetzt bitte nicht, dass es mit meinem Bruder zu tun hat.«

»Diesmal nicht.« Armstrong ist Lincolns jüngerer Bruder. Lincoln hat alles getan, was er konnte, um auf Abstand zu seiner Familie zu gehen, einschließlich in fremde Länder zu ziehen, um ihnen aus dem Weg zu gehen. Er könnte eher mein Bruder sein als Armstrongs.

»Okay. Das ist gut. Schieß los.«

In meinem Kopf klingt es ziemlich merkwürdig, weshalb ich mir nur vorstellen kann, wie es auf der anderen Seite ankommt. »Erinnerst du dich an den Junggesellenabschied, den ich vor einiger Zeit organisiert habe?«

»Der, bei dem du den Schwarzen Peter gezogen hast und zu dem Pornoschuppen mit dieser scharfen Verkäuferin musstest?«

»Genau die.«

Ich erzähle ihm alles über Cosy.

»Klingt, als wärst du ernsthaft interessiert an der Frau. Wie sieht's aus?«

»Letzte Nacht hat sie bei mir übernachtet …«

»… und wollte dich in den Arsch ficken?«

»Nein, Idiot. Kannst du vielleicht den Mund halten und mich ausreden lassen?«

»Ich bin ruhig. Fahr fort.«

Ich warte einen Moment, um sicherzugehen, dass nicht doch noch ein Kommentar kommt. »Heute Morgen habe ich sie dann zu ihrer Wohnung gefahren. Sie hat eine Schwester, die bei ihr wohnt.«

»Okay.«

»Wie sich herausgestellt hat, hatte ich was mit ihr, als ich frisch in Vegas war.«

»Du verarschst mich doch.« Lincolns Ungläubigkeit ist völlig verständlich. Kurze Affären sind nicht mein Ding.

»Ich wünschte, es wäre so. Das war an dem Abend, als Imogen anrief und reden wollte oder so etwas. Ich bin ausgegangen, hab mir die Birne zugeknallt und offensichtlich irgendeine Frau in meinem Wagen gevögelt, die sich jetzt als ihre Schwester erwiesen hat. Das Schlimmste ist, ich hatte keinerlei Erinnerung an den Abend, bis sie mich heute Morgen wiedererkannt hat.«

»Ganz schön verfahren. Ich vermute, du wirst wohl keine der beiden Schwestern wiedersehen.«

»Du glaubst nicht, dass man das wieder hinbiegen kann?«

»Hm … das hängt vermutlich davon ab, wie nah sie sich stehen.«

»Ziemlich nah, denke ich. Immerhin wohnen sie gerade zusammen.«

Linc seufzt hörbar. »Oh Mann.«

Ich gehe im Zimmer auf und ab, und alles erinnert mich an Cosy, von den zerwühlten Bettlaken über die Champagnerflaschen bis hin zu der leeren Sahnesprühdose. »Ich mag dieses Mädchen, die Frau. Wirklich.«

»Ist sie den ganzen Aufwand wert? Wie lange bleibst du da, ein paar Monate? Wieso willst du dich da reinhängen?«

Das ist der Punkt, über den ich nur ungern rede, also nuschle ich ein wenig. »Sie war noch Jungfrau.« Von der anderen Seite folgt ein langes Schweigen. »Linc?«

»Wiederhol das, bitte.«

»Du hast mich schon verstanden.«

»Wie alt ist die Kleine?« Seine Stimme klingt kalt und hart, der gleiche Tonfall, an den ich mich aus Gesprächen über seinen Bruder oder seine Familie erinnere.

»Zweiundzwanzig.« Sein Schweigen macht mich nervös.

»Eine zweiundzwanzigjährige Jungfrau in Vegas?«

»Sie wollte es nicht mit irgendeinem Blödmann machen.«

»Das ging wohl schief, hm?«

»Das hilft mir nicht weiter, Linc. Was zum Teufel soll ich nur tun? Unter anderen Umständen würde ich einfach verschwinden, aber ich habe ihr etwas Wertvolles genommen und ich will nicht das Arschloch sein, das sich hinterher in Luft aufgelöst hat und nur noch eine miese Erinnerung ist. Und ich mag sie wirklich.«

»Magst du sie wirklich oder hat das mehr mit deinem eigenen ersten Mal zu tun? Ich meine, ich könnte das verstehen, besonders nach der Sache mit Imogen.«

»Imogen hat damit nicht das Geringste zu tun.«

»Ich will nicht fies sein. Aber ich weiß, dass sie dich ganz schön aus der Fassung gebracht hat. Es wäre nur verständlich, wenn du versuchen würdest, darüber hinwegzukommen. Ich will nur sicher sein, dass du dich aus den richtigen Gründen auf dieses Mädchen, diese Frau, eingelassen hast. Ich bin auf deiner Seite. Egal, was hier los ist, ich bin für dich da, aber wenn das, was du mir erzählt hast, wahr ist, musst du sehr behutsam vorgehen.«

»Ich will nicht, dass sie sich von mir verarscht fühlt.«

»Ich mache mir weniger Sorgen darum, wie sie sich fühlt, als vielmehr darüber, dass du einen Schuldkomplex entwickelst und deshalb falsche Entscheidungen triffst.«

»Es geht hier nicht um mich, Linc. Sie ist anders. Ich kann nicht einfach verschwinden. Ich will kein Arschloch sein, also muss ich es wieder hinbiegen, auch wenn es nur dazu dient, ihr klarzumachen, dass nichts davon absichtlich passiert ist.«

Lincoln stöhnt laut auf. »Scheiße.«

»Was?«

»Sie hat dich bereits an den Eiern.«

»Was redest du da?« Ich hasse es, wenn Lincoln eine dramatische Nummer abzieht.

»Du redest, als hättest du eine Beziehung mit ihr.«

»Es ist keine Beziehung.«

»Du hast sie entjungfert, richtig?«

»Ja.« Ich würge das Wort beinahe hervor. Alles war bestens, bis ich erfuhr, dass ich etwas mit ihrer Schwester hatte. Aber jetzt, mit Zeit und mehr Abstand, als mir lieb ist, wird mir klar, dass ein wortloser Kontaktabbruch mich genau zu der Sorte

Mann machen würde, die ich verachte. Mehr noch, ich will den Kontakt zu Cosy gar nicht abbrechen.

Ich will noch in vielen Dingen ihr erstes Mal sein. Ich will nicht der Typ sein, den sie als jemanden erinnert, der sie entjungfert hat, nachdem er mit ihrer Schwester geschlafen hat.

»Du bist am Arsch, Kumpel.«

»Besten Dank auch, Linc.«

Ich will gerade das Gespräch beenden, da sagt er: »Warte mal.«

Also warte ich, weil ich keine Ahnung habe, was ich sonst tun soll, und jede Betrachtungsweise, die nicht meine eigene ist, hilfreich wäre. Trotz ihrer wenig beständigen und ruhmreichen Vergangenheit führen meine Brüder beide glückliche Beziehungen. Meine Eltern sind schon seit einer Ewigkeit zusammen, und ihre Ehe wirkt stabil wie eh und je, auch wenn ihre Freunde mittlerweile alle geschieden sind oder vorgeben, glücklich verheiratet zu sein, obwohl es in Wahrheit nicht so ist. Wenn ich dann an meine eigene gescheiterte Verlobung denke, habe ich das Gefühl, dass ich vielleicht nicht so toll bin, was Beziehungen angeht.

»Sie ist jung.«

»Sie darf in sämtlichen Bundesstaaten Alkohol trinken«, antworte ich abwehrend.

»Schon verstanden. Ich meine, sie ist nicht so abgebrüht wie so manche Frauen in unserem Alter. Zumindest sollte sie das nicht sein. Wenn du sie also zurückgewinnen willst, musst du wie verrückt um sie werben.«

»Okay, kein Problem. Ich werde Cosy umwerben.«

»Moment mal. Sie heißt Cosy? Sind ihre Eltern etwa ein paar abgedrehte Hippies?«

»Keine Ahnung. Ich hab sie nicht kennengelernt. Können wir auf den Plan, um sie zu werben, zurückkommen?«

»Schenk ihr Blumen, Süßigkeiten, was immer sie mag. Spuk in ihrem Leben herum, wenn du musst. Sie ist zu jung, um durch schlechte Erfahrungen abgestumpft zu sein, besonders wenn du ihr Erster bist. Sie will, dass du besser bist als der Sack, der erst ihre Schwester und dann sie gevögelt hat, also musst du nette Dinge für sie tun, damit sie merkt, dass es dir ernst ist.«

»Himmel, ich bin wirklich ein Arschloch.«

»Bist du nicht, aber die Umstände sind schwierig. Du musst dich ganz schön reinhängen, wenn du sie wieder auf deine Seite ziehen willst. Ihre Schwester könnte allerdings der Hemmschuh sein.«

»Wie meinst du das?«

»Wenn sie sich schlecht behandelt fühlt, bist du wahrscheinlich am Arsch. Aber darauf hast du keinen Einfluss, und du kannst sie auch nicht kontaktieren, also konzentrier dich auf Cosy.«

Das ist nicht das, was ich hören wollte, aber ich kann es nachvollziehen. »Ich schaff das schon. Irgendwie.«

»Erst zweiundzwanzig, Griffin?« Lincoln schnaubt verächtlich.

»Sie ist anders. Ich kann es nicht erklären, aber sie hat etwas.«

»Du meinst abgesehen von einem knackigen Hintern? Ich sage das nicht, um dich zu ärgern, aber Imogen hat dir schon einen ziemlichen Knacks verpasst, und ich denke, du bist auf der Suche nach jemandem, bei dem du dich sicher fühlst und der dein Ego oder dein Vertrauen nicht wieder schreddert.«

Vielleicht hat er recht, teilweise zumindest, aber da steckt mehr dahinter. »Ich erwarte nicht, dass du es verstehst, aber wenn du ihr begegnen würdest … es ist, als würde sie all das verkörpern, was ich mir jemals gewünscht habe. Sie macht mir nichts vor und erzählt keinen Blödsinn. Es spielt auch keine Rolle, dass ich wieder zurück nach New York gehen werde. Ich will es einfach nicht so stehenlassen.«

»Ruf den Blumenladen an, kauf Schokolade und sei bereit, um Gnade zu winseln. Und werde dieses dämliche Auto los. Du kannst sie wohl kaum mit der Kiste abholen, in der du ihre Schwester gevögelt hast.«

11

TUT MIR ECHT LEID, STALKER

Cosy

Sonntags ist bei STW immer besonders viel los, was bedeutet, dass ich zu beschäftigt bin, um mir Gedanken darüber zu machen, dass Griffin mit meiner Schwester geschlafen hat. Außerdem arbeite ich nicht alleine. Helix teilt sich heute die Schicht mit mir, also leistet mir in meinem Elend wenigstens jemand Gesellschaft.

Ich mag Helix. Im Grunde genommen war sie es, durch die ich überhaupt an diesen Job gekommen bin. Und sie war es auch, die mir beigebracht hat, meine Verlegenheit zu überwinden und mich auf das Verkaufen zu konzentrieren. Nachdem ich das geschafft hatte, verdreifachte sich meine Verkaufsprovision. Ich habe sie kennengelernt, als ich mich für Kurse im zweiten Studienjahr eingeschrieben habe. Sie war zwar eine Studienanfängerin, aber da ich noch einen Kurs aus dem ersten Studienjahr beenden musste, landeten wir im selben Seminar. Obwohl ich die Hälfte der Zeit auf Reisen bin, haben wir einen engen Kontakt.

Ich habe ihr erzählt, was mit Griffin passiert ist – na ja, bis auf die Tatsache, dass ich meine Jungfräulichkeit an ihn verloren habe. Dieses kleine Detail behielt ich lieber für mich.

»Stalker-Alarm«, sagt Helix, als die Türglocke bimmelt.

Eugene betritt den Laden in einem weißen T-Shirt, das mindestens eine Nummer zu klein und mit fragwürdigen Flecken übersät ist, und in Jogginghosen, die im Schritt ein Loch haben »Auf den hab ich heute überhaupt keinen Bock.«

»Du kannst dich um die Lagerbestände kümmern. Ich sag dir Bescheid, wenn er weg ist.«

»Danke.« Ich schlüpfe hinter dem Tresen hervor und verschwinde im Lagerraum. Ich spüre das Vibrieren des Telefons in meiner Tasche. Seit Nev mich am Laden abgesetzt hat, habe ich alle Nachrichten ignoriert.

Abgesehen von der Tatsache, dass der Typ, der mich entjungfert hat, auch mit meiner Schwester geschlafen hat – in nichts Geringerem als seinem Auto –, ist das Schlimmste, dass es überall in diesem blöden Laden etwas gibt, das mich an ihn erinnert. Genau deshalb ist es keine gute Idee, sich mit Kunden zu verabreden. Wenn es schiefläuft, was meistens unvermeidbar ist, bin ich den Erinnerungen an sie ausgeliefert, umgeben von dämlichen Doppeldildos und aromatisiertem Gleitgel.

Als mein Telefon erneut an meinem Po vibriert, und das gefühlt schon zum millionsten Mal in der letzten Stunde, kann ich der Versuchung nicht widerstehen und werfe einen Blick auf das Display. Griffin bringt mein Postfach zum Überlaufen. Ich überlege, seine Nachrichten zu lesen, aber dann würde ich mich gezwungen sehen, mich damit zu befassen, und das könnte tränenreich enden. Ich habe nichts gegen Tränen. Wahrscheinlich würde mich das bis zu einem gewissen Grad von dem emotionalen Aufruhr befreien. Aber das muss warten, bis ich wieder zu Hause bin und mir keine Gedanken mehr über verquollene Augen und verschmierte Wimperntusche machen muss.

»Cosy?« Helix steckt den Kopf durch die Tür. »Eugene ist weg.«

»Okay. Danke.«

»Außerdem ist eine Lieferung für dich gekommen.«

»Was denn für eine Lieferung?«

»Wie sie von Blumenläden kommen.«

Mir schnürt sich die Brust zusammen und mir wird flau. In Gedanken verdrehe ich die Augen über mein dummes, sentimentales Herz. Aber neugierig bin ich dennoch, also folge ich ihr zum Tresen, der von einem riesigen, kunstvollen Blumenstrauß eingenommen wird. »Heilige Scheiße.«

»Er muss sich wirklich mies fühlen.«

»Sieht so aus, als hätte er versucht, einen ganzen Blumenladen in dieses Gebinde zu stopfen.« Ich betaste die Blätter einer der schönen Blumen, deren Namen ich nicht kenne.

»Hier ist eine Karte.« Helix reicht mir einen Umschlag mit meinem Namen darauf.

Ich öffne ihn und nehme die Karte heraus.

Cosy,
es tut mir leid. Dich zu verletzen war das Letzte, was ich tun wollte. Lass mich versuchen, es wiedergutzumachen.
Dein Griffin

»Und der meiner Schwester.« Ich stecke die Karte zurück in den Umschlag, aber ich werfe sie nicht weg, was der erste Hinweis darauf ist, dass ich mir ebenfalls wünsche, dass er das wieder hinbekommt. Ich stecke die Nachricht in meine Handtasche. Der Blumenstrauß ist viel zu groß, um ihn auf dem Tresen zu lassen, also bringe ich ihn in den Lagerraum.

Eine Stunde später trifft das nächste Arrangement ein. Diesmal bestehend aus Keksen. Helix und ich essen jeweils drei. Sie mag die mit weißer Schokolade und Macadamianüssen am liebsten, ich die mit Haferflocken und Rosinen, weil sie weich sind.

Nach einer weiteren Stunde wird ein Früchtekorb geliefert, der ebenfalls eine Karte mit einer Entschuldigung enthält. Bis Ladenschluss wird jede Stunde ein weiteres Geschenk geliefert, sogar ein Burger mit Zwiebelringen, den ich Helix überlasse, weil ich keinen Hunger habe. Fast erwarte ich, dass Griffin vor dem Laden auf mich wartet, aber das tut er nicht.

Zu Hause ist es das Gleiche; nur dass es hier jede Menge Blumen sind. Und ein Geschenkgutschein für ein Spa, das sich passenderweise in seinem Hotel befindet. Ich ignoriere die Nachrichten auf meinem Telefon, aber ich kann Griffin nicht entkommen. Meine ganze Wohnung ist voll mit seinen Entschuldigungen.

Nev ist nicht da, also bleibt mir nichts anderes übrig, als mich in meinem Selbstmitleid zu suhlen. Und die Tränen fließen zu lassen, die ich bis jetzt zurückgehalten habe. Ich will nicht, dass dies eine große Sache ist, aber trotzdem fühlt es sich so an. Ich frage mich, ob Nev ausgegangen ist, weil sie sich ebenfalls schuldig fühlt. Ich hasse es, wie sehr ich Griffin mag und wie sehr es sich anfühlt, als hätten beide mich betrogen, obwohl bei keinem Absicht im Spiel war. Auch wenn es seltsam klingt, ich bin hin- und hergerissen von meinen Gefühlen und weiß nicht, wie ich damit umgehen soll.

Am nächsten Tag geht es genauso weiter. Noch mehr Blumen und Geschenke und Entschuldigungen. Ich habe die Spätschicht, die ich mir erneut mit Helix teile. Sie ist gerade fertig damit, die Magazine aufzufüllen – sie hat das Schere-Stein-Papier-Spiel verloren –, als die Türglocke läutet.

Ich bekomme ganz feuchte Hände, und mein Mund wird trocken. Griffin steht im Laden, und er trägt Jeans und das T-Shirt, das er bei unserer ersten Verabredung anhatte. Und er hat Blumen und eine Schachtel dabei.

Sein Blick wandert von Helix zu mir. Ich blicke Helix an,

weil ich nicht sicher bin, ob ich ihm in die Augen sehen kann. Sie macht große Augen, beugt sich vor und flüstert: »Ist er das?«

»Ja.«

»Verdammt, sieht der gut aus.«

»Ich weiß.«

»Willst du mit ihm reden, oder soll ich mich um ihn kümmern?«

»Ich mach das schon.«

»Ich bleib in der Nähe, für alle Fälle.«

»Ja, bitte.«

Sie klopft mir auf die Schulter. »Viel Glück dabei, auf den weiterhin wütend zu sein.«

Sie verschwindet im Lagerraum, und Griffin tritt an den Tresen. Aus der Entfernung sieht er aus wie immer, aber als er näherkommt, wirkt er unsicher und vielleicht ein wenig unausgeschlafen, womit wir schon zu zweit wären.

»Es tut mir leid.«

»Tatsächlich? Angesichts der übertriebenen Menge an Geschenken wäre ich darauf gar nicht gekommen.« Ich bin gemein und sarkastisch, aber zugleich nervös und verstört wegen meiner Gefühle für ihn. Vielleicht hatte er recht mit dem »Es sollte mit jemand Besonderem sein«, weil ich mir wünsche, dass er derjenige ist.

Er reicht mir die Blumen. »Können wir reden?«

Ich mache keine Anstalten, sie zu nehmen. So wie sich die Muskeln in seinem Unterarm anspannen, muss der Strauß schwer sein. Es müssen mindestens drei Dutzend Rosen sein. »Ich arbeite.« Das ist nicht die beste Antwort, aber es stimmt. Ich bin überwältigt und fühle mich gleichzeitig verletzlich.

»Wann bist du fertig?«

»Wenn der Laden schließt.«

Er legt die Blumen und die Schokolade auf den Tresen. »Ich kann warten.«

Ich fahre mir mit einer Hand übers Gesicht. »Griffin.«

»Bitte, Cosy, nur ein paar Minuten. Ich fühle mich schrecklich wegen der ganzen Sache.« Er sieht müde und verstört aus.

Ich will nicht, dass er mir leidtut, aber das ist nicht ganz so einfach. »Na gut. Drei Minuten, aber nicht jetzt. Nach meiner Schicht.«

»Okay.«

»Und bitte hör auf damit, mir Geschenke zu schicken. Das grenzt an Stalking, außerdem habe ich in meiner Wohnung keine freie Fläche mehr für Blumen oder Vasen. Und ich bin knapp vor einer Überzuckerung durch die ganze Schokolade und die Kekse.«

Der Anflug eines Lächelns umspielt seine vollen Lippen. Die Erinnerung daran, was er mit seinem Mund zuletzt getan hat, bevor ich das mit Nev herausfand, ist wie ein Klaps auf meine Pussy. Wie konnte mein Leben nur so schnell aus den Fugen geraten? Sein Ausdruck wird ernst, als ich das Lächeln nicht erwidere.

»Keine Geschenke mehr.« Er hebt die Hand zum Pfadfindergruß.

»Wir sehen uns nach meiner Schicht.«

Kaum habe ich das »Geöffnet«-Schild ausgeschaltet, erscheint Griffin an der Tür. Weil sie abgeschlossen ist, steht er einfach da, Hände in den Taschen, und wirkt nervös und zerknirscht.

Ich habe Helix bereits vor einer halben Stunde mit den aktuellen Blumen nach Hause geschickt, während ich den Ladenschluss hinauszögerte. Die Schokolade von Godiva habe ich allerdings behalten, weil die Täfelchen fast so gut sind wie ein Orgasmus. Griffin blickt auf meine Handtasche und registriert vermutlich, dass ich sein Bouquet nicht dabeihabe. Ich verschränke die Arme vor der Brust, als könnte ich so mein Herz schützen. »Okay, hier bin ich und höre zu.«

»Kann ich dich nach Hause fahren?«

»Nein.«

Er blickt sich nervös um. »Holt deine Schwester dich ab?«

»Nein.« Nev ist nicht besonders pünktlich, also verlasse ich mich in solchen Dingen nicht auf sie.

»Wie kommst du nach Hause?«

»Mit dem Bus.« Ich fühle mich ziemlich unbehaglich. Weil ich nicht weiß, was ich tun soll, und ihn nicht ansehen kann, überquere ich den Parkplatz und gehe die Straße entlang zur Bushaltestelle. Sein schönes, schwarzes Auto kann ich nirgendwo entdecken.

Griffin versucht mich einzuholen. Ich bin nicht darauf gefasst, als er sich mir plötzlich in den Weg stellt, und stoße gegen seinen muskulösen Brustkorb. Er riecht gut, was ich im Augenblick lieber nicht bemerken würde.

Er packt mich sanft an den Schultern und streichelt mit den Daumen über die nackte Haut neben den Trägern meines Tops. Auf der Stelle bekomme ich an Armen und Beinen Gänsehaut. Ich ärgere mich, dass eine so einfache Berührung eine solche Wirkung auf mich hat. Und ich bin kurz davor, loszuheulen.

»Bitte Cosy. Lass mich dich nach Hause fahren. Danach verschwinde ich wieder, wenn du es willst.«

Ich gebe nur nach, weil es nervt, nachts mit dem Bus zu fahren. Sein bittender Tonfall, der mir das Herz zerreißt, hat damit nichts zu tun. »Also gut. Dann bring mich nach Hause.«

»Danke.« Griffin führt mich zum Laden zurück. Der einzige Wagen, der dort steht, ist ein weißer Sportwagen.

»Was ist mit dem Tesla?«

»Den habe ich heute Nachmittag in Zahlung gegeben.«

Ich bleibe stehen. »Warum?«

»Ich wollte die Situation nicht noch durch schlechte Erinnerungen verschlimmern.«

»Dazu muss ich nur meine Schwester ansehen, dann habe ich die schlechten Erinnerungen direkt vor mir, Griffin.«

Er schließt für einen Moment die Augen. Als er sie wieder öffnet, sehe ich in ihnen nur Trauer und Resignation. »Ich weiß, dass ich es nicht ungeschehen machen kann, aber wenn ich gewusst hätte, dass es dich gibt, hätte ich nie etwas mit deiner Schwester angefangen. Ich lasse mich normalerweise nicht auf One-Night-Stands ein, und ich habe auch überhaupt keine Erinnerung mehr daran, dass ich mit deiner Schwester geschlafen habe, weil ich so fertig war. Ich kann verstehen, dass es das wahrscheinlich nicht besser, sondern schlimmer macht, aber es war mir ernst damit, als ich sagte, dass ich es wieder hinbiegen will, Cosy. Auch wenn ich nicht weiß, ob ich das kann.«

Ich fahre mir über die Stirn. Wie verdreht ist das denn, dass sich keiner von beiden daran erinnern kann, dass sie miteinander geschlafen haben. Bis gestern Morgen hätte ich die Nacht mit Griffin als eine der unvergesslichsten in meinem Leben bezeichnet. Und das ist sie nach wie vor, nur nicht aus den Gründen, die mir gefallen. »Ich kann nicht so tun, als wäre nichts gewesen, Griffin. Das ist das Problem. Wenn es sich nicht um meine Schwester handeln würde, wäre es viel einfacher, darüber hinwegzukommen.«

»Soll das heißen, dass es eine Chance gibt, dass du darüber hinwegkommst?« Er blickt mich so verdammt hoffnungsvoll an.

»Ich weiß es wirklich nicht.« Aber als ich hier so stehe und in sein bekümmertes, reuevolles, wunderschönes Gesicht schaue, denke ich, dass es vielleicht doch noch einen Versuch wert wäre.

Er nickt verständnisvoll. »Ich mag dich, Cosy. Sehr sogar. Vermutlich mehr, als ich sollte. Ich hatte schon seit langer Zeit nicht mehr so viel Spaß mit jemandem. Und ich denke, dass es dir vielleicht ähnlich geht, oder zumindest ging, und wenn es auch nur die geringste Chance gibt, dass du dies überwinden kannst, könnten wir versuchen, ob es mit uns klappt. Vielleicht? Falls du es willst?«

»Ich wünschte, du hättest nicht mit meiner Schwester geschlafen.«

»Das wünschte ich auch, Cosy. Alles, woran ich mich aus dieser Nacht erinnere, ist, dass ich zu viel getrunken habe und sie mein Auto sehen wollte. Der Rest ist verschwommen. Ich will nicht, dass du die Nacht mit mir bereust.«

Ich seufze. Die verdammte Nev und ihre dämliche Liste mit den Autos. »Ich bereue es nicht, mit dir geschlafen zu haben. Ich bezweifle, dass ein erstes Mal aufregender sein könnte, und du warst wahnsinnig lieb. Es ist … so verdammt schwierig, Griffin.«

»Ich weiß, und es tut mir leid.« Er senkt den Kopf, ohne den Blick von mir abzuwenden, ganz reumütig und ärgerlicherweise sexy.

»Ich glaube dir.« Ich denke wieder an das Gespräch mit Nev gestern Morgen, an all das, was Griffin in den letzten vierundzwanzig Stunden gemacht hat, und seine Zerknirschung. Ist das eine unglückliche und verfahrene Situation? Ganz bestimmt. Aber ich würde es bereuen, wenn ich nicht zumindest versuchen würde, es dabei bewenden zu lassen. »Ich kann versuchen, damit klarzukommen, dass du nicht gewusst hast, was du tust, als du mit meiner Schwester geschlafen hast.«

Er starrt mich einen Moment lang ungläubig an, als würde

er versuchen, den Sinn meiner Worte zu verstehen. »Soll das heißen, ich darf dich wieder zum Essen einladen?«

Ich zucke mit den Achseln. »Solange ich nicht über weitere Familienmitglieder stolpere, mit denen du zufällig geschlafen hast, seit du in Vegas bist.«

»Das wirst du nicht. Versprochen.«

»Wie kannst du so sicher sein?«

»Weil ich mich nur dieses eine Mal betrunken habe, seit ich hier bin, und du der einzige Mensch bist, mit dem ich außerdem zusammen war.«

Er wirkt so aufrichtig, dass ich nachgebe. »Okay. Wenn das so ist, kannst du mich zum Essen einladen.«

»Bist du morgen Abend immer noch frei? Oder wie sieht es jetzt aus? Du hast noch nichts gegessen, oder?«

»Woher weißt du das?«

»Ich hab hier draußen auf dich gewartet, seit du gesagt hast, dass wir reden können.«

»Das war vor Stunden.«

»Ich wollte es nicht riskieren, dich zu verpassen.« Er vergräbt die Hände in den Taschen. »Wenn du willst, könnten wir in den Diner mit den Shakes und den Zwiebelringen gehen, den du so magst. Oder auch woanders hin, ganz wie du willst. Worauf hast du Appetit? Wir suchen uns einfach einen netten Laden.«

»So ein großer, fettiger Hamburger wäre genau das Richtige.« Ich habe heute kaum etwas gegessen, zumal mein Magen wegen seiner verrückten Einfälle wie zugeschnürt war. Und mein Outfit ist auch nicht wirklich passend für ein nettes Restaurant.

»Dann also fettige Burger.«

Griffin hilft mir beim Einsteigen. Da ich keine Sachen zum Wechseln dabeihabe, trage ich immer noch meine Arbeitskleidung, bestehend aus kurzen Shorts und dem weißen Top, durch das man meinen BH sehen kann. Er entschuldigt sich weitere fünfhundert Mal – in Wahrheit zwei oder drei Mal, aber mit Nachdruck.

»Hör mal, ich weiß deine Reumütigkeit zu schätzen, aber es wäre wohl einfacher, wenn wir das nach heute Abend hinter uns lassen würden.«

»Okay. Ich hör damit auf.« Er streckt den Arm aus und drückt meine Hand. »Wie geht es dir sonst so? Nach unserer Nacht, meine ich. Fühlst du dich okay?«

»Du meinst, abgesehen davon, dass ich von dem Stoßverkehr wund bin? Ich schätze, mit ein wenig Übung könnte ich mich an das Rein und Raus gewöhnen.«

Griffin keucht. »Ich meinte gefühlsmäßig.«

»Oh.« Ich blicke aus dem Fenster. »Alles gut. Du brauchst nicht zu befürchten, dass ich jetzt zur Klette werde, nur weil du der einzige Mann bist, der bisher in mir war.«

»Musst du deswegen gleich so von oben herab sein?«

»Ich bin nicht von oben herab. Ich wusste, was ich tat, als ich dich verführt habe. Und ich war mir auch über die Einschränkungen im Klaren.« Ich gestikuliere und rede weiter, hauptsächlich, um mich selbst zu beschwichtigen. »Wenn es dich beruhigt, ich werde aus dieser Sache nicht etwas machen, das es nicht ist.«

»Das ist nicht … darüber mache ich mir keine Sorgen.«

Endlich biegen wir auf den Parkplatz vor Shakey's ab, wofür ich wirklich dankbar bin, weil das Gespräch damit beendet ist. Die Wahrheit ist, ich mag Griffin. Genug, um damit klarzukommen, dass er etwas mit meiner Schwester hatte, bevor wir uns begegnet sind, also habe ich möglicherweise gelogen, was den Punkt betrifft, die Sache zu etwas zu machen, was sie nicht ist. Aber in ein paar Monaten wird er nach New York zurückgehen, und ich werde mein Praktikum beginnen, demnach wird nicht mehr passieren. »Endlich. Ich sterbe vor Hunger. Lass uns was essen.«

Ich bestelle wieder einen Burger mit extra Zwiebeln und dazu Zwiebelringe, aber diesmal ganz bewusst. Die Stimmung zwischen uns ist ein wenig angespannt, aber Griffin fragt mich nach meiner Arbeit und dem Studium, um das Gespräch in Gang zu halten, und als ich mit meinem Burger fertig bin, ist alles beinahe wieder normal. Mal abgesehen von all den Blicken, die ich wegen meiner Arbeitskleidung auf mich ziehe.

Griffin setzt mich zu Hause ab und es wird unbehaglich. »Sehen wir uns diese Woche noch?«

»Vielleicht.« Ich will ihm keine verbindliche Zusage machen und den Eindruck erwecken, dass alles vergessen wäre. Außerdem brauche ich ein wenig Abstand, um meine Gefühle auf die Reihe zu kriegen.

»Ich würde dich gerne in ein nettes Restaurant einladen.«

»So nett wie ein Paar Schuhe für tausend Dollar?«

»Nur wenn du dich wohl dabei fühlst.«

»Kann ich mir das überlegen?«

Er blickt enttäuscht, zwingt sich aber zu einem verständnisvollen Lächeln. »Natürlich. Lass dir Zeit.«

»Das war kein Nein. Ich möchte dich wiedersehen. Ich muss nur wissen, wie ich mit dir umgehen soll, was Dates betrifft.«

»Wäre dir eine zwanglose Umgebung lieber?«

»Lass es mich überschlafen.«

»Sicher.« Sein Blick wandert mehrmals zu meinen Lippen.

Alles, was ich schmecken kann, sind Zwiebeln. Trotzdem beuge ich mich zu ihm hinüber und küsse ihn. Ich bereue die Zwiebeln umgehend, weil es sich anfühlt, als hätten die Lippen in meinem Gesicht eine direkte Verbindung zu denen unterhalb meines Nabels. Ich beende den Kuss, bevor ich etwas

Dummes tun kann, wie beispielsweise ihm die Zunge in den Mund zu stecken.

Er fährt sich über die Unterlippe, als ich mich zurücklehne. »Danke, dass du mir eine zweite Chance gibst.«

»Gern geschehen. Danke, dass du so hartnäckig bist.« Ich nehme meine Tasche und steige aus dem Wagen. »Wir sprechen uns morgen.«

Als ich den Fahrstuhl betrete, sitzt er immer noch im Auto. Die Türen schließen sich und ich lehne mich an die Wand. Mein Telefon signalisiert eine Textnachricht.

> Ich verspreche dir, ich werde niemand sein, an den du zurückdenkst und es bereust.

Ich wünsche mir, dass er der Richtige ist, aber das Problem mit Versprechen ist, dass sie leichter gebrochen als gehalten werden.

12

MR MOGUL MILLS

Cosy

Es ist schon ein paar Wochen her, seit ich herausgefunden habe, dass mein Jungfräulichkeitsdieb mit meiner Schwester geschlafen hat. Ich habe mich von diesem Tiefschlag erstaunlich schnell erholt. Auch wenn das zum Teil Griffins übertrieben reuigem und übermäßig aufmerksamem Verhalten geschuldet ist. Er hat mich schick zum Abendessen ausgeführt, und es gab zahlreiche Übernachtungen bei ihm. Und wie nicht anders zu erwarten war, bin ich in den Genuss zahlloser Orgasmen gekommen.

Griffin mag es gern oral, sowohl als Gebender als auch als Nehmender. Da ich nun einmal meine gesamte Teenie-Zeit wie auch die ersten beiden Jahre meiner Twens ohne richtigen Sex verbracht habe, bin ich ziemlich gut darin, was das Geben angeht. Griffin ist ebenfalls ausgesprochen talentiert. Wir hatten bereits mehr als einen Orgasmuswettbewerb, und Griffin geht jedes Mal als Sieger daraus hervor, was mir wirklich nichts ausmacht, weil ich dabei schließlich nicht leer ausgehe.

Wir treffen uns heute Abend, und ich übernachte wieder bei ihm. Neben der Zeit mit Griffin, der Arbeit bei STW und den Seminararbeiten bleibt nicht viel Zeit für etwas anderes, was jedoch in Ordnung ist. Meine Schwester freut sich wahnsinnig für mich, nachdem sich die gewohnte Hörigkeit bei ihrem letzten Freund nicht eingestellt hat. Außerdem hat sie in den vergangenen Wochen drei Jobs gekündigt.

Weil ich ziemlich viel ausgehe und dabei lerne, wie man gutes Essen und eine Menge Champagner und Cocktails genießt, lebt meine Schwester von dem, was im Kühlschrank ist. Ich bringe ihr häufig Reste mit, weil ich nicht viel einkaufen gehe.

Griffin hat sich angewöhnt, mir Mittagessen zu schicken, wenn ich bei STW arbeite. Seine Vernarrtheit hat mich anfangs verrückt gemacht, aber so langsam wird mir klar, dass er mir auf diese Weise zeigt, dass er an mich denkt. Ich will auch nicht Griffins Gefühle verletzen, und es scheint ihm große Freude zu machen, diese völlig unnötigen Dinge für mich zu tun.

Es ist alles ziemlich beziehungsmäßig für zwei Leute, die einfach nur ein paar Monate miteinander genießen möchten. Ich unterteile diese Zeit mit ihm wie eine Reihe von Ereignissen in einem Buch, Kapitel, die ich mir in vielen Jahren ins Gedächtnis rufen werde, wenn ich das Leben gern gegen das, was ich ein paar Monate lang hatte, eintauschen möchte.

Mein Kreisen um Griffin führt dazu, dass ich die heutige »Exkursion« des Hotelmanagementseminars völlig vergessen habe. Ich kann froh sein, dass ich passend angezogen bin, denn wir wollen eins der hier ansässigen Hotelcasinos besuchen. Dazu gehören eine Besichtigung und ein Vortrag oder so etwas. Als Einheimische bin ich nicht besonders daran interessiert, in einem Vegas-Casino zu arbeiten, aber es bedeutet einen Tag außerhalb des Seminarraums, und vielleicht lerne ich ja etwas Interessantes. Wir besteigen einen gelben Schulbus – ich habe den Wagen heute Vormittag Nev überlassen, weshalb ich keine andere Wahl habe, als mich zu meinen Kommilitonen in der Banane auf Rädern zu gesellen.

»Ich bin wirklich neugierig, wo wir unser Praktikum machen werden«, sagt Helix, als wir zum Strip fahren. Unser Stundenplan stimmt nicht überein, aber alle Hospitality-Studenten nehmen an diesem Ausflug teil, weshalb wir den Tag gemeinsam verbringen.

»Ich glaube, ich habe mich an zehn verschiedenen Orten beworben.«

»Ich auch. Du hast dich auf dem Kreuzfahrtschiff beworben, stimmt's?«

Ich nicke. »Vier Wochen auf einem Schiff ist eine lange Zeit, aber es könnte auch lustig werden.«

»Oh ja, auf jeden Fall. Du hast dich auch in New York beworben.« Sie wackelt mit den Augenbrauen.

»Ja, aber sie nehmen nur zwei Studenten pro Semester, es herrscht also ein ganz schöner Wettbewerb.« Ich möchte mir aus einer ganzen Reihe von Gründen nicht zu viele Hoffnungen machen, nicht zuletzt weil Griffin wahrscheinlich wieder dort sein wird, wenn das Praktikum beginnt.

»Einen Versuch ist es wert«, sagt Helix.

Erst als wir aussteigen, wird mir bewusst, dass wir bei Griffins Hotel sind. Wir werden an einem Seiteneingang abgesetzt und in die Lobby gescheucht. Das ist irgendwie perfekt. Nur schade, dass ich keine Keycard zu seiner Suite habe, sonst könnte ich ihn überraschen. Jedenfalls ist es viel angenehmer, weil er mich so nicht mehr abholen muss. Es bedeutet ebenfalls, dass wir vielleicht eine Runde Sex vor dem Abendessen bekommen.

Ich schicke ihm eine kurze Nachricht, um ihm mitzuteilen, dass er mich am Abend nicht mehr abholen muss.

»Worüber lächelst du?«, fragt Helix.

»Erinnerst du dich an den Typen, mit dem ich ausgehe?«

Sie merkt auf. »Als könnte ich diesen rattenscharfen Kerl je vergessen. Was ist mit ihm?«

»Er wohnt hier.«

»Oh, vielleicht triffst du ihn ja.«

»Vielleicht.« Ich drehe mich um, als zwei Türflügel auf der anderen Seite der Lobby aufschwingen. Und da ist er.

Fast erwarte ich, dass ein Engelschor von der Decke herabsinkt – natürlich in Pailletten. Bei seinem Anblick ist mein Körper augenblicklich für Sex bereit. Griffin trägt einen schicken schwarzen Anzug und eine eisblaue Krawatte. Sein Ausdruck ist ernst, als er durch das offene Foyer marschiert, eine Frau im Bleistiftrock mit einem iPad in der Hand neben sich, die beinahe rennen muss, um mit ihm mitzuhalten. Er nickt zustimmend angesichts dessen, was sie sagt, und blickt dann in Richtung unserer Gruppe. Sein Blick fällt auf mich, und er verlangsamt den Schritt und zieht überrascht die Brauen hoch, bevor er die Lippen zu einem Lächeln verzieht.

Er macht eine Kehrtwendung, was die Frau mit dem iPad durcheinanderbringt. Er macht ihr ein Zeichen, indem er den Finger in ihre Richtung streckt, und kommt dann auf mich zu.

In diesem Moment wird mir bewusst, dass ich zwar ein Kleid trage, es sich aber nicht um ein Business-Outfit handelt. Es ist ein schlichtes blaues Hemdblusenkleid mit Flügelärmeln, dazu flache Schuhe. Und über der Schulter habe ich einen Rucksack hängen. Entweder entgeht ihm das, oder es ist ihm egal, weil er noch immer lächelnd auf mich zukommt, während die Geschäftsfrau auf ihren superdünnen Absätzen hinter ihm herstakst.

»Oh mein Gott, er ist wirklich umwerfend«, flüstert Helix mir ins Ohr.

»Ich weiß.«

»Cosy.« Mein Name hüllt mich ein, und Griffin ebenfalls, als er mich kurz umarmt. Dann hält er mich auf Armeslänge weg und blickt mich fragend an. »Was für eine angenehme Überraschung.«

»Wir machen heute eine Besichtigungstour«, erzähle ich ihm und nehme überdeutlich wahr, dass die Leute uns anschauen und die Frau mit dem iPad eine Miene macht, als wollte sie mir mit ihrem Eingabestift die Augen ausstechen.

»Mr Mills, wir müssen weiter, Sir.«

Sein Kinn zuckt, doch er dreht sich um, noch immer ein Lächeln im Gesicht. »Ja, Nancy, das ist mir bewusst.« Er wendet sich wieder mir zu. »Ich habe noch eine Verpflichtung, aber ich bin später am Nachmittag frei, bist du dann noch hier?«

»Ja, klar.«

Sein Lächeln wird breiter. »Wunderbar. Sie sehen übrigens hübsch aus heute Morgen, Miss Felton.« Er zwinkert und signalisiert Nancy, der genervten Dame mit dem iPad, ihm zu folgen. Sie wirft einen verkniffenen Blick über die Schulter.

»Folgen Sie mir.« Ms Castor schnipst mit den Fingern, während sie sich durch die Schar College-Kids drängt. Im Vorbeigehen packt sie mich am Ellbogen und beugt sich vor, um mich zu fragen: »Woher kennen Sie Griffin Mills?«

»Äh, er ist ein Freund.«

Sie wirft mir einen Blick zu, den ich nicht so recht zu deuten weiß, als wollte sie mich einerseits zur Freundin haben, andererseits aber aus irgendeinem Grund zum Krüppel machen. Schon klar, er ist heiß, na und? Es könnte aber auch damit zu tun haben, dass er im Hotelgewerbe arbeitet und sie in diesem Bereich lehrt. Ich habe das Gefühl, etwas Wichtiges zu übersehen, aber ich bin mir nicht ganz sicher, was es ist.

Eine andere Studentin nähert sich, um sie etwas zu fragen, weshalb sie meinen Arm loslassen muss. Wir durchqueren die große, dezent beleuchtete und ausgesprochen klassische Hotellobby. Es ist ganz anders als dort, wo meine Mom als Croupière gearbeitet hat. Dieser Ort hier stinkt nach Geld und Kultiviertheit.

Mir wird bewusst, dass ich in der ganzen Zeit mit Griffin kein einziges Mal durch die Lobby gegangen bin, sondern dass wir stets den Privateingang benutzt haben, der zu seiner Suite hinaufführt. Ich betrete einen großen Raum mit Stuhlreihen vor einem Podium und einem Tisch mit Mikrofonen.

Ich unterdrücke einen Schauder, als sich Landon, ein Typ aus meinem Seminar, der nicht gerade hinter dem Berg hält damit, dass er mich mag, vor mich schiebt. Ich bringe es nicht über mich, ihn rundheraus zurückzuweisen, weil er schrecklich tollpatschig ist und nicht zu kapieren scheint, dass ich nicht interessiert bin. Ich versuche in die Stuhlreihe hinter ihm zu gelangen, aber ich werde umdirigiert und bin somit in der ersten Reihe vor dem verdammten Podium mit Landon rechts von mir. Zum Glück ist Helix auf der anderen Seite.

»Das ist ein hübsches Kleid«, sagt Landon.

»Danke.« Ich schenke ihm ein schmales Lächeln und nehme mein Tablet aus der Tasche, um mir Notizen machen zu können.

»Ich hab versucht, ihn abzudrängen, aber er ist wie ein Wiesel, das sich überall dazwischenquetscht«, flüstert Helix mir ins Ohr.

»Du hast tolle Beine. Du trägst häufig hohe Schuhe, nicht wahr? Deine Wadenmuskeln verraten es mir.« Er beugt sich hinunter, um meine Wade zu berühren, und ich zucke weg. »Was machst du in der Mittagspause?«

»Ich esse mittags nichts.« Das ist eine schwache Ausrede, aber mit mir über meine Waden zu reden, ist völlig unpassend.

»Echt nicht?«

»Nein.« Ich könnte Landon bereits eine scheuern, dabei haben wir uns gerade erst hingesetzt. Ich schaue mir die Vortragsliste an, die ich bis auf die Information über den Hauptredner bereits heute Morgen durchgeblättert habe. Ich lese sie mir durch, um eine Vorstellung davon zu bekommen, was mich hier erwartet und ob es sich überhaupt lohnt, aufzupassen, oder ob ich mir einfach nur ein paar Notizen über andere Projekte mache, während ein Wichtigtuer davon erzählt, wie er aus dem Nichts ein Imperium geschaffen hat. Den Namen des Redners kenne ich nicht.

Landon scheint es nicht zu bemerken. Er löchert mich mit Fragen und ist mit seinem Gesicht im wahrsten Sinne des Wortes nur einen Fingerbreit von meinem entfernt. Ich kann seinen Atem auf meiner Wange fühlen.

Ich bin im Augenblick von der Dame mit dem iPad abgelenkt, die mit Griffin in der Lobby war. Sie ist ganz geschäftsmäßig, als sie alles für die Präsentation vorbereitet. Zwei weitere Frauen im Damenkostüm und zwei Männer kommen herein, gefolgt von Griffin, der sich hinter das Podium stellt.

Ich brauche viel länger, als ich sollte, bis ich alles zusammenhabe. Die erste PowerPoint-Folie ist eine große Hilfe, entspricht aber nicht dem Namen, der im Informationsblatt steht.

Hauptredner: Griffin Mills von Mills Hotels.

Ich schaue zu Helix, die mich mit großen Augen anschaut. »Oh mein Gott, das ist *der* Griffin Mills?«

»Scheint so.« Ich habe von den Mills Hotels gelesen. Sie sind praktisch überall. Außer in Vegas und noch ein paar anderen Städten. Harrison Mills hat die Firma von seinem Vater Corbin geerbt, und sie ist schon seit Generationen in Familienbesitz. Was mir bisher nicht klar war, ist, dass Griffin einer der Söhne ist, der in der Firma arbeitet und sie irgendwann einmal erben wird. Ich begreife nicht, wie mir diese Verbindung entgehen konnte, mal abgesehen davon, dass Mills ein gängiger Name ist. Oder es war einfach völlig naiv.

Griffin ist bezüglich seines Jobs vage geblieben, hat lediglich angedeutet, dass er sich um die Finanzen des Familienunternehmens kümmert, und hat es als langweilig und unwichtig abgetan. Also habe ich nie nachgehakt oder es infrage gestellt.

Ich recherchiere rasch nach dem Mills-Hotels-Familienunternehmen. Es dauert nicht lange, bis ich ein Bild von Harrison mit seinen drei Söhnen finde. Alle drei sehen wahnsinnig gut aus. Griffin trägt darauf einen sexy Bart, der ihn so alt aussehen lässt, wie er tatsächlich ist.

»Die Familie ist viele Milliarden Dollar schwer. Punkt für dich, Mädchen.«

Ich wünschte, es wäre eine Übertreibung, aber da bin ich mir nicht so sicher. »Sieh nur, wie ich den Jackpot gewinne.«

Griffin glättet seine Krawatte und trinkt einen Schluck Wasser aus dem Glas auf dem Podium. Sein Ausdruck ist ernst, und er wirkt unruhig, so als wäre er nervös. Aber er strafft die Schultern, und ein Anflug von einem Lächeln macht ihn weniger einschüchternd und tausendmal heißer.

Er lässt den Blick über das Publikum wandern, bis er schließlich auf mich fällt. Überraschung weicht Erkenntnis. Er spricht vor meinem Seminar.

Der einzige Mann, der je in mir drin war und in den ich mich gerade verknalle, ist ein Hotelmogul. Und jetzt bin ich hier, sitze zwischen meinen Kommilitonen, umklammere mein Tablet so fest, dass beinahe der Screen zerbricht, und die Kluft zwischen uns ist breiter als ein Meer.

Ich durchbohre ihn mit einem wütenden Blick und formuliere stumm *Was soll der Scheiß*.

Denn wirklich, was zum Teufel soll das?

13

ABSTELLKAMMERGESPRÄCHE

Griffin

Das Jahrzehnt Abstand zwischen Cosy und mir tritt grell zutage, als ich auf dem Podium stehe und in das Meer neugieriger Gesichter blicke, Rucksäcke zu den Füßen, Tablets und ein paar Notizblöcke in den Händen, während sie darauf warten, dass ich anfange. Ihren gesenkten Köpfen nach zu urteilen, schreiben ganz hinten ein paar Textnachrichten.

Cosy hingegen sitzt in der ersten Reihe, direkt vor mir. Ihre Miene verrät, dass sie genauso überrascht ist, mich hier oben zu sehen, wie ich sie im Publikum. Vielleicht sollte ich das nicht sein, nachdem sie mir gesagt hat, dass sie auf Besichtigungstour ist. Ich habe es nur nicht mit dem, was ich hier tue, in Verbindung gebracht.

Gestern kam eine Absage des Redners, und als man mich gebeten hat, einzuspringen, habe ich Ja gesagt, auch wenn ich lieber in einem Sitzungssaal präsentiere.

Und jetzt sitzt hier eine sexy Ablenkung in einem durchscheinenden blauen Hemdblusenkleid mit einem Gürtel um die Taille. Wie fast alles, was Cosy außer Jeans besitzt, ist auch das hier zu kurz. Ein gutes Stück ihres Oberschenkels ist entblößt, und sie zupft am Saum, damit das Kleid nicht weiter hinaufrutscht. Sie trägt dazu goldene Ballerinas, und aus irgendeinem gottverdammten Grund sorgt ihr Outfit dafür, dass ich einen Ständer bekomme. Was nicht so toll ist, wenn man bedenkt, dass ich in einem Raum voller Menschen um die zwanzig stehe und der Blutfluss besser durch meinen Kopf führen sollte, damit die Präsentation gelingt.

Das Mädchen zu Cosys Rechter – die ich aus dem Sexshop wiedererkenne – flüstert etwas, das Cosy sichtbar erbleichen lässt. Links von ihr sitzt ein Typ; sein Kinn ist von den Resten einer Pubertätsakne übersät. Er ist dürr und blond, das Gegenteil von mir. Jedes Mal, wenn er mit ihr spricht, beugt er sich viel zu weit zu ihr hinüber, was ziemlich häufig geschieht. *Bleib ihr gefälligst vom Leib, du Möchtegern-Justin-Bieber, sie gehört mir.*

Ich richte meinen Blick erneut auf Cosy, die bemüht ist, mich böse anzuschauen. Sie formuliert stumm *Was soll der Scheiß*. Ich denke, was hier passiert, ist ziemlich offensichtlich, und es ist nicht gerade so, als hätte ich die Kontrolle über die Situation.

Nancy, meine Assistentin, bittet um Aufmerksamkeit und stellt mich vor. In den nächsten zwanzig Minuten halte ich einen Vortrag auf Autopilot und versuche, nicht zu Cosy zu schauen, die auf ihr Tablet starrt. Ihre Fingerknöchel sind weiß und ihr Kiefer angespannt.

Am nervigsten ist, wie oft sich der Kerl neben ihr hinüberbeugt und ihr etwas ins Ohr flüstert. Dabei rückt sie jedes Mal näher zu dem Mädchen auf ihrer anderen Seite. Ich weiß nicht, ob das passiert, weil ich hier oben stehe und Zeuge dieses offensichtlichen Flirtversuchs bin oder weil sie sich seiner Aufmerksamkeit wirklich entziehen will. Ich werde so oder so herausfinden, was los ist.

Sobald ich mit meiner Präsentation fertig bin, setze ich mich an den Tisch, und der Hotelmanager steigt auf das Podium. Ich ziehe mein Handy aus der Hosentasche und tippe unterm

Tisch mit den Daumen eine Nachricht. Nachdem ich das leise Summen aus der Richtung gehört habe, wo sie sitzt, wird mir bewusst, dass sie sie während des Vortrags nicht lesen kann, ohne unhöflich zu wirken.

Sie wirft mir noch einen wütenden Blick zu und spannt dann wieder den Kiefer an. Ich muss noch zwanzig Minuten ausharren, während die restliche Fachgruppe präsentiert, dann beantworten wir Fragen der Studenten. Sobald das erledigt ist, sollen sie sich in zwei Gruppen aufteilen, um sich die verschiedenen Bereiche anzuschauen und zu erfahren, wie die Dinge hinter den Kulissen laufen.

Ich habe vor, Cosy beiseite zu nehmen, doch ich werde von einer Gruppe Studenten und einer Lehrerin, die bei jeder Frage meinen Arm berührt, mit Beschlag belegt. Was wirklich nervig ist. Schließlich gelingt es mir, aus dem Raum zu schlüpfen, um endlich nach Cosy zu suchen und herauszufinden, was es mit den wütenden Blicken auf sich hat.

Ich schicke ihr noch eine Nachricht und frage, wo sie ist.

Ein paar Sekunden später bekomme ich eine Antwort.

MILLS HOTELS???? ECHT JETZT? WAS SOLL DAS?

Es folgen ein halbes Dutzend Emojis, die von Wut bis Überraschung reichen, auch dieses seltsame mit den *Was-zum-Teufel*-Händen. Ich bin mir nicht sicher, wieso das eine solche Überraschung ist, oder wieso es zum Nachdruck Großbuchstaben und die ganzen Emojis braucht. Ich schicke eine Nachricht mit einem einzelnen Fragezeichen zurück.

Ich folge dem Zug Rucksackstudenten und entdecke Cosy schließlich am Ende der Gruppe, Telefon in der Hand und die Stirn noch immer gerunzelt. Sie wird langsamer und tippt energisch auf den Screen, während sie zurückbleibt. Ich nutze ihre Ablenkung zu meinem Vorteil. Ich überrumple sie, indem ich meinen Arm durch ihren schiebe und sie zur nächsten offenen Tür ziehe. Ich schließe sie hinter uns, um ungestört zu sein, und stelle eine Sekunde zu spät fest, dass es sich um eine Abstellkammer und nicht um ein leeres Büro handelt.

»Was soll das, Griffin?«, ruft Cosy.

»Schh. Sprich leise.« Das würde wahrscheinlich nicht gut aussehen, wenn uns jemand überraschen würde.

Cosys Ausdruck wechselt von Überraschung zu Ungläubigkeit und dann Verärgerung. »Du hast mich zu Tode erschreckt! Was denkst du dir eigentlich dabei, mich in eine Abstellkammer zu zerren?«

»Weshalb bist du so wütend?«

Sie zwinkert mehrere Male und wirft die Hände in die Luft. »Oh, ich weiß nicht. Vielleicht hätte ich gern gewusst, dass ich mich mit einem Mann treffe, der mehr Geld hat als der scheiß liebe Gott!«

»Gott handelt bestimmt nicht mit Dollarscheinen.« Sogar ich kann zugeben, dass das schwach war.

»Das ist kein Witz, Griffin. Ich muss zurück zu meiner Gruppe, bevor sie merken, dass ich verschwunden bin, und du musst dich wieder darum kümmern, die verdammte Welt am Laufen zu halten.« Sie stößt mich gegen die Schulter, dreht sich um und greift nach dem Türgriff.

»Hoppla, Moment mal.« Ich dränge sie gegen die Tür, damit sie mir nicht entwischen kann. Ihr Haar schlägt mir ins Gesicht, als sie herumwirbelt, wobei ihr Zorn fast amüsant ist. »Weshalb bist du so sauer? Du warst in meiner Suite, du weißt, was für ein Auto ich fahre, und die Restaurants, in die ich dich ausführe, sind keine McDonalds. Du weißt bereits, dass ich Geld habe.«

»Ja, aber jedes Mal, wenn ich nach deinem Job frage, tust du es als unwichtig ab. Wieso bist du nicht damit herausgerückt, anstatt um den heißen Brei herumzureden? Du hast mir den

Eindruck vermittelt, du wärst so ein heißer Zahlennerd bei einer Firma mit ein paar fantastischen Zulagen.«

»Der bin ich auch, und mein Job ist kein abendfüllendes Gesprächsthema.« Ich rede noch immer um den heißen Brei herum.

Sie stützt eine Faust in die Hüfte. »Du bist ein Hotelmogul und ein verdammter Milliardär!«

»Mein Vater ist ein Milliardär, nicht ich.«

Sie durchbohrt mich mit einem wütenden Blick. »Wortspielereien, Griffin. Du bist ein Erbe der Mills-Hotel-Dynastie.«

»Wieso ist das plötzlich ein Problem?« Ich mag die Hitze nicht, die an meinem Rücken hinaufwandert, obwohl es daran liegen könnte, dass ich einen Anzug in einem engen Raum ohne anständige Belüftung trage.

»Ich wusste es nicht, bevor du dich vor meine Seminargruppe gestellt und es uns allen präsentiert hast.«

»Stimmt nicht. Du wusstest nur keine Einzelheiten. Das darf eigentlich überhaupt nichts ändern.« Jetzt bin ich sauer, zum Teil, weil sie so reagiert, und auch, weil ich das absichtlich vor ihr verborgen habe. Ich habe nichts preisgegeben, weil sie nicht gedrängt hat.

»Wieso bist du nicht ehrlich zu mir? Wieso die Dinge im Ungewissen lassen?«

»Weil ich nicht wollte, dass sich zwischen uns etwas ändert oder du mich anders siehst.«

Cosy reibt sich die Schläfe. »Ich hatte nicht erwartet, dass du einer der Redner bist. Ich bin Collegestudentin, und du bist …« Sie gestikuliert in meine Richtung und lässt ihren Blick auf ungewohnte Art über mich gleiten. »… ein verdammter Gott. Und meine Lehrerin würde sich sowieso am liebsten auf dich stürzen.«

»Zum Teufel mit deiner Lehrerin.«

Sie zieht eine Braue hoch.

Ich wische den Kommentar mit einer Handbewegung weg. »Ich kann die Familie nicht ändern, in die ich hineingeboren wurde, und ich dachte, du stündest über diesen nebensächlichen Dingen, die nicht zählen.«

»Das tue ich auch«, faucht sie.

»Du benimmst dich aber nicht gerade so«, kontere ich.

Sie blickt finster und verändert ihre Haltung. »Es wäre viel einfacher gewesen, damit klarzukommen, wenn ich vorgewarnt gewesen wäre. Deine Präsentation hat mich kalt erwischt.«

»Weißt du, was mich kalt erwischt hat? Dieser verdammte Knilch, der sich beinahe auf deinen Schoß gesetzt hat, sobald er nur einen Funken Aufmerksamkeit von dir bekam.«

»Was?«

Ich grabe mir gerade selbst eine Grube, aber ich bin frustriert und völlig verunsichert. »Wer ist der Typ? Weiß er, dass wir was miteinander haben? Es sah jedenfalls nicht danach aus.«

»Du meinst Landon? Er ist ein Kommilitone, der überhaupt nichts kapiert.«

»Vielleicht solltest du dann etwas deutlicher sein. Und weißt du, was noch helfen würde?« Ich ziehe am Saum ihres Kleids. »Wenn du nicht Gefahr laufen würdest, ihm jedes Mal, wenn du dich hinsetzt, dein Höschen zu zeigen.«

Ihre Augen flackern, und sie kräuselt wütend schnaubend die Lippen. »Willst du etwa behaupten, ich lenke seine unerwünschte Aufmerksamkeit auf mich wegen meiner Art, mich zu kleiden?«

»Etwa nicht?«

Sie reckt das Kinn noch höher und legt den Kopf schräg. »Bist du dir dessen sicher? Wenn ich mich recht erinnere, schien es dich nicht zu stören, wie viel nackte Haut ich gezeigt habe, als du ins STW gekommen bist. Es sah sogar eher danach aus, als hätte es dir gefallen, und so wirkt es noch immer.« Sie umfasst mich durch meine Hose hindurch, um ihre Äußerung zu unterstreichen.

Sie hat nicht unrecht. Was mich in dieser Situation in doppelter Hinsicht zu einem Arsch macht. Trotzdem versuche ich, mich zu rechtfertigen. »Dieser Typ hat während der gesamten Präsentation auf deine Beine gestarrt.«

»Du doch auch.«

Scheiße. Sie hat schon wieder recht. »Ich bin dein Freund. Ich darf wegen deiner Beine einen Ständer kriegen, dieser kleine Wichser nicht.«

Ihre Augen flackern überrascht. »Freund?«

»Wir daten doch niemand anders, oder?« Ein heftiger Anflug von Besitzgier bringt mich dazu, den Kiefer anzuspannen und die Hände zu Fäusten zu ballen.

Die Frage scheint sie zu überraschen. »Vermutlich nicht.«

»Vermutlich?« Ich bin erneut in ihrem persönlichen Bereich. Im Hinterkopf gestehe ich mir ein, dass das nichts Ernstes ist. Wir treffen uns zwanglos und werden in ein paar Wochen zu neuen Abenteuern aufbrechen, aber ich will sicher sein, dass ich sie zumindest bis dahin ganz für mich allein habe. »Gibt es noch jemand anders, an dem du interessiert bist?«

Sie legt mir eine Hand auf die Brust, damit ich nicht noch näher komme. »Nein.«

»Irgendjemand, an dessen Seite du nachts gern schlafen würdest?«

Sie schluckt schwer. »Nein.«

Ich lasse meinen Finger von ihrer Hüfte zum Saum ihres Kleids gleiten, der übrigens gut zwanzig Zentimeter oberhalb ihrer Knie endet. Ich streiche mit dem Daumen über ihre bloße Haut. »Gibt's noch jemanden, der dich so berühren soll?«

»Niemanden«, flüstert sie.

»Bei mir auch nicht. Ich glaube, das macht mich zu deinem Freund.« Ich lasse meine Finger über ihren Oberschenkel gleiten und schiebe dabei ihren Rock zusammen.

»Griffin.« Es ist nur mein Name, eine Warnung, eine Bitte.

Wir blicken beide hinab, als ich ihren Rock anhebe, um ihr Höschen zu enthüllen. Es braucht nicht viel, weil ihr Rock kurz ist – und sie weiß das. Als es zum Vorschein kommt, schmunzle ich. Es ist nicht aus Spitze oder Satin oder sexy. Sie trägt einen billigen Baumwollslip mit einem Auberginen-Emoji-Muster. »Wirklich, Cosy?« Ich schiebe einen Finger unter das Gummiband.

»Was tust du da?« Sie ist atemlos und panisch.

»Dich berühren.«

»Wir sind in einer Abstellkammer.«

»Als ob mich das interessieren würde.«

»Ich muss zu meiner Gruppe zurück, Griffin.«

»Sag ihnen, du hättest dich verlaufen. Oder besser noch, dein Freund hätte dich in eine Abstellkammer gezerrt, damit er dich befummeln kann, weil er sich von einem kleinen Wichser bedroht gefühlt hat und zu dem Schluss gekommen ist, dass du vielleicht eine kleine Erinnerung daran brauchst, wer über diesen Körper verfügen darf.« Ich bedecke ihren Mund mit meinem, bevor sie wieder sauer auf mich werden kann wegen dieses bescheuerten Kommentars, und fahre mit dem Finger über ihre Scham, bis ich in sie hineingleiten kann.

»Herrgott, Griffin.« Cosy packt mich an den Schultern. Doch sie spreizt die Beine und lädt mich ein, weiterzumachen.

Das ist ein blöder Ort dafür, mehr nach dem Geschmack meiner jüngeren Brüder. Aber dabei zuzusehen, wie der Junge eine Stunde lang mit ihr geflirtet hat, hat mich auf die Palme gebracht. Ganz zu schweigen davon, wie unvernünftig sie auf die finanzielle Situation meiner Familie reagiert hat. Es ist nicht so, als hätte sie nicht die leiseste Ahnung gehabt – selbst wenn es stimmt, dass ich es ihr hätte erzählen sollen.

In all den Jahren, die ich für meinen Vater arbeite, habe ich mich noch nie mit jemandem in einer Abstellkammer eingeschlossen, um zu vögeln. Ich hatte noch nicht einmal Sex im Büro, und meine Ex kam dauernd zum Lunch vorbei. Ich hab eindeutig was versäumt.

Ich bewege meinen Finger ein paarmal in ihr, wo es so weich und warm und einladend ist, bevor ich einen zweiten Finger dazu nehme. Nachdem ich ihr Höschen beiseitegeschoben habe, drücke ich meine Handfläche gegen ihre Klitoris und dringe tiefer mit den Fingern ein.

Cosys Augen flackern, und sie stöhnt.

»Schh, Baby, du willst doch keine Schwierigkeiten bekommen, oder?«, ermahne ich sie.

»Nein, aber, oh Gott …« Sie verschließt ihren Mund mit einer Hand, als ich die Finger erneut krümme. »Meine Güte, was tust du da?« Sie rollt die Augen nach oben.

»Dich daran erinnern, wem diese Pussy gehört.«

»Du bist unglaublich, weißt du das?«, murrt sie, gefolgt von einem leisen Stöhnen, als ich ihre empfindliche Stelle treffe. Sie krallt sich in meine Anzugjacke und hält nach etwas Ausschau, worauf sie sich stützen kann, weil ihre Beine nachzugeben drohen.

»Ich hab dich«, versichere ich ihr.

Sie sackt gegen die Tür und lässt ihr Gewicht auf meine Handfläche sinken.

»Steck dein Kleid in den Gürtel.«

»Wieso?«

»Damit ich sehen kann, was ich mit dir mache.« Ich warte, bis sie gehorcht, bevor ich das Tempo erhöhe.

Ihr Mund geht auf, und ihre Augen flackern. »Es ist so … Gott.«

Ich lege ihr meine freie Hand auf den Mund, um ihr Stöhnen zu dämpfen, als sie kommt, und lasse sie los, als sie mir nicht länger die Zähne hineinbohrt.

»Herrje, war das intensiv.«

Zufrieden ziehe ich mein Einstecktuch heraus. »Ich habe dir gesagt, dass ich über diesen Körper herrsche, oder?«

»Oh mein Gott, du bist schrecklich.« Sie zieht ihr Höschen zurecht und glättet ihren Rock. »Glaub ja nicht, dass ich nicht mehr verärgert bin, nur weil du irgendeinen Voodoozauber mit meiner Vagina veranstaltet hast. Wir führen diese Diskussion später fort, und nicht in einer Abstellkammer, und du wirst deine Finger bei dir behalten, bis wir mit Reden fertig sind.«

Ich weiß nicht, was es noch zu bereden gäbe, aber ich stimme trotzdem zu. Ich öffne die Tür und werfe einen Blick in die Halle, bevor ich sie hinausscheuche. Ihre Wangen sind gerötet, und ihre Augen haben diesen glasigen, befriedigten Blick. Ich bezweifle, dass dieser Dummkopf Lance, oder wie er heißt, überhaupt weiß, wie ein Orgasmusnachglühen aussieht.

Ich schließe die Tür hinter mir und prüfe, ob mein Anzug ordentlich sitzt. Die Aufschläge sind nur leicht zerknittert.

»Ich kann nicht glauben, dass du das getan hast. Was ist das nur mit dir und dem Fummeln in der Öffentlichkeit?« Cosy legt ihren Handrücken auf ihre Wange. »Ich muss meine Hände waschen, und du ebenfalls.«

»Zufällig mag ich den Geruch deiner Orgasmen.« Ich streiche mir mit den Fingern, die in ihr drin waren, über die Lippen und lache über ihren entsetzten Gesichtsausdruck. Sie wirbelt herum und marschiert den Flur entlang in die falsche Richtung. »Toiletten sind hier entlang«, rufe ich ihr hinterher.

Sie bleibt stehen, macht kehrt und starrt mich wütend an, als sie an mir vorbeigeht. Nachdem sie ihre Hände gewaschen hat, gehe ich mit ihr gemeinsam den Flur entlang auf der Suche nach ihrer Gruppe. »Hier, du solltest das nehmen, falls du fertig bist, bevor mein Nachmittagsmeeting vorbei ist. Wir treffen uns in meiner Suite.«

Sie nimmt die Schlüsselkarte und steckt sie rasch in ihre Tasche, während sie den Blick herumschnellen lässt, um sich zu vergewissern, dass niemand sie bemerkt. Wir finden ihre Seminargruppe in der Küche. Ich habe die Absicht, sie dort zu lassen und unbemerkt wieder hinauszuschlüpfen, doch die Tür quietscht und zieht die Aufmerksamkeit aller auf sich.

»Mr Mills! Kann ich Ihnen etwas bringen? Wir haben eine hübsche Auswahl zu Mittag, falls Sie sich die Karte ansehen wollen.« Die Küchenchefin Emilee sieht aus, als würde ihr gleich der Kopf platzen, wahrscheinlich, weil ich sonst nie ohne Vorwarnung in der Küche auftauche.

Alle im Raum drehen sich zu mir um. Cosy fährt zusammen, tritt von mir zurück und versucht in der Gruppe unterzutauchen.

»Ich brauche nichts, danke.« Ich lächle und hebe die Hand zu einem ungeschickten Winken. »Hallo nochmals, ich hoffe, Sie genießen Ihre Tour. Ich überlasse sie Ihnen, Emilee.«

Ich habe vor, die Küche zu verlassen, ohne Cosy weiter Beachtung zu schenken, aber ich riskiere einen letzten Blick in ihre Richtung. Das Mädchen, das neben ihr gesessen hat, schaut mich schräg an, als wüsste sie, was in der Abstellkammer passiert ist. Cosys knallrotes Gesicht ist vielleicht ein Hinweis. Ich komme klar mit ihrem Verdacht und damit, dass Cosy die Situation peinlich ist.

Doch der ahnungslose kleine Wichser rückt dicht an sie heran und legt seinen Arm um ihre Schulter. Cosy betrachtet seine Hand, als wäre sie eine giftige Spinne, und schlägt sie weg. »Ich bin nicht deine Armstütze«, zischt sie.

Doch anstatt Abstand zu nehmen, zieht er sie fester an sich. »Ach, komm schon, du hast die perfekte Größe, und ich brauche jemanden zum Anlehnen.«

»Und ich will, dass du die Finger von mir nimmst.«

Er lacht, als wäre es ein Witz.

Ich würde dem Kerl am liebsten eine verpassen dafür, dass er Cosy überhaupt berührt und ihre deutlich geäußerte Forderung, sie loszulassen, ignoriert. Ich will außerdem meinen Anspruch auf sie geltend machen, indem ich etwas noch Primitiveres tue, als es ihr in der Abstellkammer mit dem Finger zu besorgen. Doch mir ist klar, dass sie bereits wütend auf mich ist, weil ich nicht in aller Deutlichkeit gesagt habe, dass ich der Erbe eines milliardenschweren Imperiums bin, und ich mir so eine nur noch tiefere Grube schaufeln würde.

Stattdessen starre ich den Kerl durchdringend an. »Lester, stimmt's?«

Seine Brauen schießen hoch, und er zeigt mit dem Finger auf sich, während er in die Runde blickt. »Mein Name ist Landon, Mr Mills. Freut mich, Sie kennenzulernen, Sir.«

Ich mache einen Schritt auf ihn zu und zwinge ihn so, seinen Arm herunterzunehmen und von Cosy wegzutreten. Ich ergreife die Hand, die er mir reicht, mit meiner ungewaschenen und versuche es mit einem höflichen Lächeln, während ich ihm die andere Hand auf die Schulter lege und mich nach vorn beuge. »Eine Frau so anzufassen, wie du es soeben ohne Erlaubnis oder Aufforderung getan hast, nennt man in der Geschäftswelt sexuelle Belästigung.« Nennt mich ruhig Heuchler, weil ich dieselbe Frau in eine Abstellkammer gezerrt und ihr gesagt habe, dass ihre Pussy mir gehört.

»W-wir sind Freunde, Sir«, krächzt er.

Ich drücke seine Hand fester als nötig. »Das gibt dir nicht die Erlaubnis, zu grapschen, vor allem dann nicht, wenn sie dir deutlich zu verstehen gegeben hat, dass sie von dir lieber nicht angefasst werden will.«

Er erbleicht. »Natürlich nicht, Sir.«

»Großartig, Landon.« Ich banne ihn mit einem finsteren Lächeln und klopfe ihm auf die Schulter, bevor ich ihn loslasse, der Klasse erneut zuwinke und zur Tür eile. Cosy sieht mich an, als wollte sie mich schon wieder umbringen, und Landon, als würde er sich gleich übergeben.

Ich bin sicher, er wird ab jetzt die Finger von ihr lassen, weshalb ich mich später um Cosys Zorn kümmern werde.

14

NICHT GERADE EIN SUGARDADDY

Cosy

»Was zum Teufel ist passiert?«, flüstert Helix. »Wo warst du?«

»Meinen Beziehungsstatus in einer Abstellkammer diskutieren.«

Helix macht große Augen. »Ich will Einzelheiten, wenn nicht mehr so viele Ohren um uns herum sind.«

Ms Castor schaut mich böse an, als Küchenchefin Emilee ihren Bericht darüber fortsetzt, was es beinhaltet, eine Küche in einem Casino-Hotel am Laufen zu halten. Ich spähe hinüber zu Landon, der leichenblass ist und aussieht, als würde er sich gleich in die Hose machen. Er schwitzt und zerrt am Kragen seines Polohemds.

Als wir schließlich Mittagspause machen, verabrede ich mich mit Helix in dem Restaurant, wo es ein Buffet gibt. Ich versuche erst gar nicht, eine Textnachricht zu schreiben. Griffin geht beim zweiten Klingeln dran.

»Hallo Baby. Bist du schon fertig? Ich habe noch ein Meeting in einer Stunde, und es könnte eine Weile dauern.«

»Nein. Wir sind noch nicht fertig; wir machen Mittagspause.«

»Wie lange?« Seine Stimme hat einen erregten Unterton.

»Egal, was du denkst, hör auf damit. Was hast du zu Landon gesagt?«

»Zu wem?«

»Nicht witzig. Er sah aus, als würde er sich in die Hose machen, nachdem du weg warst. Also verrate mir, was du zu ihm gesagt hast, oder ich steige in diesen blöden gelben Schulbus und schlafe heute Nacht in meinem eigenen Bett. Allein.«

Ich kann hören, wie er mit den Zähnen knirscht. »Er hat förmlich an dir geklebt. Er kann froh sein, dass ich ihm nicht seine verdammten Hände gebrochen habe.«

»Im Ernst jetzt? Gewalt ist unnötig und passt *überhaupt* nicht zu dir, spar dir also dieses lächerliche Höhlenmenschen-Besitzanspruch-Getue. Denkst du vielleicht, ich werde mit Landon nicht fertig? Ich komme schließlich auch mit dir klar.«

»Gewiss doch, und ja, du kommst in jeder Hinsicht mit mir bestens klar. Mir gefiel nur nicht, wie er an dir dranhing, also habe ich ihm mitgeteilt, dass das in meiner Welt sexuelle Belästigung darstellt.«

»Und wie nennst du es, eine Collegestudentin in einer Abstellkammer einzusperren und es ihr mit den Fingern zu besorgen?«

»Ich nenne das Vorspiel, weil die Collegestudentin zufälligerweise meine Freundin ist, und ich denke, dass sie trotz ihrer Unverfrorenheit jede Sekunde davon genossen hat.«

Ich zupfe an meinem Kragen, denn mir ist auf einmal am ganzen Körper heiß. Außerdem hat er recht. Ich habe jede Sekunde genossen. »Wieso reden wir jetzt in der dritten Person voneinander?«

»Ich bin mir nicht sicher. Du hast damit angefangen. Noch etwas, weswegen du sauer auf mich sein möchtest, oder hast du vor, den Rest deines Zorns für später aufzuheben?«

»Ich lasse ihn noch ein bisschen gären.«

»Großartig. Ich freue mich schon auf den kathartischen Wutfick heute Abend. Genieße den Nachmittag. Ich empfehle die Hummercremesuppe, falls sie auf der Karte steht.«

Er legt auf, bevor ich etwas erwidern kann. Nicht dass ich gewusst hätte, was. Aber wir sprechen auf jeden Fall später darüber. Griffin ist nicht wie irgendwelche ahnungslosen Collegeboys, das steht schon mal fest.

Ich habe keine Gelegenheit, Helix über die Abstellkammer ins Bild zu setzen, weil es an den Achtertischen, an denen wir beim Mittagessen sitzen, keine Privatsphäre gibt. Griffin hat recht, die Hummercremesuppe ist köstlich, und Landon meidet mich, als hätte ich auf einmal sämtliche dem Menschen bekannte tödliche Krankheiten. Ich verbringe den Rest des Tages völlig verwirrt, wütend und seltsam erregt.

Um vier sind wir schließlich fertig und können entweder mit dem Bus zum College oder einem selbstgewählten Transportmittel nach Hause fahren. Natürlich gehe ich nirgendwohin, und Ms Castor scheint mich aushorchen zu wollen, aber sie muss zurück zum Bus, was dieses potenziell unangenehme Gespräch verhindert.

Was soll ich nur sagen, wenn sie mir Fragen über Griffin stellt und darüber, woher ich ihn kenne? »Ach, wissen Sie, wir sehen uns regelmäßig, und er hat mich entjungfert, und heute habe ich herausgefunden, dass er der Erbe der größten Hotelkette von Nordamerika ist« scheint weit hergeholt.

Und jetzt, wo die Überraschung, Griffin in Anwesenheit meiner Kommilitonen zu sehen, vorüber ist, kann ich alles besser verarbeiten. Ich komme mir ziemlich blöd vor, weil ich nicht früher kapiert habe, dass er einer *der* Mills-Brüder ist. Es hat alles darauf hingewiesen. Womöglich habe ich es ignoriert, um weiterhin blind in meiner Blase zu bleiben. Vielleicht habe ich das Gleiche damals in der Highschool mit meinem Langzeitfreund getan, der mich schließlich hat sitzen lassen, um auf dem College herumzuvögeln.

Ich durchquere die Lobby und nehme den Aufzug zum

Penthouse. Ich bin noch immer wütend auf Griffin, aber auch auf mich. Und dann ist da auch noch das mit der Freundin. Ich weiß nicht einmal, wie ich damit umgehen soll. Ich wünschte, er wäre nicht so … selbstsicher und überzeugend. Kapiert er denn nicht, dass er Gefühle weckt, die gefährlich sind, wenn er mich seine Freundin nennt?

Die Suite ist leer, als ich eintrete, aber es war eindeutig jemand hier. Es riecht, als wäre der Raum mit Parfüm eingesprüht worden – nur dass es nicht die Sorte Duft ist, der einem die Tränen in die Augen treibt. Da ist eine mehrfarbige Spur aus Rosenblättern, die bis zum Bett führt, das mit noch mehr Blättern übersät ist.

Ich beuge mich hinunter, um eins aufzuheben, und reibe das seidige Blütenblatt zwischen meinen Fingern. Sie sind auf jeden Fall echt. Griffin muss hunderte Rosen geköpft haben, um das hier hinzubekommen. Auf jedem Tisch steht eine Vase mit kunstvoll arrangierten Blumen, nicht nur Rosen, sondern allen möglichen Blumen, einschließlich Orchideen, was die duftgeschwängerte Luft erklären könnte.

Ich frage mich, ob er jemand damit beauftragt hat und ob es schon länger geplant war, oder erst, nachdem er mich verärgert hat. Falls Letzteres zutrifft, ist es fast ärgerlich, wie leicht es für ihn ist, jederzeit zu bekommen, was er will. Ich frage mich, ob er je auf etwas warten muss, oder ob sich die Leute für ihn ein Bein ausreißen.

Eine frische Käse- und Obstplatte steht auf dem Tisch und daneben ein Kübel mit einer Flasche. Ich versuche mich von den Blumen und dem Glamour nicht blenden zu lassen, doch es ist eine Herausforderung.

Ich nehme die eiskalte Champagnerflasche heraus. Ich will sie gerade öffnen, anstatt auf Griffin zu warten, als mir der Gedanke kommt, die Marke in der Zimmerservice-Getränkekarte nachzuschlagen. Mir verschlägt es den Atem, als ich sehe, dass die Flasche tausend Dollar kostet.

Okay, ich kann vielleicht verstehen, wenn Schuhe so viel kosten, vielleicht sogar ein Kleid, wenn ich vorhätte, es die nächsten zehn Jahre bei jedem formellen Event zu tragen, aber etwas, das ich in wenigen Stunden leergetrunken habe, das kommt mir verrückt vor. Das ist mein Einkaufsbudget für ein Vierteljahr.

Ich stelle den Champagner zurück und werfe einen Blick in den Kühlschrank in der Küche. Zum Glück hat Griffin ein paar von den Wine Coolern, die ich mag. Die kosten nur zwei Dollar die Flasche, weshalb ich keine Hemmungen habe, sie zu trinken.

Ich gehe in der Suite auf und ab und kippe mir den ersten hinter die Binde, während ich auf Griffin warte.

Mills-Hotel-Mogul.

Wieder muss ich mich fragen, was er eigentlich von mir will. Nicht dass ich mich für einen schlechten Fang halte. Ich werde häufig um ein Date gebeten. Ich habe nette Freunde. Ich bin witzig. Aber er sollte irgendein schickes Partygirl ausführen, dessen Familie genauso reich ist, und nicht eine Collegestudentin, deren Mom eine pensionierte Croupière ist und jetzt meinen Vater, einen Truckerfahrer, auf seinen Touren begleitet.

Wären wir Tiere in der Wildnis, wäre ich nicht einmal eine geeignete Beute. Wir würden völlig verschiedenen Nahrungsketten angehören. Er wäre an der Spitze, und ich ganz unten bei den Amphibien, vielleicht ein Salamander oder eins dieser Meereswesen, die auf dem Grund des Ozeans leben und niemals auftauchen. Ich sollte gar nicht auf seinem Radar sein, geschweige denn, sein Bett mit ihm teilen.

Ich habe gerade den Deckel von meinem zweiten Wine Cooler abgemacht, als die Tür zur Suite aufgeht und Griffin hereinspaziert. In seinem teuren Anzug und seinen glänzenden schwarzen Schuhen sieht er ganz wie der reiche, mächtige Mann aus, der er ist. Es ist schwer, ihn anders zu sehen, was vielleicht der Grund dafür ist, weshalb er nicht damit herausgerückt ist, wer er tatsächlich ist.

»Wir müssen reden.«

Er knöpft seine Anzugjacke auf, streift sie ab, hängt sie über einen Stuhl und macht sich an seinen Manschetten zu schaffen. Ich verwette meine gesamte Wohnungseinrichtung darauf, dass sie aus echtem Gold sind. »Ich entschuldige mich für mein Benehmen vorhin. Ich finde, ich habe den kleinen Grabscher so taktvoll wie möglich behandelt, aber ich hätte ihn dir überlassen sollen, weil ich weiß, dass du ihm gewachsen bist. Ich hätte mich auch in der Abstellkammer angemessener verhalten sollen.«

Ich könnte schwören, er grinst beim letzten Teil. Es frustriert mich, dass seine Worte trotz meiner Verärgerung über ihn bewirken, dass sich alles unterhalb meiner Taille zusammenzieht. »Du hast recht, du hättest Landon mir überlassen sollen, und eine Abstellkammer ist wohl der unromantischste Ort im Universum für einen Orgasmus«, krächze ich und räuspere mich, denn obwohl es an Romantik fehlte, war es trotzdem heiß. »Aber darüber will ich nicht mit dir sprechen.«

»Ach nein?« Er krempelt die Ärmel auf und lockert seine Krawatte. Seine ungerührte Miene irritiert mich nur noch mehr.

Ich stelle meinen Wine Cooler auf den Tisch, wobei ich darauf achte, einen Untersetzer zu benutzen, um die Holzfläche nicht zu beschädigen, und gehe dorthin, wo der Champagner kühlt. Ich nehme die Flasche mit einem Ruck aus dem Eis. »Weißt du, was diese Flasche kostet?«

Er sieht zu mir herüber und heftet den Blick auf die Flasche, die ich in der Hand halte, als wäre sie ein abgetrennter Kopf und nicht köstlicher, ungewöhnlich teurer Champagner. Er zuckt mit den Achseln und konzentriert sich darauf, den anderen Ärmel aufzukrempeln. Gott verdammt, wieso sind seine Unterarme nur so muskulös und sexy? Vor allem wenn mich seine Bereitschaft, leichtfertig Geld für Dinge rauszuwerfen, während ich sorgfältig haushalten muss, um alle meine Rechnungen bezahlen zu können, so sehr aus der Fassung bringt. Es bringt ein Gleichgewicht ins Wanken, das sowieso schon nicht mehr existiert hat. Oder vielleicht ist es meine Unsicherheit, die das bewirkt. Jedenfalls habe ich Probleme mit dieser Erkenntnis.

»Rate mal.«

»Ein paar hundert die Flasche.« Er ist so gedankenlos.

»Falsch, Griffin. Das ist eine Tausend-Dollar-Flasche Champagner. *Tausend Dollar!*«

»Ich fand, wir sollten feiern.«

»Was zum Teufel sollen wir denn feiern?« Ich bin gerade völlig verwirrt. Und ich versuche herauszufinden, weshalb ich noch immer wütend auf ihn bin und ob ich es vernünftigerweise weiterhin sein sollte.

»Diesen nächsten großen Schritt in unserer Beziehung.« Er lächelt, als hätte er in der Lotterie gewonnen, als er sich vor mich hinstellt. Obwohl ich bezweifle, dass ein Lotteriegewinn eine große Sache für ihn wäre.

»Bist du high?«

»Bist du's?« Er nimmt mir die Flasche Champagner aus der Hand.

»Oh mein Gott, wieso bist du so … begriffsstutzig? Welchen großen Schritt denn? Willst du etwa mit deinen Bergen von Geld feiern, dass du mich in der Abstellkammer eines Hotels zum Orgasmus gebracht hast?«

»Nein, ich will feiern, dass du mich als deinen Freund betrachtest und dafür sorgst, dass Schleimern wie Landon klar ist, dass du nicht zu haben bist. Außerdem ist das unser erster richtiger Streit als offizielles Paar, also haben wir zwei große Ereignisse zu feiern – Plural. Vielleicht sollte ich eine zweite Flasche bestellen.« Er löst die Goldfolie vom Flaschenhals.

»Was tust du da? Mach ihn nicht auf! Ich trinke ihn nicht, er ist viel zu teuer.« Ich greife nach der Flasche, doch er hält sie außerhalb meiner Reichweite.

Sein Lächeln verschwindet beinahe, und er sieht irgendwie ehrfürchtig aus, was ich nicht verstehe. »Hör mal, Cosy, ich verstehe, dass das für dich eine absurde Menge Geld für eine Flasche Champagner zu sein scheint, und vielleicht hast du damit recht, aber es ist ein wirklich guter Champagner. Wenn du willst, dass ich dir eine Flasche Baby Duck bestelle, damit du dich besser fühlst, kann ich das tun, aber das Zeug schmeckt wie Flüssiganzünder mit Kohlensäure, und der Kater danach ist abscheulich. Außerdem werde ich die Flasche sowieso öffnen, und es ist eher unwahrscheinlich, dass ich sie austrinken werde, wenn du mir also nicht hilfst, werde ich morgen früh fünfhundert Dollar in den Ausguss kippen. Lass mich dich bitte verwöhnen.«

Ich stemme die Fäuste in die Hüften. »Was, wenn ich nicht verwöhnt werden will?«

»Das wäre wahnsinnig schade, denke ich, weil ich nicht vorhabe, damit aufzuhören. Gewöhn dich daran, verhätschelt zu werden, Cosy, denn das bedeutet es nun mal, meine Freundin zu sein.«

Erregt und verwirrt gehe ich im Zimmer auf und ab. *Freundin* bedeutet etwas Ernstes, aber das trifft nicht auf uns zu. Jedenfalls war das nicht der Plan, und seit wann entscheidet er darüber, was wir sind und was nicht, ohne das mit mir zu besprechen? »Du verlässt Vegas in ein paar Wochen wieder, und ich mache ein Praktikum, warum also etwas mit einem Label versehen, das sowieso keine Zukunft hat?«

»Es muss nicht vorbei sein, nur weil ich nicht mehr in Vegas bin. Ich bin außerdem ziemlich sicher, dass wir das Hotel kaufen werden, was bedeutet, dass ich zurückkommen und eine ganze Weile bleiben werde.«

Der Kommentar von mir vorhin sollte ein Witz sein. Hoffnung keimt in mir auf, was wahnsinnig gefährlich ist. Es war einfach, das Ganze hier vom Rest abzutrennen. Es für etwas Nettes und Begrenztes zu halten, ein kostbares Geschenk in einem Kästchen, weil ich es mit niemandem teilen möchte.

»Und dann was? Du wechselst zum nächsten Standort, und ich mache mein Ding?« Ich will mich nicht daran gewöhnen, verwöhnt zu werden, weil ich fürchte, dass sich mein Neuigkeitswert eines Tages verbraucht hat und ich mit Sehnsucht und Erinnerungen an eine Zeit zurückgelassen werde, die rosa und perfekt ausgesehen hat, umschlossen von einer Glaskugel, und der Schnee darin wird die Asche meines gebrochenen Herzens sein.

Sein Ausdruck und sein Ton werden weicher. »Ich weiß nicht, was im nächsten halben Jahr passieren wird, aber ich würde gerne herausfinden, ob wir das hinkriegen.«

»Aber ich bin noch immer eine zweiundzwanzigjährige Collegestudentin, und du bist ein Hotelmogul.«

»Ja und? Weshalb spielt das eine Rolle? Weshalb bist du so wild entschlossen, dem hier keine Chance zu geben, wenn das gar nicht sein muss? Du könntest auch eine siebenundzwanzigjährige Collegestudentin sein.«

»Offensichtlich eine ziemlich schlechte.«

»Darum geht es nicht, und das weißt du genau. Hier sollte es nicht ums Alter gehen oder um die Tatsache, dass du noch immer am College bist, oder um meine Karriere oder meinen oder deinen finanziellen Status. Hier sollte es um uns gehen und darum, ob wir als Paar funktionieren. Ich glaube, das tun wir, sehr gut sogar.«

»Unser Leben ist so verschieden«, sage ich kleinlaut. Davor habe ich eigentlich Angst, wie mir klar wird. Dass diese Unterschiede zu groß und eklatant sind, um sie zu überwinden. Wir mussten uns keine Gedanken darüber machen, solange wir einfach nur Spaß miteinander hatten, aber wenn wir dem Ganzen einen Namen geben, muss ich mich mit sämtlichen realen Problemen auseinandersetzen, die ein Zusammensein mit jemandem wie Griffin mit sich bringt, und er wird das Gleiche mit mir tun müssen, was verdammt angsteinflößend ist, wenn man meine fehlende Erfahrung berücksichtigt, Dinge zum Laufen zu bringen.

»Und trotzdem gelingt es dir, der beste Teil von meinem zu sein. Lustig, dass das funktioniert.« Er stellt den Champagner auf den Tisch und lässt seine Hände sanft an meinen Armen hinabgleiten, vielleicht zur Beruhigung. Ich starre auf seine blaue Krawatte, die heute fast der Farbe meines Kleids entspricht. Nicht absichtlich, aber da ist es, wie ein unsichtbarer Faden, der uns verbindet. »Gib uns einfach eine Chance über das Enddatum hinaus, das du im Kopf hast.«

Es ist ein Risiko, mehr zuzulassen, aber die Alternative wäre, das Ganze sofort zu beenden, und das ist definitiv nicht das, was ich will. Ich entscheide mich lieber für eine ungewisse Zukunft mit ihm als für die Gewissheit seiner Abwesenheit und die Lücke, die das in meinem Leben hinterlassen würde. »Okay.«

Sein Lächeln bringt mein Herz zum Schmelzen, und andere Körperteile unterhalb meiner Taille schmelzen ebenfalls. Dieser Mann bringt mich in solche Schwierigkeiten.

»Du bist also damit einverstanden, meine Freundin zu sein?«

Die gesamte Panzerung, mit der ich mein Herz versehen habe, bricht entzwei, als es anschwillt, also mache ich eine spöttische Bemerkung, damit es nicht zu real wird angesichts des Gefühlsüberschwangs. »Ja. Ich bin deine Freundin, und du bist mein Sugardaddy.«

Griffin rollt mit den Augen. »Es sind zehn Jahre, Cosy. So groß ist der Unterschied nun auch wieder nicht.«

»Ich weiß. Ich mag es eben, wie sehr es dich aufregt, wenn ich solche Dinge sage.«

Er küsst mich, und unsere Unterhaltung besteht nur noch aus Streicheln und Stöhnen.

Irgendwann zwischen dem Ereignis in der Abstellkammer, seinem Meeting und der Rückkehr in die Suite hatte Griffin anscheinend Zeit, ein wenig Online-Shopping für mich zu betreiben. Es hängen mehrere neue Kleider im Schrank.

Am nächsten Morgen schlage ich vor, dass wir im Hotelrestaurant frühstücken. Die Vorstellung scheint ihm nicht sonderlich zu behagen, aber er ist einverstanden. Weil ich nur ein Abendkleid und meine gewohnte Kombi aus Shorts und Tanktop mitgebracht habe, trage ich eins von Griffins Kleidern aus dem Schrank. Ich gebe es nur ungern zu, aber der Stoff fühlt sich großartig an, und ich falle an seiner Seite viel weniger auf. Griffins mangelnde Begeisterung wird verständlich, als wir Platz genommen haben. Alle drei Sekunden kommt jemand vorbei, um Hallo zu sagen und ihn zum achtmillionsten Mal zu fragen, ob man ihm etwas bringen könne. Sein Telefon klingelt die ganze Zeit, und als er zum zehnten Mal auf das Display blickt, knurrt er tatsächlich, bevor er es in seine Aktentasche auf dem Boden steckt.

»Sagt jemals jemand Nein zu dir?« Ich stecke mir ein Stück Waffel in den Mund und versuche ein genüssliches Stöhnen zu unterdrücken. Diese hier übertreffen die Eggo-Waffeln, die in meiner Küche zu finden sind, bei Weitem.

»Du tust es.« Griffin hat arme Ritter mit Ahornsirup und Pekannüssen bestellt. Ich hatte zuvor einen Witz darüber gemacht, dass verlorene Eier und Haferflocken mehr seinem Temperament entsprechen, was ihm nicht gefiel.

»Nicht sehr oft.«

Er lächelt darüber. »Wie stehen die Chancen, dass du ein ganzes Wochenende frei bekommst?«

Normalerweise arbeite ich bei STW entweder am Samstag oder am Sonntag. »Wenn ich rechtzeitig frage, geht das, wieso?«

Er legt seine Gabel hin und nagt einen Moment lang an seiner Unterlippe, als wäre er nervös. »Ich dachte, wir sollten den Roadtrip machen, den du mal erwähnt hast, bevor ich wieder nach New York muss.«

»Das wäre witzig. Ich kann meinen Boss heute fragen.«

»Wunderbar.« Er fingert einen Moment lang an seinem Besteck herum. Er ist nervös, aber ich verstehe nicht, warum. Wahrscheinlich weil ich keine Planerin bin und ein Trip mit mir bedeutet, aus dem Bauch heraus zu entscheiden. »Ich habe eine andere Idee.«

»Wir buchen kein Hotel im Voraus. Wir fahren einfach los und halten, wo es uns gefällt.«

Er schmunzelt. »Notiert. Ich werde mich entsprechend auf diese Erfahrung vorbereiten. Ich wollte dich nach deinem Praktikum fragen. Wann wirst du zugeteilt?«

»Wahrscheinlich diese Woche, wieso?«

Er ist furchtbar unruhig. Mein Magen krampft sich zusammen, und ich lege ebenfalls die Gabel hin, denn seine Fahrigkeit verschlägt mir den Appetit.

»Wie wär's, wenn ich dir ein Praktikum in New York besorge?«

Mein Herz macht einen Satz, denn das Angebot bedeutet, dass er das mit uns wirklich ernst meint, allerdings gefällt mir die Vorstellung nicht, etwas zu bekommen, das ich mir nicht selbst verdient habe. »Wäre es nicht seltsam für mich, in einem eurer Hotels zu arbeiten?«

»Wir haben zwanzig in Downtown, und es wäre nicht so, dass ich die ganze Zeit vorbeischauen würde.«

»Ich weiß nicht, Griffin. Wie glaubwürdig ist so ein Praktikum denn, wenn ich einen Platz bekomme, weil ich deine Freundin bin? Ich weiß die Geste zu schätzen, aber ich will nicht, dass meine Integrität darunter leidet oder die Leute glauben, dass ich den Platz nur mit deiner Hilfe bekommen habe.«

»Ich könnte einen besorgen, der nicht in einem Mills-Hotel ist, dann gibt es keinen Interessenkonflikt, und Vetternwirtschaft wird ebenfalls vermieden.«

Ich greife über den Tisch und drücke seine Hand. »Das ist lieb von dir, Griffin, aber betrachte das Ganze mal von außen. Mittelständisches Collegemädchen aus Vegas mit einem Hotelmogul als Freund bedeutet, dass sich die Leute sowieso fragen, weshalb wir zusammen sind. Sie werden annehmen, dass ich meine zellulitefreien Beine und hochstehenden Brüste dazu benutze, die soziale Leiter hinaufzusteigen. Lass uns ihnen nicht noch mehr Futter für Spekulationen geben.«

Er runzelt die Stirn und macht ein finsteres Gesicht. »Die Leute können mich mal.«

»Ich will meine berufliche Laufbahn nicht damit beginnen, den Eindruck einer geldgeilen und nach sozialem Status gierenden Tussi zu erwecken.« Ich senke den Kopf, peinlich berührt wegen dem, was ich gleich zugeben werde. »Außerdem habe ich mich bereits um einen Platz in New York bemüht. Und es ist kein Mills Hotel.«

Jetzt starrt er mich wütend an. »Wieso hast du nichts gesagt?«

»Es gibt keine Garantie, dass ich den Platz bekomme, und wir hatten das hier noch nicht als Beziehung definiert.«

»Ich kann dafür sorgen, dass du den Platz bekommst.«

Ich ziehe eine Braue hoch. »Das kannst du, aber das wirst du aus eben genannten Gründen nicht tun. Ich werde allerdings meiner Praktikumsberaterin einen Besuch abstatten und ihr mitteilen, dass New York meine bevorzugte Wahl ist.«

»Wie lange dauert dein Praktikum? Wo hast du dich sonst noch beworben?«

»Vier Wochen, und ich habe mich in Kalifornien, New York, Berlin, Montreal und auf einem Bahamas-Kreuzfahrtschiff beworben, und an noch ein paar anderen Orten.«

Er seufzt und klopft auf den Tisch. »Wenn du New York nicht bekommst, darf ich dann wenigstens ein paar andere Optionen prüfen?«

»Darüber reden wir, wenn es so weit ist.«

Sobald wir mit dem Frühstück fertig sind, begleitet mich Griffin hinaus zum Parkdienst, wohin er einen Wagen bestellt hat. Er verschränkt seine Finger mit meinen, und plötzlich bin ich sehr froh über das Kleid, das ich trage. Die Leute sprechen ihn mit Mr Mills an und werfen mir neugierige Blicke zu. Ich will mir die Blicke gar nicht vorstellen, wenn ich eins meiner frechen Logo-Tanktops und Shorts getragen hätte.

Ich schwebe fast durch die Lobby, als ich eine höchst erregte Frau entdecke, die wild gestikulierend den Concierge anschnauzt. Als Griffin darauf aufmerksam wird, bleibt er wie angewurzelt stehen. »Scheiße.« Er packt meine Hand einen

Moment lang fester, bevor er sie loslässt und sich wie zum Schutz vor mich hinstellt.

»Ich bin seine Verlobte, und ich verlange, ihn zu sehen!«, ruft die Frau.

Die ganze Freude dieses Morgens scheint vom Strudel einer nahenden Katastrophe mitgerissen zu werden. Griffin sieht aus, als wollte er im Erdboden versinken. »Wer ist diese Frau?«

Sie blickt sich suchend um und entdeckt Griffin. »Schon gut. Da ist er ja.« Sie rückt ihre Handtasche zurecht und dreht sich um, und in diesem Moment scheint die gesamte Luft aus dem Raum zu entweichen. »Griffin! Liebling, du musst mit dem Personal hier reden. Ich suche dich schon seit fast einer Stunde«, ruft sie aus, während sie näherkommt.

Sie ist schön, ihr hellbraunes Haar ist zu einem eleganten, weichen Bob geschnitten. Ihr Make-up ist makellos. Sie ist gertenschlank und groß und schreit geradezu nach Geld und Kultiviertheit.

Als sie Griffin zu umarmen versucht, hält er sie auf Armeslänge von sich weg. »Was zum Teufel tust du hier?«

Sie lächelt ihn an. Sie trägt Absätze, und weil sie groß ist, muss sie kaum zu ihm hinaufschauen. Sie streicht sich über den Bauch, und in dem Moment bemerke ich die Wölbung.

»Griffin? Wer ist das?«, krächze ich.

Die Frau dreht sich zu mir um, und ihr Lächeln verwandelt sich in ein empörtes Schnauben, als sie mich mustert. Sie hebt ihre Hand und lässt einen Diamanten von der Größe meines Kopfs aufblitzen. Die Spiegelung der Lampen blendet mich fast. »Ich bin Griffins Verlobte, und wer sind Sie?«

»Eine Idiotin, wie es scheint.«

15

BABY-DADDY

Griffin

Bevor ich verdauen kann, was vor sich geht, ist Cosy bereits auf halbem Weg durch die Lobby zum Parkdienst. Ich werfe Imogen einen wütenden Blick zu. »Bleib hier.« Ich eile hinter Cosy her, mein Magen bereits ein einziger Knoten.

Imogen ist schwanger.

Imogen, die die Verlobung gelöst hat, weil sie Halt und Stabilität wollte und glaubte, dass ich mich niemals irgendwo niederlassen und ihr das geben könnte. Imogen, die ein ganzes Manifest mit meinen Unzulänglichkeiten verfasst hatte, damit ich ohne jeden Zweifel erfuhr, dass es meine Schuld war.

Als ich draußen ankomme, ist Cosy bereits beim Taxistand. Ich weiß nicht, was ich ihr sagen oder wie ich das erklären soll, aber ich muss es zumindest versuchen. Der Hotelangestellte tritt neben das Taxi, bereit, ihr bei ihrer Flucht vor mir zu helfen.

»Nicht die Tür öffnen«, rufe ich. »Cosy, warte. Du musst mich anhören.«

Sie wirbelt herum. Ihr Zorn ist atemberaubend und vernichtend zugleich. »Du hast eine schwangere Verlobte, die du zu erwähnen vergessen hast. Was gibt es da noch zu erklären?«

»Imogen ist meine Ex-Verlobte. Wir haben uns schon vor Monaten getrennt.« Ich gehe weiter auf sie zu, und sie hebt eine Hand.

»Vor Monaten? Und du hast es nicht für nötig gehalten, mir von ihr oder der Tatsache, dass sie schwanger ist, zu erzählen?«

»Ich wusste bis gerade eben nicht, dass sie schwanger ist.«

Sie schließt die Augen und reibt sich die Schläfen. »Dann solltest du dich wohl eher ihr als mir widmen, meinst du nicht?« Sie wendet sich an den Mann vom Parkservice. »Ich möchte gerne fahren, bitte.«

Ich möchte sie unbedingt aufhalten, aber nichts von dem, was ich sagen könnte, wird den angerichteten Schaden ungeschehen machen, also kann ich nur dabei zusehen, wie Cosy in den Wagen steigt und davonfährt.

»Wer ist dieses Mädchen?«, fragt Imogen mit säuerlicher Miene.

»Ich habe dir doch gesagt, du sollst bleiben, wo du bist«, fauche ich.

Sie verzieht den Mund zu einem missbilligenden Lächeln. Sie tritt vor mich hin, legt ihre Hände auf meine Brust und streicht ausgiebig meine Aufschläge glatt. »Wir haben Zuschauer, und dieses Mädchen hat gerade eine Szene gemacht, also erwarte ich von dir, als dem Vater unseres Kindes, dass du ein wenig Zerknirschung zeigst. Wir müssen reden. Unter vier Augen.«

Ich atme schnaubend aus und unterdrücke den Wunsch, ihre Hände wegzustoßen. »Mit dem Reden hast du recht.« Mein Magen krampft sich zusammen, als sie sich bei mir unterhakt und ich ganz benommen zulasse, dass sie mich ins Hotel zurückführt.

»Sollen wir in deine Suite hinaufgehen?«

»Auf keinen Fall.« Cosys Sachen sind noch immer dort, einschließlich eines Bergs Klamotten auf dem Boden von ihrer Modenschau vor dem Frühstück, und ich bezweifle, dass der Zimmerservice schon da war, um die Blütenblätter einzusammeln oder die Laken, die nach Sex riechen, auszutauschen. »Hast du ein Zimmer reserviert? Wir können dorthin gehen.«

»Habe ich nicht. Ich dachte, ich wohne bei dir angesichts der Umstände.« Sie tätschelt ihren Bauch und lächelt mich an.

Ich glaube, ich habe noch nie jemanden gehasst, doch in diesem Augenblick fühlt sich das, was ich empfinde, sehr nach Verachtung an. »Das ist keine gute Idee. Ich sorge dafür, dass dir der Concierge ein eigenes Zimmer organisiert.« Ich führe sie den Flur zu den Konferenzräumen entlang und rufe Nancy an, damit sie die restlichen Meetings für den heutigen Tag cancelt. Ich führe Imogen in ein leeres Konferenzzimmer und ziehe einen Stuhl für sie zurück.

»Ein Konferenzraum, Griffin? Wirklich?«

»Du wolltest Privatsphäre, hier hast du sie.« Ich schließe die Tür, schenke zwei Gläser Wasser ein und stelle sie auf den Tisch. Ich setze mich auf den Stuhl neben ihr und rücke ein Stück zurück, um mir Platz zu verschaffen. »Wie weit bist du?«

»Sechsundzwanzigste Woche.«

Ich rechne im Kopf nach, indem ich die Monate zurückgehe. Vor sechsundzwanzig Wochen war ich in New York. Es ist ziemlich wahrscheinlich, dass der Abend, an dem sie schwanger wurde, jener Abend war, bevor sie die Verlobung gelöst hat, was ein unglaublicher Tritt in die Eier ist. »Und das sagst du mir erst jetzt? Herrgott, Imogen, wieso hast du so lange damit gewartet?«

»Ich habe zuerst nicht gemerkt, dass ich schwanger bin. Ich bin groß, und ich habe stressbedingt gegessen und die Gewichtszunahme darauf geschoben.«

»Aber du weißt es schon eine ganze Weile. Wieso lässt du die Bombe ausgerechnet jetzt platzen?«

Sie macht ein verächtliches Geräusch und reibt sich schützend den Bauch. »Es ist keine Bombe; es ist ein Baby. Unser Baby, Griffin. Und ich habe versucht, mit dir zu reden, aber du hast meine Anrufe nicht erwidert, und als ich eine Versöhnung vorgeschlagen habe, hast du mich komplett geblockt. Ich war in einem fragilen Zustand, mit der Schwangerschaft allein auf mich gestellt. Ich habe mir Sorgen gemacht, dass der Stress dem Baby schaden könnte, also habe ich gewartet. Aber dann war ich bei der Sechs-Monats-Untersuchung und habe erfahren, dass es ein Junge wird, und ich wusste, ich musste dich zur Vernunft bringen.« Sie greift nach meiner Hand, doch ich ziehe sie weg. »Ich habe einen Fehler gemacht, Griffin. Ich hätte die Verlobung nicht lösen sollen. Ich war einsam und hatte Angst davor, die Frau eines Mannes zu sein, der nie da sein würde.«

»Du hättest mich auf jeder verdammten Reise begleiten können, wenn du gewollt hättest.«

»Du weißt, wie empfindlich ich auf Umgebungswechsel reagiere. Das wäre so schwierig für mich gewesen. Aber jetzt ist mir klar, wie falsch es war, das Ganze so zu beenden. Ich vermisse dich, Griffin. Wir haben so viel zusammen erlebt. Ich weiß, dass ich dir wehgetan habe, aber wir können das wieder hinkriegen, für unser Baby.«

Ich denke daran, wie sie die Verlobung gelöst hat. Wie wir Wein zum Abendessen hatten, gefolgt von Sex. Wie sie mir am nächsten Morgen bei Kaffee und Eiklar mitgeteilt hat, dass sie keine Zukunft mehr für uns sehen würde. Sie war kalt und gleichgültig und sachlich gewesen, während sie mir erklärte, dass ich nicht dazu in der Lage sei, ihr Stabilität zu bieten, dass meine Auslandsprojekte und meine Wohltätigkeitsarbeit mit

Lincoln stets Vorrang vor ihr hätten. Ich wolle sie nicht genug, liebe sie nicht genug. Ich würde ihr nicht genügen. Dem folgte eine zwanzigseitige Liste mit Dingen, an denen ich für zukünftige Beziehungen arbeiten sollte.

Und als ich ihr jetzt gegenübersitze, wird mir klar, dass sie recht hat, so schmerzhaft es damals auch war, sich das anzuhören. Ich würde ihr nie genügen, aber sie mir auch nicht. Sie wollte, dass ich mich niederließ und nicht mehr von dort wegbewegte, und dieser Mensch würde ich nie sein. Nicht mit ihr, und trotzdem war ich jetzt für den Rest meines Lebens an sie gefesselt.

»Ich treffe mich mit jemandem.«

Sie lacht freudlos auf. »Du meinst das kleine Mädchen, das eine Szene gemacht hat?«

»Sie ist eine starke Frau, und sie hatte allen Grund, aufgebracht zu sein, wie ich übrigens auch, wenn ich bedenke, dass du ohne jede Vorwarnung hier auftauchst und darüber hinaus noch schwanger bist.«

»Mit deinem Kind«, faucht sie.

»Das behauptest du. Woher zum Teufel soll ich wissen, ob du hinter meinem Rücken nicht vor Einsamkeit mit einem anderen gevögelt hast? Ich war nie gut genug, erinnerst du dich noch, Imogen? Vielleicht hast du ja jemanden gefunden, der deinen Ansprüchen genügt.«

Sie reckt das Kinn und errötet. »Du weißt, wie sehr ich unter Stress leide.«

»Du warst immer gestresst. Hattest an allem was auszusetzen. Ich hab's versucht, Imogen, aber du?«

»Ich bin hier, oder nicht?«

»Es ist zu wenig und zu spät. Ich will dich nicht zurückhaben. Ich bin glücklich. Ich habe kein Interesse daran, es noch einmal mit dir zu versuchen.«

Imogen schenkt mir ihr routiniertes Lächeln. »Wie alt ist dein Spielzeug, Griffin?«

»Sie ist meine Freundin, Herrgott, und ihr Alter tut nichts zur Sache.«

»Zwanzig, einundzwanzig?«, stichelt Imogen.

»Zweiundzwanzig.«

Imogen verzieht entrüstet das Gesicht, bevor sie eine mitleidige Miene aufsetzt. »Das ist meine Schuld. Ich habe dich dazu getrieben. Natürlich brauchtest du jemanden, der dein Ego wieder aufbaut, nachdem ich die Verlobung gelöst hatte. Das ist absolut verständlich.«

»Das hat nichts damit zu tun.«

Sie beugt sich zu mir herüber und legt eine Hand auf meinen Arm. »Es ist verständlich, dass du wütend und, wenn ich das sagen darf, schockiert von den Neuigkeiten bist, aber hat dieses Mädchen überhaupt schon das College abgeschlossen?«

Ich beiße die Zähne zusammen und schaue Imogen absichtlich nicht an.

Sie seufzt. »Hör zu, Liebling. Du wirst Vater, und ihr Leben fängt gerade an. Was willst du tun? Unsere Familie auseinanderreißen? Unseren Sohn nur die halbe Zeit sehen und Vater-Mutter-Kind mit ihr spielen, bis sie kapiert, dass ihre Wirklichkeit und deine nicht zusammengehören?«

Ich reibe mir mit einer Hand übers Gesicht. »Ich will dich nicht zurück.«

»Nicht gleich, nein. Du bist noch immer wütend, und ich verstehe das, aber wir sind füreinander bestimmt. Du wirst das mit der Zeit erkennen.«

»Das glaube ich nicht, Imogen.«

»Ich schon. Ich glaube an uns, an uns als Familie. Ich weiß, dass du in ein paar Wochen nach New York zurückkommst. Ich bin bereit, dir Zeit zu lassen. Ich wusste, dass du wütend sein würdest, und es tut mir leid wegen der Probleme, die das Mädchen bedeutet, aber du weißt, dass ich recht habe, was sie betrifft.«

Ich antworte nicht, weil ich nichts weiter zu sagen habe. Jedes Wort aus ihrem Mund gibt mir ein Gefühl, als würde ich ertrinken.

Sie atmet bebend aus, so als würde sie gleich in Tränen ausbrechen. Was ich bezweifle. Ich habe sie in den vier Jahren, die wir zusammen waren, nur ganz selten weinen sehen.

»Jedenfalls bleibe ich eine Weile in Vegas. Wenn du Abstand brauchst und willst, dass wir in getrennten Räumen schlafen, komme ich klar damit, aber ich denke, wir sollten gemeinsam zu Abend essen, damit wir die Geburt planen können. Es gibt so viel zu tun. Oh!« Imogen setzt sich aufrecht hin und umfasst ihren Bauch. Ihre Fingernägel sind hellblau. »Er tritt. Hier, gib mir deine Hand und fühl mal.«

Sie steht auf und kommt näher. Eine morbide Neugier überkommt mich, und ich lasse zu, dass sie meine Hand auf ihren Bauch legt. Der Tritt gegen meine Handfläche fühlt sich an wie ein Stich ins Herz. Denn sie hat recht. Cosy wird nichts damit zu tun haben wollen, und das kann ich ihr nicht verübeln. Mehr noch, wenn das mein Baby ist, bin ich nicht nur für sein Wohlergehen verantwortlich, sondern auch für das seiner Mutter.

16

ZERSTÖRTE GLÜCKSELIGKEIT

Cosy

Auf dem Weg nach Hause spiele ich die Szene im Hotel wieder und wieder durch. Sobald ich meine Wohnung betrete, breche ich in Tränen aus. Den Freundinnen-Status hatte ich nicht einmal vierundzwanzig Stunden. Es war okay für mich, nichts Ernstes anzufangen, bis er aufgetaucht ist und mir das Gefühl gab, ich könnte mehr haben. Jetzt habe ich ein gebrochenes Herz und bin zu einer einsamen Existenz verdammt.

»Cosy? Geht's dir gut?« Nev kommt in Hausschuhen in mein Sichtfeld geschlurft. Wegen der Tränen sind sie ganz verschwommen.

Ich schniefe und wische mir mit dem Handrücken über die Nase, was eine furchtbare Idee ist, weil es eine schlangenhafte Spur hinterlässt. »Es geht mir fantastisch.«

»Dann sind das also Freudentränen?« Sie zieht an ihrer E-Zigarette. Diesmal riecht es nach Zimt. Manchmal wünsche ich mir, ich wäre Raucherin, dann hätte ich wenigstens ein Laster.

»Und ob.« Ich rapple mich vom Boden hoch, werfe mich meiner Schwester in die Arme und schluchze an ihrer Schulter.

Sie tätschelt mir den Rücken. »Ich habe Gras, falls du high werden und darüber reden willst. Oh, und ich glaube, da sind noch ein paar von diesen ekelhaften Wine Coolern im Kühlschrank, die du so magst. Ich habe sie für dich aufgehoben.«

Es ist typisch für meine Schwester, bei Herzschmerz Drogen und Alkohol anzubieten. »Beim Gras passe ich, aber Wine Cooler klingt gut. Wie spät ist es?«

»Halb elf.«

»Also fast elf.«

Sie legt mir den Arm um die Schulter und führt mich durch den Flur ins Wohnzimmer. »So ein Wine Cooler hat mindestens fünf Prozent Fruchtsaft, ist also fast wie ein Frühstücksgetränk. Los, erzähl deiner großen Schwester, was dieser blöde Jüngling angestellt hat, dass er dich zum Weinen bringt.«

Ich lasse mich auf das Sofa plumpsen. »Woher weißt du, dass es um Griffin geht?«

»Zufallstreffer. Du bist keine große Heulsuse, und wenn, dann weil du dich in jemanden verknallt hast. Was hat der Mistkerl also angestellt?« Sie öffnet den Kühlschrank und klettert fast hinein, um einen Wine Cooler für mich rauszuholen.

»Er hat eine schwangere Ex-Verlobte.«

Auf dem Weg zurück schlägt sie sich den Kopf an der Kühlschranktür an. »Au! Was hast du gesagt?«

»Er hat eine Babymami.«

»Na toll. Wie hast du's rausgefunden?«

»Sie ist heute Morgen im Hotel aufgetaucht, gleich nachdem mir Griffin angeboten hatte, mir in New York einen Praktikumsplatz zu organisieren.«

Sie reicht mir die Flasche, die noch immer verschlossen ist. »Warte. Das ergibt keinen Sinn. Wieso sollte er dir ein Praktikum anbieten, wenn ein Baby unterwegs ist? Außer er ist ein Psycho.«

»Er sagt, er hätte bis heute nichts von dem Baby gewusst.«

Ich versuche wie Nev die Flasche an der Tischkante zu öffnen, doch ich schlage nur einen Splitter Holz heraus.

»Hier, lass mich das machen, bevor du sie zerbrichst.« Sie nimmt die Flasche und öffnet sie, indem sie sie an die Tischkante hält und einmal kräftig draufschlägt. »Wie schwanger ist sie?«

»Sehr. Als hätte sie sich einen Basketball vor den Bauch geschnallt, so schwanger. Dass er das nicht gewusst hat, kann ich vielleicht noch verstehen, aber sie können noch nicht so lange getrennt gewesen sein, als das mit uns anfing. Und er hat mir nicht einmal von ihr erzählt. Dann ist da noch die Tatsache, dass er mit dir geschlafen hat, wahrscheinlich gleich nach seiner Trennung. Bei meinem Glück ist er bestimmt auch ein Serienmörder.«

»Das halte ich für unwahrscheinlich. Oh, ich hab übrigens ganz vergessen, dir zu sagen, dass ich nicht mit Griffin geschlafen habe.«

Ich schaue sie böse an. »Mach jetzt keine Witze, Nev. Ich bin nicht in der Stimmung.«

»Ich mache keine Witze. Ich habe ihn angemacht, und wir hatten zusammen in paar Shots. Er war stinkbesoffen. Brachte kaum einen geraden Satz heraus. Er meinte, er würde seinen Rausch in seinem Wagen ausschlafen, und natürlich wollte ich ihn sehen, du weißt schon. Ich meine, er sah aus, als hätte er Geld, so wie er angezogen war, hab ich recht?«

»Du hast recht.« Es nervt mich, dass meine Schwester eine Ewigkeit braucht, um zum Punkt zu kommen, aber das ist eben Nev.

»Wir sind also rausgegangen, und sein Wagen stand auf meiner Wunschliste fürs Vögeln, also habe ich mir gedacht, auch wenn er stinkbesoffen und seine Performance wahrscheinlich miserabel ist, kann ich den Punkt auf meiner Liste trotzdem abhaken.«

»Können wir die Geschichte vielleicht ein bisschen abkürzen?« Ich nehme einen großen Schluck aus meiner Flasche, die anschließend halbleer ist.

»In Ordnung. Ich habe ihn also gefragt, ob ich mich in sein Auto setzen darf, und er meinte, klar, aber er würde ein Nickerchen machen. Ich hab versucht, ihn zu küssen, aber er sagte, dass er pinkeln müsse und dass er wohl seine Kreditkarte in der Bar hat liegenlassen, dann war er auf einmal wie weggetreten. Ich habe versucht, ihn zu wecken, aber er war völlig hinüber. Jedenfalls war ich knapp bei Kasse, also habe ich mir Geld von ihm geborgt und mir womöglich seine Kreditkarte aus der Bar unter den Nagel gerissen.« Sie zieht an der E-Zigarette und bläst den Zimtrauch in die Luft.

»Du hast ihm Geld und seine Kreditkarte gestohlen?« So richtig überrascht mich das nicht, was eine Menge über meine Schwester aussagt, wie ich feststelle.

»Ich habe es geliehen, ohne die Absicht, es zurückzugeben, was etwas anderes ist als stehlen. Außerdem habe ich lediglich ein paar Snacks, eine Schachtel Liquids und eine Pizza gekauft. Der Typ fährt ein Auto, das so viel wie ein Haus hier in der Gegend kostet; er wird niemals bemerken, dass Geld fehlt.«

»Himmel, Nev.« Ich versuche noch immer zu verstehen, wie leihen ohne die Absicht, es zurückzugeben, einen Unterschied zu stehlen machen soll, aber die Argumentation meiner Schwester ist nicht immer logisch.

»Es war jedenfalls ein doofer Abend. Was soll ich sagen?«

»Schon gut. Es ändert sowieso nichts. Er hat Dinge vor mir geheim gehalten, und jetzt hat er eine Ex-Verlobte, die zufälligerweise genauso aussieht wie die Frau, die an seinen Arm gehört. Selbst schwanger sah das Miststück umwerfend aus.«

»Das ist echt übel. Vielleicht werden ihre Schönheitsgene ein Monster erschaffen.«

»Das kann man nur hoffen.«

Nach ein paar Minuten Stille, in denen mich Nev in eine Zimtwolke aus ihrer E-Zigarette einhüllt, tätschelt sie mein Bein. »Ist wohl besser so, was?«

»Besser, dass Griffin eine atemberaubende, schwangere Ex-Verlobte hat, im Gegensatz zu was?«

»Besser, als dass du ihn idealisierst, und dann schießt er dich ab, wenn er wegen irgendeiner Bleistiftrock tragenden Tussi, die glaubt, dass Diamanten die Welt regieren, nach New York oder sonst wohin geht.«

»Oh ja. Ich bin ja so froh, dass ich ihn nicht idealisiert habe.« Ich bin unüberhörbar sarkastisch, da ich mich völlig in ihn verknallt habe.

»Siehst du, es gibt immer einen Silberstreifen am Horizont.« Sie rückt ein Stück auf dem Sofa beiseite und zieht einen Granola-Riegel zwischen den Kissen hervor. »Den hab ich gesucht!«

Ich bin bei meinem dritten Wine Cooler und stelle fest, dass ich bereits Kopfschmerzen habe. Noch schlimmer ist, dass ich weiß, es ist Griffins Schuld wegen des ganzen Glitzers und Glamours und teuren Alkohols, womit er mich verwöhnt hat. Er hatte recht damit, dass der Kater nicht so schlimm wäre, wenn ich das zuckrige Billigzeug mied. Aber weil ich mir nichts anderes leisten kann, schicke ich Nev einkaufen.

Ich muss betrunken sein, denn ich gebe Nev mein Portemonnaie und bitte sie, zu kaufen, was immer dabei hilft, über einen Kerl mit einer Babymami hinwegzukommen. Sie ist eine ganze Weile unterwegs. Lang genug, um mir den letzten grässlichen Wine Cooler hinter die Binde zu kippen und sie in einer Textnachricht zu bitten, eine Flasche Cristal zu kaufen, falls ich genug Geld hätte.

Sie antwortet, dass sie ihr Bestes täte.

Mir ist so langweilig, dass ich ihre E-Zigarette ausprobiere und mir beinahe die Lunge raushuste.

Dann checke ich meine anderen Nachrichten. Es ist eine schlechte Idee, aber gute Entscheidungen trifft man nicht in betrunkenem Zustand. Die meisten sind von Griffin, der mich bittet, ihn anzurufen, wissen will, ob es mir gutgeht, und beteuert, dass er von Imogens Schwangerschaft wirklich nichts gewusst hat.

Sie hat sogar einen wahnsinnig vornehmen Namen, und ich habe einen, der so seltsamen ist, dass alle ihn für einen Scherz halten. Ich hasse sie noch mehr jetzt. Ich werfe mein Handy auf den Sofatisch und sehe, wie es alle paar Minuten aufleuchtet. Meistens ist es Griffin.

Ich weiß nicht, wie lange meine Schwester weg ist, aber es ist ganz schön lang. Als sie schließlich zurückkommt, ist sie mit Tüten beladen.

»Hast du'n Laden ausgeraubt?« Ich halte ihr die Tür auf.

»Musste ich nicht. Wieso hast du mir nicht gesagt, dass du eine neue Kreditkarte hast? Ich habe sie bestimmt fünfmal benutzt und sie hat jedes Mal funktioniert.« Sie muss seitlich den Flur entlanggehen, um mit den Tüten nicht an die Wände zu stoßen.

»Wovon redest du?« Ich folge ihr und habe plötzlich Panik, dass sie womöglich auf eine Shoppingtour gegangen ist, die ich mir nicht leisten kann.

Sie stellt die Tüten mit einem metallischen Scheppern auf dem Tresen ab, damit sie mein Portemonnaie aus ihrer Gesäßtasche ziehen kann. Nachdem sie es aufgeklappt hat, zieht sie eine schwarze Karte heraus und knallt sie auf den Tresen. »Die hier.«

Ich greife danach. Sie sieht brandneu aus. Und mein Name steht darauf. »Die hab ich noch nie gesehen.«

Sie verzieht das Gesicht, doch dann hellt sich ihre Miene freudig erregt auf. »Vielleicht hat er sie dir ja ohne dein Wissen in die Brieftasche geschmuggelt. Oh mein Gott. Wie großartig ist das denn? Wir sollten rausfinden, wie hoch das Limit ist, und du kannst dir ein neues Auto darauf kaufen, bevor er auf die Idee kommt, sie sperren zu lassen.«

»Wie viel hast du ausgegeben?«

»Ich bin mir nicht sicher.« Sie holt eine Flasche Champagner heraus, aber das Etikett hat eine andere Farbe als das Zeug, das Griffin normalerweise bestellt. Er ist bestimmt trotzdem teuer.

»Ich muss das Ding zerschneiden.« Ich wühle in einer Schublade nach einer Schere, und Nev tut, was sie für logisch hält, nämlich die Karte vom Tresen zu stibitzen.

Ich versuche, sie ihr zu entwinden, aber ich bin betrunken, und sie nicht. Ich muss mich geschlagen geben, als sie sie vorn in ihre Hose steckt. Außerdem summt die Sprechanlage und kündigt Besuch an. »Erwartest du jemanden?«

»Nein. Du?«

»Nein.«

Wir blicken uns sekundenlang an, bis sie mich aus dem Weg schubst und den Flur entlangflitzt. Sie knallt die Hand auf den Öffner und lässt den unbekannten Fremden ein.

»Wenn das ein Psychokiller ist, bist du schuld«, schreie ich.

»Schon okay. Ich kümmere mich darum.«

Nach einer halben Ewigkeit klopft es an der Tür. Mein Bauchgefühl verrät mir, wer es ist, bevor die betreffende Person überhaupt klopfen kann. Ich schiebe meine Schwester zur Seite und drücke mein Auge an den Spion. Draußen steht Griffin. Er hat sich umgezogen und seinen teuren Anzug durch das blöde Band-Shirt von unserem ersten Date und Jeans ersetzt. Was für ein Heuchler. Für wie dumm hält er mich eigentlich?

»Cosy? Lass es mich bitte erklären.« Er schlägt ein paarmal mit dem Kopf gegen die Tür. Sein theatralischer Auftritt ist jämmerlich.

Ich reiße die Tür auf und bin auf die dreidimensionale Version des Mannes überhaupt nicht vorbereitet. Mein Herz tut so weh, dass ich fürchte, eine Art Anfall zu bekommen. »Es gibt nichts zu erklären, Griffin. Du hast eine Ex-Verlobte, die du zu erwähnen vergessen hast. Die Beziehung kann erst ein paar Wochen zu Ende gewesen sein, als du mich zum ersten Mal um ein Date gebeten hast. Du hast mich entjungfert und so getan, als wäre das was total Besonderes, nachdem du bereits eine würdige Rivalin mit deinem großartigen Sperma geschwängert hattest. Bringt es das auf den Punkt?«

»Ich liebe sie nicht.«

»Immerhin hattest du sie so gern, dass du ihr einen Ring an den Finger und deinen Schwanz in sie hinein gesteckt hast.«

»Wir sind seit Monaten getrennt. Ich will sie nicht zurück.«

»Wie viele Monate?«

Er blickt zu Boden, als er antwortet. »Knapp sechs.«

Mir dreht sich der Magen um angesichts der schrecklichen Wahrheit. »Und wir sehen uns seit beinahe vier Monaten. Wie toll für mich, die Lückenbüßerin zu sein.«

»Du bist keine Lückenbüßerin, Cosy.«

»Du warst vier Jahre mit ihr zusammen, Griffin. Ich bin sehr wohl die Lückenbüßerin.« Ich reibe mir die Schläfen, weil das Pochen heftiger wird.

»Lass es mich erklären.«

Ich wende mich von ihm ab und versuche mein Rückgrat gedanklich mit einem Stück Stahl zu stabilisieren. Ich werde nicht zusammenbrechen, solange er hier ist. »Na schön. Erklär's, aber wenn du damit fertig bist, löschst du meine Telefonnummer in deinem Handy und kontaktierst mich nie wieder, weil es keine Rolle spielt, was du erzählst, Griffin, ich will nicht, dass du weiter mein Leben vergiftest.«

»Cosy.« Er streicht mir mit den Fingern über den Arm.

Ich wirble herum und stoße ihn weg. »Und fass mich ja nicht an. Das Recht hast du verwirkt, als du mich belogen hast.«

»Ich habe nicht gelogen.«

»Kurz bevor du mit mir ausgegangen bist, hattest du eine verdammte Verlobte.«

»Es war schon lange vorher vorbei.«

»Nur dass sie ein Baby von dir bekommt, was es ein wenig kompliziert macht, meinst du nicht, Griffin?« Jetzt, wo wir im Wohnzimmer sind, kann ich wenigstens die nötige Distanz zu ihm wahren.

Nev hängt sich die Handtasche um, während sie Griffin wütend anstarrt. Sie drückt meine Hand. »Ich mache einen Spaziergang. Ruf mich an, wenn ich zurückkommen und dir dabei helfen soll, die Leiche zu entsorgen.«

»Danke, Nev.« Ich halte ihr meine Hand hin. Seufzend fischt sie die Kreditkarte aus ihren Shorts und klatscht sie auf meine ausgestreckte Handfläche.

»Du bist ein Arschloch«, sagt sie zu Griffin, als sie an ihm vorbeigeht. »Ich hätte die Karte bis ans Limit belasten sollen, während ich die Gelegenheit dazu hatte.« Und damit stürmt sie den Flur entlang und knallt die Wohnungstür hinter sich zu.

Und lässt mich allein mit dem Mann, der mir bereits das Herz herausgerissen hat.

17

HÖR EINFACH ZU

Griffin

Cosy steht auf der anderen Seite des kleinen Wohnzimmers, die Lippen zu einem dünnen Strich zusammengepresst. Ihre Augen sind gerötet und geschwollen, ein klarer Hinweis darauf, dass sie geweint hat. Ich hasse Imogen dafür, dass sie mich gezwungen hat, hierherzukommen und dieses Gespräch zu führen, das wahrscheinlich zu nichts Gutem führen wird. Wie auch?

»Imogen hat vor knapp sechs Monaten die Verlobung gelöst. Was mich betraf, war es vorbei. Bis zum heutigen Tag hatte ich keine Ahnung, dass sie schwanger ist.«

»Ist sie diejenige, die Schluss gemacht hat, weil du wegen deiner Arbeit zu viel reist?«

Ich blicke auf meine Schuhe. »Ja.«

»Ist das etwa der einzige Grund?«

»Es war der wichtigste. Sie hat mir eine lange Liste mit meinen Unzulänglichkeiten dagelassen.«

»Wie eine Einkaufsliste?«

»Eher wie ein Manifest oder ein Thesenpapier.«

»Was für …« Sie schüttelt verächtlich den Kopf. »Wie weit ist sie?«

Ich hebe den Kopf. »Sechsundzwanzigste Woche.«

Sie schluckt schwer. »Also ist es deins.«

»Das wissen wir nicht genau.« Es klingt furchtbar lahm, aber es entschlüpft mir, bevor ich mir eine vernünftige Antwort überlegen kann.

»Im Ernst jetzt, Griffin?« Ihre Stimme wird entsprechend ihrer Ungläubigkeit lauter. »Bestimmt ist es deins, du warst schließlich mit ihr verlobt!«

Ich fahre mir mit den Händen durchs Haar, während ich eine Möglichkeit zu finden versuche, aus der Sache rauszukommen, ohne die eine gute Sache in meiner gottverdammten Welt zu verlieren. Ich will nicht mehr mit Imogen zusammen sein. Ich will nicht den Rest meines Lebens damit verbringen, ein Kind mit ihr großzuziehen. Was furchtbar egoistisch und mies klingt, aber es ist die Wahrheit. Ich will nicht den Rest meines Lebens mit ihr verbunden sein, doch das bin ich jetzt.

Sie macht mich nicht glücklich. Ich liebe sie nicht, und vielleicht kann ich mir jetzt, in diesem Moment, eingestehen, dass ich es nie wirklich getan habe. Jedenfalls nicht so, wie ich es hätte tun sollen. Sie war beständig und berechenbar, und sie passte in meine Welt, aber wir passten nicht zusammen. Ich weiß das, weil ich sehe, wie meine Brüder mit ihren Partnerinnen umgehen oder meine Eltern miteinander. Sie haben diese seelentiefe Liebe, die es ihnen ermöglicht, jeden Sturm zu überstehen. Ich hätte sie auch mit Imogen gemeistert, wenn wir geheiratet hätten, aber ich wäre nie richtig glücklich mit ihr geworden.

Cosy hingegen ist alles, von dem ich nicht einmal wusste, dass ich es wollte. Oder brauchte. Sie ist warmherzig und gut und perfekt in dieser Welt. Sie ist nett und unschuldig; sie ist klug und abenteuerlustig. Und ich bin hoffnungslos und wahnsinnig in sie verliebt.

Die Erkenntnis trifft mich mit der Wucht eines Sattelschleppers, der mit hundert Sachen um die Kurve schliddert, und haut mich beinahe von den Füßen. Aber es sind die nachfolgenden Worte von Cosy, die das im metaphorischen Sinne tun.

»Hör zu, Griffin, ich mag dich wirklich. Es hat Spaß gemacht. Aber das hier.« Sie zeigt zwischen uns hin und her, ohne mich dabei anzuschauen. »Es hatte die ganze Zeit ein Verfallsdatum. Du wirst auf jeden Fall nach New York zurückkehren, und ich werde zum nächsten Ort aufbrechen.«

»Wir haben Pläne gemacht«, bringe ich ihr in Erinnerung.

»Nun, jemand hat die Pläne durchkreuzt, und derjenige bist du, mit Folgen für die nächsten Jahrzehnte, wenn du Glück hast. Du kannst nicht mit mir zusammen sein, wenn du mit jemand anders ein Baby bekommst, und schon gar nicht, wenn es sich dabei um deine Ex-Verlobte handelt.«

Ich will ihr etwas entgegensetzen, will ihr sagen, dass ich sie in meiner Vorstellung schon als Mitarbeiterin bei Mills Hotels gesehen habe, nicht direkt unter mir, aber als Angestellte des Familienunternehmens. Dann wäre sie ganz in der Nähe gewesen, und ich hätte Mittel und Wege gefunden, damit sie mich auf sämtlichen Auslandsreisen hätte begleiten können. Wir hätten uns gemeinsam die Welt angesehen. Aber ich bin nicht dumm. Ich weiß, wenn ich ihr irgendetwas davon sage, rastet sie aus. Und sie hätte jedes Recht dazu.

»Eine Menge könnte passieren bis zur Geburt des Babys.« Herrje. Ich klinge wie ein Idiot.

Sie hebt den Blick, und ihr Ausdruck bricht mir mein dummes Herz. Er ist voller Schmerz, Ungläubigkeit, Unsicherheit. »Du hast recht. Eine Menge könnte passieren. Diese Frau trägt ein menschliches Wesen in sich, und du bist zu fünfzig Prozent daran beteiligt, auch wenn dir das nicht passt. Sei nicht so egoistisch, Griffin. Du musst dich um die Mutter deines Kindes kümmern. Es spielt keine Rolle, wie sehr ich dich mag, oder ob du denkst, ich würde dich glücklich machen und sie nicht. Nichts davon spielt noch eine Rolle. Ich darf da nicht im Weg stehen. Ich werde nicht der Grund dafür sein, dass ein Kind in einem kaputten Elternhaus aufwächst. Du musst dem eine faire Chance geben, und ich weigere mich, der Grund dafür zu sein, dass du es nicht tust.« Sie geht an mir vorbei den Flur entlang zur Haustür.

Ich weiß, wenn ich jetzt gehe, wird es endgültig vorbei sein. Sie wird mich nie wieder sehen wollen. Sie ist erst zweiundzwanzig. Sie wird sich davon erholen. In einem Monat ist sie irgendwo in der Weltgeschichte unterwegs, und irgendein Kerl, der nicht ich ist, wird sich in sie verlieben. Während ich mich darauf vorbereite, ein Kind großzuziehen mit jemandem, den ich nicht liebe. »Cosy, bitte …«

Sie senkt den Kopf, ihr rabenschwarzes Haar fällt ihr ein paar Sekunden lang übers Gesicht, bevor sie mich schließlich ansieht, mit Tränen in den Augen und verletzt. »Bitte, Griffin, lass mich in Ruhe. Bitte sag Lebwohl. Bitte sag, ich habe recht und du verstehst.«

Ich will ihr sagen, dass sie unrecht hat, dass ich sie brauche, dass ich eine Lösung dafür finde. Aber ich kann nichts davon mit Sicherheit sagen. Anstatt ihr zu geben, was sie will, trete ich dicht vor sie hin, sodass sie nicht weg kann. Ich nehme ihr Gesicht in meine Hände. »Sag mir, dass du nicht empfindest, was ich empfinde.«

Sie blickt auf meinen Mund, und der Schmerz in ihren tränennassen Augen verursacht mir ein schmerzhaftes Gefühl in der Brust. »Was ich empfinde, ist irrelevant, Griffin.« Sie schließt die Augen, weigert sich, mich anzuschauen, während ich mir ihr perfektes, wunderschönes Gesicht einpräge, dessen Züge von einem Kummer gezeichnet sind, den ich verursacht habe.

Auch wenn ich es nicht tun sollte, drücke ich meine Lippen auf ihre – eisern und unnachgiebig. Ich will nicht, dass das so endet. »Cosy.«

Das Geräusch, das aus ihrer Kehle dringt, ist reiner Schmerz, aber sie öffnet die Lippen, und ich lasse meine Zunge in ihren Mund gleiten. Sie hält ganz kurz meine Handgelenke fest, bevor sie ihre Finger in mein Haar gleiten lässt und zupackt. Wir küssen uns, bis wir ganz atemlos sind und sie sich schließlich losreißt.

Ich will sie an mich drücken. »Es tut mir leid.«

»Mir auch.« Ihr Körper ist steif und ihre Stimme müde. »Du musst jetzt gehen, Griffin.«

Mit zitternden Händen öffnet sie die Tür. Dann reckt sie das Kinn und richtet ihre azurblauen Augen auf mich. Sie hat den Schmerz weggesperrt, und an seine Stelle ist eine traurige Entschlossenheit getreten. Sie drückt die Finger gegen ihre Lippen und klopft dann damit auf meine Brust. »Bitte tu das Richtige.« *Lass mich in Ruhe. Ruf nicht an. Bedränge mich nicht.*

»Ich werd's versuchen.«

»Versprich es.«

Ich atme langsam aus, als ich hinaus in den Gang trete und versuche, das Gewicht auf meiner Brust loszuwerden, aber die nächsten Worte, die ich herausbringe, sind wie ein Richterhammer, der mein Herz zu lebenslanger Leere verurteilt. »Ich werde das Richtige tun.«

18

ELEND LIEBT COOLER UND CRISTAL

Cosy

Das Sprichwort, dass geteiltes Leid halbes Leid sei, ist völliger Schwachsinn. Leid und Einsamkeit hingegen gehen Hand in Hand. Selbst wenn ich von Leuten umgeben bin, fühle ich mich, als wäre ich allein auf einer Insel namens Herzschmerz-Hölle und mein SOS würde von niemandem bemerkt.

Liebe ist scheiße. So scheiße wie ein riesiger Misthaufen. Ich vermisse Griffin so sehr, dass es ein physischer Schmerz in der Brust ist. Ich kann nicht schlafen. Ich kann nicht essen. Ich kann nicht einmal richtig denken.

Zwei Tage, nachdem er aus meiner Wohnung und meinem Leben verschwunden ist, statte ich meiner Praktikumsberaterin einen Besuch ab.

»Cosy, wie geht es Ihnen?« Ms Doobie schenkt mir ein leicht besorgtes, fragendes Lächeln.

Es ist diese Miene, die alle aufsetzen, wenn sie mich sehen. Ich bin erschöpft und deprimiert. Selbst wenn ich lächle, spüre ich, wie mir die Traurigkeit aus den Poren quillt und als abschreckende Pheromone fungiert. Selbst Landon, der mich ignoriert, seit Griffin mir im Grunde ein »Sie gehört mir« auf die Stirn geschrieben hat, hat gefragt, ob es mir gutgeht.

»Bestens.« Meine Stimme ist tonloser als das Brummen eines Kühlschranks.

»Ganz sicher?«

»Ja, auf jeden Fall.« Ich zwinge mich zu einem Lächeln, das mir wahrscheinlich einen irren Ausdruck verleiht. »Ich wollte mit Ihnen über meinen Praktikumsplatz sprechen.«

»Natürlich, kommen Sie rein. Obwohl die Vergabe noch ein paar Tage dauert, kann ich Ihnen bereits verraten, dass Sie gute Chancen haben, Ihre bevorzugte Stelle zu bekommen.« Sie zwinkert mir zu und führt mich in ihr Büro.

»Ach, ich weiß, ich hatte New York ganz oben auf meiner Liste, aber ich habe gründlich darüber nachgedacht und das Gefühl, dass aufgrund meiner Erfahrung ein anderes Vorgehen besser wäre. Ich weiß, dass es vielleicht nicht möglich ist, aber ich wäre an dem Kreuzfahrtschiff interessiert, und ich würde es gerne an erste Stelle setzen.« Ich lasse meine Hände fest verschränkt und rühre mich nicht.

Ich befände mich mitten auf dem Meer, weshalb keine Gefahr bestünde, dass ich etwas Dummes tue, wie Griffin aufzuspüren, weil wir in derselben verdammten Stadt wären.

Ms Doobie tut das, was Menschen tun, wenn sie einen erziehen wollen, aber nicht die Eltern sind. »Waren Sie schon mal auf einem Kreuzfahrtschiff?«

»Ja.« Ich bin Kanu und Kajak gefahren, und einmal war ich auf einem Hausboot für eine Nacht, was beinahe das Gleiche ist.

»Sind Sie sicher, dass Sie nicht nach New York wollen? Ich weiß, dass man sich dort über Sie freuen würde.«

»Bestimmt. Ich würde aber gerne mehr von der Welt sehen und denke, das wird eine großartige Erfahrung.« Und vom amerikanischen Festland wegzukommen hilft meinem gebrochenen Herzen vielleicht, zu heilen.

Sie betrachtet mich einen Moment lang und setzt dann ein breites Grinsen auf. »Dann habe ich vielleicht die perfekte

Stelle für Sie.« Sie wühlt in mehreren Papierstapeln auf ihrem Schreibtisch – er ist ziemlich chaotisch, und überall türmen sich Unterlagen –, bis sie eine Broschüre findet. »Das hier ist heute Morgen auf meinem Schreibtisch gelandet. Es ist sehr kurzfristig, aber eine fantastische Gelegenheit bei einer namhaften Kreuzfahrtlinie. Das Praktikum dauert sechs Wochen anstatt vier, und wenn Sie sich gut schlagen, werden Ihre Jobaussichten rosig sein.«

»Das klingt großartig, und je länger, desto besser.« Es klingt nicht sehr begeistert, also setze ich ein strahlendes Lächeln auf. »Mehr praktische Erfahrung ist sicher nützlich, stimmt's?«

»Wenn es das passende Praktikum ist, auf jeden Fall, und bestimmt ist es wie für Sie geschaffen. Witzig, nicht? Ich habe mir gerade den Kopf darüber zerbrochen, welcher Student der richtige dafür wäre, und da kommen Sie vorbei.«

»Wirklich ein glücklicher Zufall.« Danke, Karma, dafür dass du heute nicht fies warst.

»Das kann man wohl sagen. Das Problem ist nur, dass das Praktikum wegen der Dauer zwei Wochen früher beginnt, was bedeutet, dass Sie Ihre Abschlussarbeit fertigstellen und online einreichen müssen oder wenn sie zurückkommen. Wenn Sie es ernst meinen, kann ich das problemlos mit Ihren Professoren klären, aber es ginge schon am kommenden Montag los. Ich weiß, Sie haben einen Job, was wegen der Kurzfristigkeit ein Problem sein könnte.«

»Ich regle das.« Nev braucht sowieso einen Job.

»Wunderbar. Ich freue mich für Sie, Cosy. Das ist eine großartige Gelegenheit, und ich weiß, Sie werden uns alle stolz machen. Ich schicke Ihnen den Übersichtsplan für das Praktikum und eine Liste mit allem, was Sie mitnehmen müssen. Sie werden in der kommenden Woche viel zu tun haben!«

»Danke, Ms Doobie. Ich verspreche, mir Mühe zu geben.«

»Ganz ohne Zweifel.«

Ich verlasse ihr Büro in der Gewissheit, das Richtige zu tun, auch wenn es sich anfühlt, als hätte ich mein Herz zertrampelt.

Das Telefon auf meinem Bett summt und stößt dabei gegen meinen Koffer. Ich schaue auf das Display und mein Magen krampft sich zusammen. In vierundzwanzig Stunden werde ich keine solchen Benachrichtigungen mehr bekommen. Ich bin vorgewarnt worden, dass Internet und Empfang auf dem Schiff lückenhaft sind, wenn ich nicht wöchentlich fünfzig Dollar extra für W-LAN zahle.

Ich kann es mir leisten, aber in Anbetracht der vielen Male, die mir Griffin diese Woche geschrieben hat, ist es besser für mich, nur dann Zugang zu haben, wenn wir im Hafen liegen. Ich habe noch Klamotten von mir in seinem Hotel, außerdem Zahnbürste, Haarbürste, Unterwäsche, Lippenbalsam und einen Notizblock.

Er hat vergessen, mein Herz zu erwähnen, aber vielleicht ist ihm nicht klar, dass er das ebenfalls hat.

Ich habe ihm daraufhin geantwortet und gefragt, ob etwas auf dem Notizblock steht. Natürlich war es ein Trick, um mich dranzukriegen, denn es steht nichts drauf.

Ich unterdrücke den Wunsch, die neue Nachricht zu lesen. Ich habe einen Kloß im Hals und balle die Hände zu Fäusten, um stark zu bleiben. Mein Telefon summt erneut, und meine Stärke ist wie weggewischt. Ich will Worte, die ich nie von ihm zu hören bekommen werde, aber es scheint mich nicht davon abzubringen, doch darauf zu hoffen.

Ich kehre Ende nächster Woche nach New York zurück. Kann ich dich vorher sehen?

Ich lasse mich zu Boden plumpsen und wünschte, ich könnte mein Telefon an die Wand werfen, wünschte, ich hätte die richtigen Worte und den eisernen Willen, den ich brauche, wenn es um Griffin geht. Aber den habe ich nicht. Ich möchte ihn so dringend sehen. Mein Herz tut weh und mein Körper ebenfalls. Sogar meine Seele tut weh. Ich vermisse ihn sehr. »Nev!«, rufe ich. »Ich brauche dich!«

Meine Schwester ist nicht besonders zuverlässig. Sie hat keinen Job und keinen Freund länger als ein paar Monate, und sie tut immer so, als wär's ihr egal, was nicht stimmt. Sie ist kaputt, und ich weiß nicht, warum. Aber jetzt, wo es mir schlecht geht, ist sie auf eine Weise zur Stelle, wie sie es noch nie war.

Das Trappeln ihrer Schritte auf dem Flur ist beruhigend. Ich weiß, dass sie mich vor mir selbst schützen wird. Ich starre auf die Worte auf dem Display, rühre mich aber nicht, um zu antworten. Stattdessen strecke ich Nev das Handy entgegen, als sie in der Tür erscheint. »Er will mich sehen, bevor er abreist.«

»Arschloch.« Sie schnappt sich das Telefon. »Was möchtest du?«

»Er soll damit aufhören. Es tut zu weh. Wieso lässt er mich nicht los?« Mein Herz fühlt sich an wie Sägespäne in meiner Brust. Ich fühle mich schrecklich und kann nicht richtig atmen. Ich frage mich, ob sich so Sterben anfühlt.

Nev kauert sich neben mich und schlingt die Arme um mich. »Keine Sorge, Cosy. Ich kümmere mich darum.«

Sie drückt ihre Lippen auf meinen Scheitel, wie es eine Mutter mit einem kranken Kind tun würde, und verlässt anschließend das Zimmer. Sekunden später höre ich, wie die Tür zuknallt und Nevs Begrüßung abschneidet, die mit den Worten beginnt: »Fick dich, du Scheißkerl.«

Ich kämpfe mit dem Wunsch, seine Stimme zu hören, und dem Selbsterhaltungstrieb, ihm aus dem Weg zu gehen. Ein paar Minuten später lässt sich Nev neben mir aufs Bett sinken und schließt die Arme um mich. »Es tut ihm leid, und er ruft nicht wieder an.«

Ich sollte erleichtert sein, aber alles, was ich empfinde, ist Einsamkeit und Verlust.

»Das wird einfach großartig. Vor allem weil du nicht mehr Jungfrau bist und jetzt einfach so zum Spaß vögeln kannst und dir um emotionale Bindungen und diesen ganzen Unsinn keine Gedanken machen musst«, sagt Nev, während sie an ihrer E-Zigarette zieht. Heute riecht sie nach Wassermelone.

»Nicht hilfreich, aber trotzdem danke.«

Sie drückt meine Schulter. »Ich weiß, es ist hart, aber das ist wirklich gut. Du bist weg von allem, was dich an ihn erinnert. Ich mache deinen Job bei STW, während du fort bist, und kümmere mich um die Wohnung.«

»Versuch, einmal die Woche zu staubsaugen.«

»Mach ich. Das ist gut, Cosy. Du machst alles richtig«, versichert sie mir.

Abgesehen von dem Wassermelonengeruch bin ich froh, dass meine Schwester die über fünfstündige Fahrt zum Hafen von Long Beach auf sich genommen hat; andernfalls hätte ich das ganz allein machen müssen. Ich biege auf den Parkplatz ein und finde einen freien Platz. Das Schiff ist riesig, größer als alles, was ich zuvor gesehen habe. Es ist wahrhaftig ein schwimmendes Hotel. Und ich werde die nächsten sechs Wochen darauf verbringen, ohne jeden Kontakt zur Außenwelt bis auf den Aufenthalt in den Häfen.

»Wann wird es sich nicht mehr so anfühlen, als müsste ich sterben?«

Nev fingert an meinem Zopf herum, ohne mich anzuschauen. In diesem Moment weiß ich, dass mein Herz endgültig gebrochen ist. Nev fällt nämlich sonst immer eine bissige Erwiderung ein.

»Ich weiß es nicht.«

»Was ist dir passiert?« Es ist eine komplexe Frage so kurz bevor ich für sechs Wochen weg sein werde, aber meine Schwester gehört zu den Menschen, die einen vor die Tür setzen mit der Begründung, dass die Mafia ein Kopfgeld auf sie ausgesetzt hat – völlig egal ob es nun stimmt oder nicht.

»Ich habe mich in jemanden verliebt, der meine Liebe nicht erwidern konnte. Mach nicht denselben Fehler, Cosy. Nutze die Zeit auf dem Schiff, um über ihn hinwegzukommen. Da draußen wartet etwas Besseres auf dich.«

»Und wenn nicht?«

»Doch, ganz bestimmt. Du bist zu gut, um nicht geliebt zu werden.«

»Du auch.«

Sie lächelt traurig und öffnet den Sicherheitsgurt. »Komm schon, bringen wir dich zu deinem nächsten Abenteuer.«

Ich vermisse sie bereits.

Und Griffin noch viel mehr.

19

GETEILTES LEID

Griffin

Mein Cousin schiebt mir das nächste Glas hin. Es ist erst Mittag, aber er ist gerade angekommen. Ich habe ihn vom Flughafen abgeholt, damit ich ihn über meine Misere ins Bild setzen konnte. »Du bist ja völlig durch den Wind, Griff.«

»Ich war in sie verliebt. Bin es noch immer.«

»Mit ihren straffen Brüsten und ihrer engen P…« Bevor er den Satz beenden kann, packe ich ihn am Kragen. Er sieht meinem Bruder Lex sehr ähnlich, also sieht er auch mir ein wenig ähnlich, aber mit markanteren Zügen, dunklem Haar, leuchtend blauen Augen, und er hat den Körper eines Profisportlers. »Reg dich ab, du Arsch. Das war ein Test. Ich möchte nur ungern aus der Bar rausfliegen.«

Ich lasse ihn los und besänftige den Barmann mit einem Hundertdollarschein. Cosy wäre empört. Ich vermisse sie so sehr, dass ich die Welt in Brand setzen könnte.

Wären wir die einzigen Überlebenden auf dem Planeten, müsste sie sich mit mir abgeben.

Lincoln legt mir mit bedauernder Miene die Hand auf die Schulter. »Es tut mir so leid, Griff. Mir war nicht klar, wie ernst es war. Ist.«

Ich streiche mir mit einer Hand übers Gesicht. »War. Es ist aus. Sie ist fertig mit mir.«

»Bist du sicher, was das Datum betrifft?«

Er meint Imogens Schwangerschaft. »Ich habe nachgerechnet. Es passt alles zusammen. Sie ist schwanger geworden in den beiden Wochen, in denen ich wieder in NYC war, aber ich werde einen Vaterschaftstest machen lassen, sobald das Baby geboren ist.«

»Geht das nicht schon jetzt?«

»Schon, doch das wäre invasiv und nicht gut für das Baby. Imogen hat eine Hochrisikoschwangerschaft, und zu viel Stress wäre weder gut für sie noch für das Baby, also muss ich abwarten.«

»Bitte sag mir, dass ihr euch nicht wieder vertragt.«

»Sie glaubt fest daran. Und ständig bringt sie mir in Erinnerung, dass ich höchstens fünfzig Prozent des Sorgerechts bekomme, wenn wir nicht zusammen sind, und mit meinem Arbeitspensum kann ich vor Gericht nicht gerade punkten.«

Lincoln dreht sein Glas auf dem Tresen. »Ich weiß, das ist eine beschissene Situation, aber als jemand, der aus einer Familie mit Eltern kommt, die sich hassen, sage ich dir, du willst auf keinen Fall ein Kind in einer solchen Atmosphäre großziehen. Mein Bruder ist ein gutes Beispiel dafür, wie schief das gehen kann.«

»Armstrong ist ein widerlicher Soziopath.«

»Stimmt. Und während ich im Internat und nicht den Ehestreitigkeiten meiner Eltern ausgesetzt war, hat er alles hautnah mitbekommen. Tu das diesem Kind nicht an.«

»Ich glaube nicht, dass Imogen es mir leicht machen wird.« Sie ist in Vegas geblieben und gemeinsam mit mir zurückgekommen. Nachdem Nev mich zusammengestaucht und mir verboten hat, Cosy erneut zu kontaktieren, wollte ich Las Vegas verlassen, weil ich der Aufforderung sonst nicht hätte folgen können. Cosy hatte mich gebeten, das Richtige zu tun, und ich musste es versuchen.

Es war allerdings nicht leicht, vor allem nicht, weil Imogen wieder in mein Penthouse eingezogen ist, während ich weg war. Als ich sie fragte, was zum Teufel sie da täte, teilte sie mir mit, dass wir zusammen leben müssten, wenn das funktionieren sollte. Ich sagte ihr, dass es eine Wohnung im neunzehnten Stock gebe, wo sie einziehen könne, und das war schon nah genug.

Seit wir wieder in New York sind, hat sie jeden Tag einen Vorwand gefunden, um in meiner Wohnung zu sein. Sie wartet dann immer in der Lobby, weil sie keinen Schlüssel hat, oder bringt mir fortwährend irgendwas vorbei – ein Babymagazin oder einen Artikel, der den Familienzusammenhalt betont. Und natürlich ist da die wahnsinnig wichtige Aufgabe, das Kinderzimmer einzurichten. Im Augenblick befinden sich fünfzig Farbmuster an der Wand meines Gästezimmers. Ich weiß genau, was sie da veranstaltet. Imogen schleicht sich auf die einzig mögliche Weise wieder in mein Leben zurück. Ich will sie unterstützen, aber ich nehme es ihr übel, dass sie meinem Herzen noch eine Narbe verpasst hat.

»Du musst dich jetzt um das Kind kümmern, niemand sonst.«

»Ja. Ich weiß.«

Ich wünschte, ich könnte aufhören, an Cosy zu denken. Ich wünschte, ich wäre jung und könnte mir Fehler leisten. Und mehr als alles andere wünsche ich sie mir zurück.

Aber ich habe ihr versprochen, dass ich es versuchen würde, also werde ich das auch, auch wenn es mich innerlich zerreißt. Der Barmann bringt unser Mittagessen. Ich habe kaum noch Appetit, was ich Cosys Abwesenheit zuschreibe.

Ich habe einen Burger mit Extrazwiebeln und Zwiebelringen bestellt, weil ich sie vermisse. Es ist lächerlich und dumm, weil ich eine Hassliebe zu Zwiebeln hege. Hass wegen der Nachwirkungen.

Ich habe zweimal abgebissen, als mein Handydisplay aufleuchtet. Imogen. Das passiert andauernd; jede Stunde schickt sie mir entweder eine Textnachricht über irgendetwas Neues das Baby betreffend, das ich mir anschauen soll, oder kontaktiert mich, weil ihre Knöchel geschwollen sind oder sie hungrig ist und unbedingt einen veganen Burrito aus einem Laden am anderen Ende der Stadt haben will. Ich überlege, ob ich den Anruf ignorieren soll, aber dann wird sie es so lange versuchen, bis ich nachgebe.

»Da muss ich drangehen.«

»Du klingst wie auf dem Weg zu deiner Hinrichtung, Griff, und nicht, als würdest du einen Anruf entgegennehmen«, stellt Lincoln fest.

»Wenn Imogen involviert ist, kannst du es fast so nennen.« Ich gehe dran. »Hallo, Imogen.«

Sie hickst ins Telefon.

»Stimmt was nicht?« Vor zwei Tagen rief sie in Tränen aufgelöst an, weil sie kein Eis in ihrem Eisfach hatte, und danach heulte sie noch einmal, weil sie angeblich so dick würde.

»Ich bin beim Notdienst.«

»Was? Wieso? Wo?« Ich bin bereits aufgesprungen und raffe meine Sachen zusammen.

»Ich hatte Krämpfe. Zuerst dachte ich, es ist nichts. Aber ich habe Schmierblutungen. Ich habe Angst, Griffin. Sie überweisen mich ins Lenox Hill Hospital, um ein paar Tests zu machen.« Ihre Panik klingt echt. »Das Baby darf noch nicht kommen.«

»Es ist bestimmt nichts; alles wird gut. Bist du beim Notdienst in unserem Gebäude? Ich komme und bringe dich ins

Krankenhaus.« Ich fühle mich schrecklich, weil ich so über sie geredet habe, vor allem jetzt.

»Ich bin bereits auf dem Weg ins Krankenhaus.«

»Wir sehen uns dort.« Ich halte das Mikro zu und wende mich an Lincoln. »Ich muss gehen. Imogen hat Krämpfe.«

»Das ist nicht deine Schuld, Griff«, sagt er, als könnte er meine Gedanken lesen.

Wenn dem Baby etwas passiert, werde ich bestimmt das Gefühl nicht mehr los, ich hätte das gewollt. Ich halte ein Taxi an, froh, dass gerade keine Rushhour ist. Imogen beendet den Anruf, als sie beim Krankenhaus ist, was bedeutet, dass ich nicht weiß, was passiert. Ich fühle mich aus verschiedenen Gründen schlecht, zu denen auch gehört, dass Imogen ein Baby von mir bekommt und ich keine Beziehung mit ihr will.

Als ich dort ankomme, hat man Imogen bereits aufgenommen. »Gott sei Dank, du bist hier!« Sie wirft sich mir in die Arme und schluchzt hysterisch.

»Schh, ist schon okay. Alles wird gut. Dem Baby geht's gut, Imogen.« Ich löse ihre zitternden Arme und nehme ihr Gesicht in meine Hände. Ihre Wangen sind tränenüberströmt. Ich wische sie weg im Bewusstsein, dass das stressig für sie ist und sie nicht gut damit klarkommt. »Tief durchatmen.«

»I-i-ich habe solche Angst. Was, wenn mit dem Baby was ist? Was, wenn er zu früh auf die Welt kommt? Das Kinderzimmer ist noch nicht fertig.«

»Wir kriegen das hin, wenn er früher zur Welt kommt, und keine Sorge wegen des Kinderzimmers, darum kümmern wir uns später. Jetzt erst einmal tief durchatmen.«

»Ich bin so froh, dass du da bist. Ich war mir nicht sicher, ob du kommen würdest.«

»Es geht um das Wohl unseres Kindes, natürlich bin ich hier.«

Erneut umarmt sie mich schluchzend. Wir werden in einen Raum geführt, und eine Krankenschwester kommt herein, um ein paar Tests zu machen, die zeigen, dass sowohl ihr Blutdruck als auch ihr Puls erhöht sind. Sie vergräbt ihr Gesicht an meiner Schulter und drückt meine Hand, als man ihr Blut abnimmt.

»Wir bringen Sie zum Ultraschall, um einen Blick auf das Baby zu werfen und zu sehen, was los ist.«

Imogen legt eine schützende Hand auf ihren Bauch. »Ist das denn nötig?«

»Es dauert nicht lange, und es schadet dem Baby nicht.« Die Krankenschwester hilft ihr in einen Rollstuhl, und ich schiebe sie den Flur entlang zum Ultraschall.

Man gibt ihr einen Krankenhauskittel und zeigt ihr, wo sie sich umziehen kann. Sie blickt mit großen, flehenden Augen zu mir auf. »Würdest du mir bitte helfen?«

»Natürlich.« Ich folge ihr in den kleinen Umkleidebereich, wo ich den Vorhang zuziehe. Ich war Imogen nicht so nahe, seit sie vor Monaten die Beziehung beendet hat. Es ist seltsam und unangenehm, ihr aus ihrem Kleid und in den Krankenhauskittel zu helfen. Ich knie vor ihr hin, um die zu kurzen Bänder zuzubinden, und lege eine Hand auf ihren dicken Bauch. »Das wird schon, kleiner Mann. Deine Mom und ich werden uns gut um dich kümmern, bleib also, wo du bist, die nächsten Monate.«

Imogen streicht mir mit ihren manikürten Fingernägeln durchs Haar und lächelt mich an. »Danke, dass du hier bei uns bist. Ich weiß, dass das nicht einfach war.«

Ich stehe auf und reiche ihr eine Hand, die sie nimmt. Diese Intimität fühlt sich unnatürlich an. Wir werden rasch in den Ultraschallraum geleitet, wo ich Imogen auf die Untersuchungsliege helfe. Die Assistentin kommt ein paar Minuten später und drückt Gel auf Imogens Bauch. Sie hat eine leise Stimme und mütterliche Ausstrahlung, doch die Atmosphäre im Raum ist noch immer angespannt, hauptsächlich wegen mir.

Als sie mit dem Gerät über Imogens runden Bauch fährt, erfüllt das gleichmäßige Geräusch eines Herzschlags den Raum. Ich blicke auf den Bildschirm, und plötzlich schwillt mir die Brust so sehr, dass es wehtut. Ich greife nach Imogens Hand. Weil ich meinen Sohn sehen und sein winziges Herz schlagen hören kann.

»Ist er nicht großartig?«, fragt sie.

Ich drücke ihre Hand. »Das ist er.«

Ich kapiere jetzt, wieso Lincoln so besorgt ist, weshalb Cosy so vehement darauf bestanden hat, dass ich das Richtige tue, wieso sich zwei Menschen, die sich nicht lieben, zusammentun, um ein Kind großzuziehen, selbst wenn es bedeutet, das eigene Glück zu opfern.

»Wie sieht's aus?«, frage ich, ganz ergriffen vom Bild meines Sohns mit dem Daumen im Mund, zusammengerollt in Imogens Bauch.

»So weit sieht alles gut aus. Das mit den Schmierblutungen passiert manchmal in diesem Stadium, vor allem in Fällen von Placenta praevia.«

»Dann ist alles okay? Ich kann nach Hause?« Imogen will sich aufsetzen, aber die Assistentin legt ihr eine Hand auf die Schulter.

»In der dreiunddreißigsten Woche können Sie das Kind ohne Probleme bekommen, aber idealerweise sollte es noch mindestens einen Monat drinbleiben, um sich zu entwickeln.«

»Imogen ist in der dreißigsten Woche«, korrigiere ich sie.

Die Assistentin wirft mir einen Blick zu. »Nach dem Diagramm und den früheren Ultraschalluntersuchungen legen Größe und Entwicklung ein paar Wochen mehr nahe.«

»Das kann nicht stimmen. Sie müssen die falsche Akte haben.« Imogens Stimme klingt schrill und nervös.

Ein schreckliches Gefühl überkommt mich, während ich das Datum der Empfängnis ausrechne. Drei Wochen früher war ich noch in China mit Linc. »Wie präzise können Sie den Tag der Empfängnis ermitteln?«, frage ich.

»Normalerweise plus/minus ein, zwei Tage.«

»Es ist also unmöglich, sich um drei Wochen zu verrechnen?«

»Manchmal gibt es Abweichungen bis zu einer Woche, aber in diesem Stadium sind alle Merkmale vorhanden, und ich kann sicher sagen, dass Ihr Baby in spätestens sieben Wochen auf die Welt kommen wird. Bestimmt wird Frau Doktor zur Sicherheit bis dahin Bettruhe verordnen. Ich schicke sie Ihnen gleich.«

»Danke.« Als die Assistentin den Raum verlässt, habe ich das Gefühl, nicht in meinem Körper zu sein.

»Griffin.« Imogen lenkt meine Aufmerksamkeit weg von dem Baby auf dem Monitor, das laut der neuesten Informationen nicht meins sein kann. Die Panik steht ihr ins Gesicht geschrieben, und sie umklammert meine Hand.

Ich sage nichts und lasse die Erkenntnis erst einmal sacken. Nicht nur wollte sie mich in eine Beziehung ohne Liebe zwingen, sondern mir auch noch weismachen, dass ich Vater werde, bevor der Schwindel aufgeflogen ist.

Ich vergewissere mich, dass wir allein sind, bevor ich den Mund aufmache. »Du hast mich betrogen und dann versucht, mir das Baby unterzuschieben. Bist du noch ganz bei Trost?«

»Du warst dauernd auf Dienstreise.«

»Du hättest gerne mitkommen können. Du bist flexibel in deinem Job. Das war deine Entscheidung, Imogen.«

»Ich arbeite am besten zu Hause, und das weißt du.«

»Weißt du was, es spielt sowieso keine Rolle. Das Warum ist irrelevant, weil ich gar nicht im Land war, als du schwanger wurdest, was bedeutet, dass du einen anderen gevögelt hast, während wir noch verlobt waren. Du hast gewusst, dass das Baby nicht von mir ist, und trotzdem hast du behauptet, dass ich der Vater sei. Kapierst du überhaupt, wie beschissen ein solches Verhalten ist? Hast du eine Vorstellung davon, welchen Schaden du angerichtet hast? Ich habe mit jemandem Schluss gemacht, den ich geliebt habe, um das Richtige für dich zu tun, und dann finde ich heraus, dass es ein einziges Lügengebäude ist.«

»Ich habe einen Fehler gemacht. Ich habe mich schuldig gefühlt danach. Deshalb habe ich die Verlobung gelöst. Ich war einsam und habe jemanden gebraucht ...«

»Stopp! Ich will es nicht hören, Imogen. Ich werde jetzt deine Mutter anrufen und sie bitten, herzukommen, weil du nicht allein sein solltest, aber ich ertrage es nicht, dich auch nur noch eine Sekunde länger anzuschauen.«

»Griffin, bitte tu das nicht!«

Sie greift nach mir, doch ich weiche zurück und hebe eine Hand. »Ich habe gar nichts getan, Imogen. Das ist das Problem. Das hier ist dein Schlamassel, und es tut mir um das Baby leid, weil seine Mutter eine Lügnerin und Betrügerin und Manipulatorin ist. Mit dir als Vorbild wird es entweder ein Serienmörder oder der nächste Präsident.« Ich lasse sie in dem Ultraschallraum allein zurück und rufe, wie versprochen, ihre Mutter an.

Anschließend rufe ich Lincoln an und verabrede mich mit ihm in einer Bar, damit wir uns so richtig die Kante geben.

20

SCHNAPP DIR DAS MÄDCHEN

Griffin

Die Erkenntnis, dass Imogen nicht nur eine Manipulatorin, sondern auch eine Lügnerin ist, führt zu einem zwei Tage andauernden Kater. Mein Vater bietet mir an, ein paar Tage freizunehmen, um mich zu sortieren, aber das Hotel in Vegas hat grünes Licht bekommen, weshalb ich die Gelegenheit ergreife, aus New York raus und zurück zu Cosy zu kommen. Wahrscheinlich werde ich nur noch mehr Enttäuschungen erleben, wenn ich das tue. In Cosys Nähe zu sein, ohne an sie ranzukommen, wird schlimmer sein als das Fiasko mit Imogen, aber ich habe definitiv eine masochistische Ader. Mein Flug geht um acht Uhr morgens.

Ich sitze gerade auf dem Sofa, trinke einen Grape Crush, weil Cosy den mag, schaue mir eine alberne Teenie-Vampirgeschichte an – auch etwas, das Cosy mag – und betrachte die Bilder von ihr auf meinem Handy.

»Ruf sie einfach an. Was soll schon passieren?« Dass Lincoln freiwillig mit mir hier sitzt und sich einen Film für Teenagermädchen ansieht, sagt viel über meinen besten Freund aus. Er hat auch die letzten Tage mit mir verbracht und verlässt New York morgen ebenfalls. Nur dass er zurück nach Guatemala fliegt, um ein weiteres Sozialprojekt zu starten.

»Sie könnte mir sagen, dass ich mich verpissen soll.« Ich

werfe mein Telefon auf den Sofatisch. »Oder sie könnte mir sagen, dass sie jemand anders getroffen hat.«

»Wäre es nicht besser, es so oder so zu erfahren?«

»Ich weiß nicht, ob ich im Augenblick noch eine Enttäuschung verkrafte. Und vielleicht ist es besser so, weißt du? Sie ist so jung, und ich bin bereits ein verbrauchter Arsch mit 'nem Haufen Altlasten.«

»Willst du das etwa in dein Tinder-Profil schreiben?«

»Fick dich.«

»Gib ihr wenigstens die Chance, selbst zu entscheiden, ob du zu verbraucht bist und zu viele Altlasten für sie hast«, sagt er. »Wenn du es nicht tust, wirst du es irgendwann bereuen, und dann muss ich mir den Rest meines Lebens Sachen über die eine, die dir abgehauen ist, anhören. Und du wirst dich mit einer zufriedengeben, die nicht der Vorstellung von Frau entspricht, um die du nie richtig gekämpft hast. Dann lässt du dich irgendwann scheiden, kaufst dir irgendein blödes Auto und wirst dick.«

»Danke für den Blick in meine deprimierende Zukunft.«

»Nenn mich Lincoln, das Orakel. Lass sie nicht entwischen, wenn du sie willst. Lehn dich nicht zurück und sieh dabei zu, wie deine Zukunft entschwindet, sonst endest du noch wie meine Eltern. Sie leben unter demselben Dach, aber ihre Schlafzimmer befinden sich je am entgegengesetzten Ende des Hauses. Niemand sollte so unglücklich sein müssen oder einen anderen Menschen in diesen Kummer mit hineinziehen.«

»Ich rufe sie an, wenn ich in Vegas bin.«

Weniger als vierundzwanzig Stunden später stehe ich im Flur vor Cosys Wohnung. Bevor mich der Mut verließ, habe ich meinen Wagen abgeholt und bin direkt zu ihr gefahren.

»Du kannst das. Sag ihr einfach die Wahrheit und dass du in sie verliebt bist und schau, was passiert.« Ich klopfe und hoffe inständig, nicht zu STW fahren zu müssen.

Ich bin erleichtert, als ich höre, wie das Schloss geöffnet wird. Die Tür geht fünf Zentimeter weit auf, und ein missbilligendes Gesicht erscheint in dem Spalt. »Hab ich dir nicht gesagt, du sollst Cosy in Ruhe lassen?«

»Ja, ich weiß.«

»Du hast es versprochen.«

»Die Situation hat sich geändert. Ich muss mit ihr reden.«

»Geht nicht.« Sie will die Tür schließen, aber ich schiebe meinen Fuß dazwischen.

»Hör mal, Nev, ich verstehe, dass du Cosy beschützen willst, und ich respektiere das, aber ich bin in sie verliebt, und ich würde ihr das gerne persönlich sagen.«

»Du könntest ihr auch eine Niere spenden, das wäre mir scheißegal. Und falls du sie anrufen solltest, um ihr zu sagen, dass du sie liebst, werde ich dir die Eier abschneiden. Sie versucht, über dich hinwegzukommen. Außerdem ist da noch das mit der Vaterschaft, also nein.«

»Das Baby ist nicht von mir.«

Sie schnaubt und rollt mit den Augen. »Natürlich nicht.«

»Ich meine es ernst. Ich hab's vor drei Tagen herausgefunden, sonst wäre ich schon viel früher zurückgekommen. Imogen hat mich betrogen und dann behauptet, es wäre meins.«

Nev legt die Stirn in Falten, während sie mich scharf ansieht. »Du meinst es ernst. Das ist echt fies.«

»Du sagst es. Ich wollte das Richtige tun, was Cosy betrifft, und ich weiß, ich sollte sie wahrscheinlich in Ruhe lassen, aber ich fühle mich erbärmlich ohne sie. Es ist, als hätte jemand ein Loch in mein Herz geschlagen.«

Sie macht mir die Tür vor der Nase zu. Ich bin einen Moment lang baff, als sie sie wieder öffnet und sich mit verschränkten Armen in den Rahmen lehnt. »Du kannst sie trotzdem nicht sehen oder sprechen.«

»Aber ich …«

Sie hebt eine Hand. »Sie ist nicht in Vegas.«

»Wo dann?«

»Irgendwo auf dem Atlantik. Sie macht ein Praktikum auf einem Kreuzfahrtschiff.«

Was für eine Enttäuschung. »Wann kommt sie zurück?«

»In ein paar Wochen. Sie legen in New York an.«

Ich nehme mein Handy heraus, und Nev schnappt es sich und versteckt es hinter ihrem Rücken. »Auf keinen Fall, Alter. Du wirst ihr nicht am Telefon eine Liebeserklärung machen. Das ist Schwachsinn. Sie hat auch nicht häufig Empfang, weshalb du sie wahrscheinlich sowieso nicht erreichst.«

»Alle Kreuzfahrtschiffe haben Internet.«

»Sie verzichtet darauf, um dich online nicht zu stalken. Oder Anrufe zu bekommen. Cosy mag einen klaren Schnitt.«

»Bei welcher Kreuzfahrtlinie ist sie? Hast du irgendeinen Kontakt? Weißt du, in welchen Häfen sie anlegen?«

»Wieso? Willst du vielleicht mit einem Helikopter aufs Meer rausfliegen und mit dem Fallschirm auf das Schiff abspringen?«

»Falls ich sie im Hafen nicht finde, ist das eine Option.«

»Muss schön sein, Geld zu haben.« Sie dreht sich um und geht den Flur entlang. »Komm rein, sie hat mir einen Reiseplan dagelassen, damit wir unsere Telefonate koordinieren können.«

Ich folge ihr in die Wohnung. Es riecht intensiv nach Zimt und Nelken. Nach dem Zustand des Wohnzimmers zu urteilen, legt Nev keinen großen Wert auf einen ordentlichen Haushalt. Geschirr stapelt sich überall, und die Beistelltische sind mit halbleeren Kaffeetassen vollgestellt. Ein paar sehen aus wie Experimente in Petrischalen.

Sie wühlt in einem Stoß von Papieren auf dem Tresen. »Hier ist er!« Sie blickt auf das Blatt und dann auf den Kalender an der Wand. »Hier steht, in zwei Tagen sind sie in Nassau.«

»Darf ich den abfotografieren?«

»Ich muss dich vorher etwas fragen.«

»Klar. Was du willst.« Hauptsache ich bin bald bei Cosy.

»Was passiert, wenn sie dich trotzdem nicht zurückhaben will?«

Ich hole einmal tief Luft und reibe mir die Brust. »Dann werde ich aus ihrem Leben verschwinden. Ich werde es nicht weiter versuchen, wenn es sinnlos ist, aber das glaube ich nicht, und ich werde alles tun, um sie davon zu überzeugen, dass wir der Sache eine Chance geben sollten.«

»Gute Antwort.«

»Sehr schön. Kann ich das jetzt haben?«

»Eine Frage noch.«

»Nur raus damit.« Es ist klar, dass Cosy und Nev verwandt sind.

»Dieses ganze Drama mit der schwangeren Ex-Verlobten hat sich also erledigt? Und deine Familie hat keine Mafiaverbindungen? Du bist noch nie wegen eines abscheulichen Verbrechens verurteilt worden?«

»Keine Mafiaverbindungen. Einmal bin ich an der Uni zusammen mit meinem Cousin verhaftet worden, weil ich gegen Tierversuche protestiert habe, aber ansonsten ist mein Führungszeugnis sauber und das Schwangerendrama vorbei. Jedenfalls für mich.«

»Ich weiß nicht so recht. Sie wird bestimmt stinkwütend auf mich sein. Was, wenn du es noch mehr versaust? Dann muss ich die Scherben aufsammeln.«

Ich ziehe mein Portemonnaie aus der Gesäßtasche und sichte die Geldscheine. Es sind mehrere hundert Dollar.

»Willst du mich bestechen?« Nev klingt ein wenig empört, aber sie schielt auch auf das Geld.

»Wenn es funktioniert, ja.«

»Wie viel hast du?«

»Ungefähr zwei Riesen.«

Sie streckt die Hand aus.

»Deins gegen meins?« Ich ziehe eine Braue hoch.

»Einverstanden.«

Ich reiche ihr das Geld und sie mir den Reiseplan. Ich mache ein paar Fotos, während sie das Geld zählt. »Danke.«

»Kein Problem. Ich hätte ihn dir auch ohne das Schmiergeld gegeben, aber ein bisschen Extracash kann ich gut gebrauchen, danke.« Sie faltet die Scheine zusammen und steckt sie in ihre Bluse. »Ich tue das nicht nur für mich, sondern auch für meine Schwester. Nach ihrer Spotify-Liste zu urteilen, ging's ihr echt mies, bevor sie los ist.«

»Ich hoffe, ich kann das bald in Ordnung bringen.« Ich gehe durch den Flur zurück zur Haustür und unterdrücke das Bedürfnis, einen Blick in Cosys Zimmer oder das Badezimmer zu werfen, um ihren Geruch einzufangen. Das hätte was von Serienmörder, und Nev könnte das nicht gut finden.

Nev folgt mir zur Tür. »Du hast nicht zufällig einen Bruder, der Single ist, oder irgendeinen nahen Verwandten?«

»Der eine Bruder ist verheiratet und der andere verlobt.«

»Das ist wirklich schade. Ach übrigens, wir haben nicht miteinander geschlafen. Ich habe es Cosy schon vor 'ner Weile erzählt, und ich weiß nicht, ob sie die Gelegenheit hatte, es dir zu sagen. Du warst weggetreten, bevor irgendwas passieren konnte.«

»Ich weiß nicht, ob ich mich dafür entschuldigen sollte.«

»Das brauchst du nicht. Ich wusste, dass du stockbesoffen warst, als ich dir zu deinem Auto gefolgt bin. Jedenfalls viel Glück mit meiner Schwester.«

»Danke, Nev.« Ich würde gerne sagen, dass ich mich nach diesen Neuigkeiten besser fühle, aber ich weiß nicht, ob das noch etwas ändert.

Obwohl ich gerade erst in Vegas gelandet bin, buche ich einen Flug nach Nassau und kehre dann ins Hotel zurück, um mein Team zu briefen und ihnen zu sagen, dass ich mich um einen Notfall kümmern muss.

Das Gespräch mit meinem Vater verläuft nicht ganz so reibungslos.

»Wenn du eine Auszeit brauchst, Griffin, dann nimm sie dir. Nach dem, was du durchgemacht hast, ist das völlig verständlich.«

»Ich brauche keine Auszeit, Dad. Ich muss mich nur um etwas kümmern. Es dauert nur ein paar Tage, dann bin ich wieder in Vegas und konzentriere mich auf das Projekt.«

»Ich verstehe ja, dass du ein Privatleben hast, Griffin, deshalb mische ich mich nicht ein und warte ab, bis du mir etwas erzählen willst, aber eine spontane Reise auf die Bahamas für zwei Tage, ohne das näher zu erklären, ist beunruhigend.«

Ich hatte nebenbei erwähnt, dass ich jemanden in Vegas datete, ohne näher darauf einzugehen. Meiner Mutter hatte ich erzählt, dass es zwanglos sei, dass wir ein paarmal aus waren und sie mir gefallen hat. Ich liebe meine Mutter, sie ist eine tolle Frau, aber nachdem Imogen die Verlobung gelöst hatte, hat sie mich mit Vorschlägen für Dates geradezu überschüttet. Also schien es gar nicht so dumm zu sein, ihr zu sagen, dass da mit jemandem etwas lief, aber wenn ich behauptete, das Ganze wäre irgendetwas anderes als zwanglos, bestand die Möglichkeit, dass sie ein Familienessen plante, um sie kennenzulernen.

Also blieb ich vage, und schon die Tatsache, dass ich jemanden traf, schien sie zu beruhigen.

»Ich weiß nicht, ob du im Bilde bist, aber ich habe hier in Vegas jemanden kennengelernt.«

»Deine Mutter hat so was erwähnt.«

»Na ja, wegen Imogen ist das Ganze in die Brüche gegangen.« Ich fahre mir mit der Hand durchs Haar und denke daran, wie anders alles wäre, wenn sie sich nicht wieder in mein Leben gedrängt und es auf den Kopf gestellt hätte. Cosy könnte in New York sein; vielleicht würde sie sogar bei mir wohnen.

»Verstehe. Aber was haben die Bahamas mit der namenlosen Frau zu tun?«

»Ihr Name ist Cosy, und sie macht ein Praktikum auf einem Kreuzfahrtschiff. Ihr nächster Halt ist Nassau.«

»Hast du Cosy gesagt?«

»Ja.«

Mein Vater räuspert sich. »Nun, das ist ein interessanter Name.«

»Sie ist eine interessante Frau.«

»Das muss sie wohl sein, wenn du bereit bist, quer durchs Land zu fliegen, um sie zu sehen.«

»Ich bin in sie verliebt.«

Stille tritt ein. Sekunden vergehen, bevor mein Vater erneut das Wort ergreift. »Ich werde dir eine Frage stellen und ich hoffe, du fühlst dich davon nicht angegriffen, aber was genau ist das für ein Praktikum, das Cosy auf dem Kreuzfahrtschiff macht?«

»Eventmanagement und -planung.«

»Sie ist also keine Stripperin?« Er klingt sowohl erleichtert als auch überrascht.

»Herrgott. Nein, Dad, sie ist keine Stripperin.«

»War sie je eine?«

»Nein.«

»Sind ihre Eltern Hippies?«

»Also wirklich, Dad!«

»Cosy ist kein gewöhnlicher Name, mein Sohn.«

»Das sind Griffin, Bancroft und Lexington auch nicht.«

Ich kann hören, wie er mit dem Stift auf den Tisch klopft. »Das ist wahr. Na schön, dann setz dich mal in Bewegung und hol das Mädchen zurück.«

»Das ist der Plan.«

»Du musst sie natürlich nach New York bringen, damit wir sie kennenlernen können.«

»Wenn ich sie zurückerobern kann, tue ich das, aber du darfst sie nicht fragen, ob ihre Eltern Hippies sind.«

21

ÜBER DIE PLANKE GEHEN

Cosy

Das Letzte, was ich jetzt tun will, ist, an einem Strand in den Tropen herumzulaufen und glückliche Paare zu beobachten. Und zur Information, Kreuzfahrtschiffe sind voll davon. Und voll von allein reisenden, notgeilen Idioten. Die Typen, mit denen ich arbeite, eingeschlossen. Sie sind wie Hunde, die herumschnüffeln, weil sie jemanden bespringen wollen. Und sie riechen Liebeskummer aus einer Meile Entfernung.

Ich bin während des Praktikums öfter angebaggert worden als in meinem ganzen bisherigen Leben. Und das war ziemlich oft. Vor allem da ich in einem Laden für Erwachsenenspielzeug arbeite. Ich vermisse beinahe die Eugenes dieser Welt. So harmlos und berechenbar, das Gegenteil von Arschlöchern mit schwangeren Ex-Verlobten. Nicht dass ich zynisch sein wollte.

Nach einem Monat auf dem Schiff hätte ich einen bedeutungslosen Flirtversuch unternehmen können. Und das habe ich auch. Na ja, nur halbherzig. Einmal. Der Typ sah ein wenig wie Griffin aus, nur nicht so sexy und nicht so muskulös, und attraktiv war er überhaupt nicht. Aber als ich genug Shots getrunken und heftig gezwinkert hatte, sah er ihm irgendwie ähnlich.

Aber er roch falsch und fühlte sich falsch an, und ich habe angefangen zu heulen. Natürlich sind Tränen nicht das beste Aphrodisiakum.

Ich gebe dem Wachmann, der mich ansieht und grinst, meinen Ausweis. Ich streiche mir mit den Händen über mein Shirt, was bedeutet, dass ich dabei auch meine Brüste berühre, aber das hat einen bestimmten Zweck.

Mein Shirt ist schwarz mit einem Schriftzug aus rosa Pailletten, der »Freches Biest« lautet. Heute ist mein freier Tag, und ohne meine Uniform erkennt mich niemand. Der Wachmann gibt mir meine Karte zurück, und ich stecke sie ein.

Earl wartet auf mich. Er ist ein anständiger Kerl, bis auf seinen Namen. Der passt besser zu jemandem, der dreimal so alt ist wie er, Karohemden trägt und die schlechte Angewohnheit besitzt, Zigarren zu rauchen. Aber Earl trägt eine dicke, schwarze Brille und hat null Interesse an mir, weshalb er mein bester Freund auf dem Schiff ist.

Wie ich versucht er, über Liebeskummer hinwegzukommen. Nur dass der bei ihm aus einem sechs Tage dauernden Rendezvous mit einem der reichen Arschlöcher auf dem Schiff resultiert. Aber wegen des Verlusts eines tollen Schwanzes ist er noch immun gegen sexuelle Avancen, was ich nachempfinden kann.

Ich konzentriere mich auf meine Füße, während wir den Landungssteg entlanggehen. Der Geruch von Salzwasser und die frische Luft sind Balsam für mein gebrochenes Herz und meine Seele. Earl hat recht daran getan, mich vom Schiff zu schleifen.

»Oh mein Gott.« Er packt mich theatralisch am Arm und macht vor Verzückung dieses Oh-ich-werde-gleich-ohnmächtig-Hand-an-den-Kopf-Ding. »Schau dir den sexy Kerl auf vier Uhr an. Ich wünschte, er wäre nicht hetero.«

Ich schaue in die Richtung, in die er zeigt, und lande beinahe auf meinem Hintern. »Oh verdammt, nein.« Ich versuche eine Kehrtwendung zu machen und den Landungssteg wieder hinaufzugehen, doch hinter mir sind Leute, und Earl ist bei mir untergehakt. Außerdem kann man nicht denselben Weg benutzen, um wieder auf ein Schiff zu gelangen.

Earl zieht mich weiter, und mein erster Gedanke ist, dass ich, ohne es zu merken, den Verstand verloren habe. Oder jemand hat heute Morgen Halluzinogene in meinen Kaffee gemischt. Ich schwöre bei meiner Beanie-Boos-Sammlung aus meiner Kindheit, dass Griffin am Ende des Landungsstegs steht. Aber das ist nicht möglich. Er ist in New York mit seiner schwangeren Ex-Verlobten, die inzwischen vielleicht wieder seine Verlobte ist. Was bedeutet, dass ich womöglich professionelle Hilfe brauche.

Oder wenigstens ein Beruhigungsmittel.

»Alles in Ordnung?«, fragt Earl.

»Ja. Ich dachte nur, ich hätte meinen Ex gesehen.« Ich schüttle den Kopf und schaue wieder hin, aber Griffin ist verschwunden. Na großartig. Jetzt bilde ich mir schon ein, Leute zu sehen. Wir erreichen das Ende des Landungsstegs und betreten zum ersten Mal seit einer Woche Boden, der nicht unter meinen Füßen wankt. In den letzten beiden Häfen bin ich nicht von Bord gegangen, weshalb Earl heute das Kommando übernommen und mich gezwungen hat, mich wie ein Mensch zu benehmen.

»Cosy!«

Ich sehe mich um, besorgt, dass ich tatsächlich einen Aussetzer habe, weil ich jetzt sogar Dinge hören kann.

»Kennst du den Typen?«, fragt Earl.

»Welchen Typen?« Ich blicke auf und sehe, wie Griffin sich durch die Menge in meine Richtung schiebt. Er ist ungefähr noch fünfzehn Meter entfernt und kommt schnell näher.

»Der, der aussieht wie eine Mischung aus Mobster und Superheld.«

Ich blicke Earl finster an. »Genau das habe ich gedacht, als ich ihn zum ersten Mal gesehen habe.«

»Falls er sein Hemd aufreißt und darunter ein Kostüm aus Elastan zum Vorschein kommt, mache ich Fotos mit ihm.«

»Nein, tust du nicht. Komm schon, ich muss hier weg.« Ich packe Earl am Arm und zerre ihn in die entgegengesetzte Richtung von der Halluzination oder Griffin. Ich habe vor, aufs Schiff zu gelangen und mich in meiner Kabine zu verstecken, oder vielleicht in Earls, bis wir wieder auf See sind. Wenigstens hatte ich fünf Minuten frische Luft und ein wenig Bewegung auf dem Landungssteg.

»Was? Wieso? Wer ist der Typ?« Earl blickt über die Schulter, während ich mich wie ein Wiesel zwischen den Leuten hindurchwinde. Ich bin klein, und Earl ist drahtig, weshalb wir leicht durch die Lücken schlüpfen, anders als Griffin, der sich mit aller Kraft einen Weg bahnen muss.

»Er ist eindeutig ein Stalker.«

»Du hast einen heißen Stalker?«

»Sieht ganz so aus.«

»Cosy, bitte bleib stehen!«, ruft Griffin irgendwo hinter mir. Er klingt näher, also lege ich einen Zahn zu.

»Woher kennst du ihn?«

»Ich habe ihm meine Jungfräulichkeit geschenkt.«

Earl macht große Augen. »Wie lange stalkt er dich bereits?«

»Erst seit ein paar Monaten.«

Earl bleibt wie angewurzelt stehen. Weil wir unterhakt sind, hätte ich mich mit seinem Arm fast ausgeknockt und wäre auf meinem Hintern auf dem Pier gelandet. »Haltet die Discokugel an, du warst bis vor ein paar Monaten noch Jungfrau?«

»Keine voreiligen Schlüsse. Und jetzt komm weiter, ich habe nicht den Wunsch, mit ihm zu sprechen.« Ich schleife ihn durch die Menge.

»Was zum Teufel ist passiert?«

»Das ist eine lange Geschichte, eine schwangere Ex-Verlobte eingeschlossen. Genauere Einzelheiten, wenn wir ihn los sind.«

Wir schlüpfen aus der Menge heraus wie ein glitschiges Neugeborenes. Ich will gerade lossprinten, als mich Griffin am Arm packt, mit einem Satz vor mich springt und die Arme ausbreitet. »Cosy, bitte.«

Er ist nicht einmal außer Atem, während ich keuche wie eine Achtzigjährige mit Atemproblemen. »Was willst du hier? Besser noch, wie hast du mich gefunden, du stalkender Stalker, der stalkt?«, rufe ich und muss husten.

»Gib mir nur zwei Minuten. Bitte.«

»Das letzte Mal, als ich dir zwei Minuten gegeben habe, ist es nicht gut für mich ausgegangen.«

Die Leute, die an uns vorbeigehen, werden langsamer und schauen uns an. Es wäre mir peinlich, wenn ich nicht so wütend wäre und völlig von der Rolle, weil ich eigentlich will, dass er hier ist, was aber einen Haufen Warnlichter angehen lässt und Fragen aufwirft, wie zum Beispiel, ob er mich nicht tatsächlich stalkt. Vielleicht war ja diese Serienmörder-Theorie gar nicht so falsch.

»Ich bin über dich hinweg. Ich habe einen neuen Freund, der mich mit Blicken zum Orgasmus bringt.« Ich schmiege mich an Earl und umklammere seine knochigen Arme.

Ich kann spüren, wie mich Earl wütend anstarrt, als wäre ich verrückt. Was ich vielleicht in diesem Moment auch bin. Griffin blickt mit ungläubig hochgezogenen Brauen von mir zu Earl und wieder zurück. Es wäre vielleicht überzeugender gewesen, wenn Earl kein T-Shirt mit der Aufschrift »Living my best gay life« in Regenbogenfarben über der Brust getragen hätte.

»Ich finde, du solltest ihm zwei Minuten geben«, sagt Earl.

»Nur weil jemand sexy ist, ist er noch lange keine gute Wahl, Earl. Er hat eine Babymama«, erwidere ich.

»Es ist nicht meins«, wirft Griffin ein.

Ich lasse Earls Arm los, um meine Fäuste in die Hüften zu stemmen. »Für wie dumm hältst du mich eigentlich?«

»Imogen hat gelogen. Ich war nicht einmal im Land, als sie geschwängert wurde.«

Ich starre ihn sekundenlang an und suche nach Anzeichen dafür, dass er lügt. Ich erinnere mich nicht mehr, welche Blickrichtung bedeutet, dass jemand lügt. Wie dem auch sei, er sieht echt bekümmert aus, und seine Augen sind traurig und verzweifelt. Es dauert unverhältnismäßig lang, bis ich seine Worte verarbeitet habe. »Woher willst du das wissen?«

»Ich war mit ihr bei einer Ultraschalluntersuchung. Die Assistentin meinte, sie wäre drei Wochen weiter, als sie mir ursprünglich erzählt hat. Und selbst wenn sie sich um eine Woche vertan hätte, wäre ich nicht in den Staaten gewesen.« Sein Ausdruck ist düster vor Zorn und Kränkung.

Was er mir da in aller Öffentlichkeit erzählt, mit Zuschauern, die langsamer gehen, um zu lauschen, trifft mich mitten in mein verwundetes und misshandeltes Herz. »Warte mal, das Miststück hat dich betrogen?«

»Ja.«

»Und dann hat sie versucht, dir das Baby unterzuschieben?«

»Ja.« Er rammt die Hände in seine Hosentaschen.

»Das ist grauenvoll. Es tut mir so leid, dass sie dir das angetan hat. Ich würde ihr in den Hintern treten, wenn sie nicht schwanger wäre.« Ich bin keine große Kämpfernatur, aber ich würde mir die Hand brechen lassen, wenn ich ihr eins auf ihre allzu perfekte Nase geben und ihr ein paar Zähne einschlagen könnte, um Griffin wenigstens eine kleine Genugtuung zu verschaffen, und mir vielleicht auch, nachdem sie die Ursache für das ganze unnötige Drama ist.

Griffin grinst, wird aber gleich wieder ernst »Es tut mir leid, dass sie gelogen und mich betrogen und manipuliert hat, und es tut mir leid um das Kind, aber es tut mir nicht leid, dass es nicht meins ist.«

»Das ist ja so Jerry-Springer. Ihr solltet unbedingt in der Show auftreten. Es heißt, sie zahlen tausend Dollar oder so.« Einen Moment lang hatte ich vergessen, dass Earl noch immer hier ist und uns zuhört.

»Griffin ist Milliardär; das gibt er für eine Flasche Champagner aus.«

Earl schlägt sich auf die Brust, und seine Kinnlade klappt herunter. »Süße, du hast ja die spannenden Sachen einen Monat lang für dich behalten. Ich will Einzelheiten, wenn wir wieder auf dem Schiff sind.«

Ich lege ihm eine Hand auf den Arm, als wollte ich mich entschuldigen, weil er im Moment schließlich mein bester Freund ist. »Ich habe versucht, über ihn hinwegzukommen.«

»Können wir reden, Cosy? Nur wir zwei?« Er schaut Earl nicht böse an. Vermutlich hält er ihn für keine große Bedrohung, weil ich schließlich nicht die passenden Genitalien habe, um ihn zu verführen. Griffin könnte ihn wahrscheinlich mit einem Arm beim Bankdrücken besiegen. Earl ist dreißig Zentimeter größer als ich, und wir wiegen beinahe das Gleiche. Meine Jeans könnte er als Caprihosen tragen.

Earl schaut mich mit diesem Spiel-nicht-verrückt-Blick an. »Wir sprechen uns später. Schick mir 'ne Nachricht, wenn du Hilfe brauchst.« Er wackelt anzüglich mit den Brauen, umarmt mich und küsst mich auf die Wange. Als er an Griffin vorbeigeht, nimmt er ihn noch einmal prüfend in Augenschein. Er richtet zuerst zwei ausgestreckte Finger auf seine Augen und dann auf Griffin, während er stumm artikuliert: *Ich habe ein Auge auf dich*. Dann fügt er hinzu: »Bring mein Mädchen besser nicht zum Weinen.«

Griffin nickt. »Ich gebe mir Mühe.«

Earl dreht sich um, und sobald er an Griffin vorbei ist, drückt er die Hüfte heraus und tut so, als würde er einem imaginären Hintern einen Klaps geben.

»Also.« Ich verschränke die Arme. »Du hast den weiten Weg hierher auf dich genommen, um mir zu erzählen, dass du keine Babymama hast.« Es ist eine Feststellung, denn genau das hat er getan.

»Ich konnte nicht noch zwei Wochen warten, bis du wieder in den Staaten gewesen wärst.«

Ich nicke. Das ist verständlich. Griffin unternimmt gern sofort etwas. Ich habe das erlebt, als er nach dem Missverständnis mit Nev den Tesla gegen den weißen Sportwagen eingetauscht hat. »Und wie genau hast du mich gefunden?«

»Ich habe deine Schwester bestochen.«

Ich rolle mit den Augen. Klar. Nev kann schnellem Geld nicht widerstehen, selbst wenn es bedeutet, an mir Verrat zu begehen. »Wie viel?«

»Zwei Riesen.«

»Wahrscheinlich hätte sie dir die Information auch für hundert gegeben.«

»Wahrscheinlich.«

»Hast du einen Privatjet gechartert, um hierherzukommen?« Das klingt sarkastischer, als es gemeint ist.

»Ich bin Economy geflogen. Und ich hatte zwei Zwischenstopps. Und den Mittelsitz.«

»Wow, das muss echt unbequem für die Leute gewesen sein, sich neben dich zu quetschen.«

»Den Flug hat bestimmt keiner genossen.« Griffin reibt sich

den Nacken und blickt auf seine Schuhe. Sie sind blau. Sie sehen neu und in Kombination mit den Khakishorts und dem Band-Shirt merkwürdig aus. »Können wir irgendwohin gehen und reden? Vielleicht was essen?«

»Ich denke schon.« Ich bin mir nicht sicher, ob ich etwas essen kann, da mein Magen zuckt und krampft, als hätte ich einen sterbenden Fisch darin, aber zumindest kann ich ein Mineralwasser trinken und vielleicht was Alkoholisches.

»Ich kenne einen netten Laden ungefähr zehn Minuten von hier.«

Natürlich kennt er einen Laden. Ich vermute mal, dass es in der westlichen Hemisphäre nur wenige Orte gibt, die er nicht kennt. Restaurants sind nicht besonders privat und oft laut. »Das können wir tun. Oder ich besorge dir einen Passierschein für das Schiff.« Auch wenn etwas Öffentliches vielleicht besser wäre, ist das Schiff sicher und voll mit Leuten, die ich kenne.

»Was dir lieber ist, Cosy.«

Alles fühlt sich seltsam und unnatürlich an, als wir den belebten Pier entlang nebeneinander hergehen, auf die Gangway zu, über die wir aufs Schiff gelangen. Ich weiß nicht, was ich sagen oder wie ich damit umgehen soll, dass Griffin aus heiterem Himmel hier aufgetaucht ist, ganz zu schweigen von seiner verrückten Ex.

Unsere Finger berühren sich, als wir um ein Paar herumgehen, das vor dem Schiff Selfies macht.

»Ich habe dich vermisst«, sagt Griffin auf einmal.

Ich blicke zu ihm hinüber und betrachte sein wahnsinnig attraktives Gesicht. Er ist so ernst und sieht noch immer so traurig aus. »Ich dich auch. Der letzte Monat war wirklich fürchterlich. Ich habe stundenlang versucht, wütend zu sein, und dann geweint, weil ich alles gern anders gehabt hätte.«

»Glaub mir, ich wollte auch, dass es anders gewesen wäre, aber ich hab's versucht, weil du mich darum gebeten hast und recht damit hattest.« Als sich unsere Finger diesmal berühren, war das von Griffin beabsichtigt. Er bleibt stehen und nimmt – zögernd – meine Hand. Überall sind Leute und Tauben, die uns vor die Füße scheißen, aber wir könnten genauso gut allein sein, so hat sich das gesamte Universum auf ihn reduziert. »Ich wünschte, ich hätte uns vor diesem Schmerz bewahren können.«

»Mein Herz ist noch immer ganz wund.«

»Frag mich mal.«

Ich muss lächeln, weil ihm so etwas über seine meist höchst kultivierten Milliardärslippen kommt. Wir blicken uns sekundenlang an. Ich möchte vor diesem Gefühl davonlaufen. Ich möchte den Panzer wieder über mein Herz stülpen, um es zu schützen, falls er noch mehr solcher bösen Überraschungen auf Lager hat.

»Kann ich …«

»Ist das …«

Wir halten beide inne. Griffin tritt so dicht vor mich hin, dass seine blauen Schuhe den Rand meiner Flip-Flops berühren. Wirklich blöde Schuhe, um damit herumzuspazieren.

»Griffin.« Es soll eine Warnung sein. Ich will, dass er mich küsst, und will es gleichzeitig nicht.

Ich versuche noch immer, Luft zu schöpfen und die Neuigkeit zu verdauen. Dass er nicht für den Rest seines Lebens an jemand anders gebunden ist. Dass sie sein Vertrauen auf so schreckliche, egoistische Weise missbraucht hat. Dass er angeblich Vater werden sollte und jetzt doch nicht. Ich habe überhaupt keine Vorstellung von dem emotionalen Schleudertrauma, das so etwas verursacht. Ich bin völlig gerädert, obwohl ich nicht einmal direkt davon betroffen bin.

Er ignoriert die Warnung in meinen Augen, dass das alles zu viel und zu schnell für mich ist. Aber er küsst mich auch nicht, was sowohl eine Erleichterung als auch eine Enttäuschung ist.

Stattdessen schlingt er seine Arme um mich und zieht mich an sich. Und ich schmelze wie Eiscreme in der Sonne. Der Schmerz in meiner Brust lässt zum ersten Mal nach, seit er vor Wochen meine Wohnung, und mein Leben, verlassen hat.

Es ist erschreckend, wie leicht man Trost bei einem anderen Menschen findet. Es macht mir schmerzhaft bewusst, wie verwundbar ich bin, und wie viel Macht er hat. Ich hoffe, er hat nicht vor, diese zu seinem Vorteil zu nutzen. Aber als mich diese Erkenntnis trifft, wird mir klar, dass es ihm vielleicht genauso ergeht. Wieso sonst hätte er den ganzen Weg hierher fliegen sollen – Economy, mit zwei Zwischenstopps und einem Mittelsitz, der bekanntermaßen der schlechteste Platz ist –, um mir zu sagen, dass er nicht Vater wird.

»Ich habe dich so sehr vermisst«, murmelt er in mein Haar.

Die Chancen stehen gut, dass er welche isst, so tief gräbt er sich hinein. Seine Umarmung wird immer fester, als würde er versuchen, mich zu absorbieren. Fast fühlt es sich an, als könnte ihm das gelingen.

»Ich hab dich auch vermisst.« Die restliche Welt ist nur noch ein Hintergrundsummen, während ich mich in seine Arme sinken lasse und so mein wundes Herz heile. Ich hoffe, er verletzt es nicht noch einmal, weil ich mir nicht sicher bin, ob es noch einen Schlag von diesem Mann überleben wird.

Schließlich lässt er mich los und streift dabei mit den Lippen meine Wange. Sein kleiner Finger bleibt mit meinem verhakt, während ich ihn den Landungssteg hinaufführe – irgendwie symbolisch, dass der Steg nicht in ein unendliches, dunkles Meer führt.

Es sollte mich eigentlich nicht überraschen, als sich herausstellt, dass Griffin den Kapitän, die Offiziere und sogar den Kerl an der Sicherheitsschleuse kennt. Es ist wirklich ein Glück, dass er nicht wusste, wo ich bin, bis mich meine Schwester verraten hat, sonst wäre er noch wie ein echter Stalker mit der Yacht rausgefahren.

Sobald er seinen Ausweis hat, will ich ihn in das Schiffsinnere mitnehmen – das gar nicht so schlecht ist –, aber bestimmt reist Griffin sonst erster Klasse. Ich bin schon froh, dass ich eine außenliegende Kabine mit Blick aufs Meer habe, aber etwas Schickeres gibt es für Praktikanten nicht. Ich habe ein Sixpack von dem Wine-Cooler-Mädchenkram da, aber nichts von dem, was Griffin trinken würde. »Wir können uns was zu trinken holen und in den Aufenthaltsraum der Angestellten auf dem Oberdeck gehen, wenn du willst?«, schlage ich vor.

»Natürlich. Das klingt gut.«

Es ist ein strahlender Tag. Auf dem Schiff ist es ruhig, und ich bin völlig aufgedreht, weil Griffin hier ist. Wir finden eine intime Ecke und setzen uns mit unseren Drinks. Ich hatte einen Sex on the Beach in Erwägung gezogen, aber befunden, dass der ein falsches Signal aussendet, weshalb ich mich für eine Margarita entschieden habe, allerdings mit doppelter Menge Tequila.

»Na schön. Du bist hier.« Was lächerlich offensichtlich ist.

Ein schwaches Grinsen erscheint auf seinen dummerweise umwerfenden vollen Lippen. »Das bin ich.«

Ich starre auf meinen Drink. »Für wie lange?«

»Ich fliege am späten Abend wieder zurück. Ich habe morgen früh Meetings in Vegas, die ich nicht verpassen darf, sonst würde ich länger bleiben.«

»Aha. Du bist also wieder in Vegas?« Noch so eine idiotische Frage von Captain Obvious.

»Ungefähr eine Woche, um Details des Hotelprojekts auszuarbeiten. Für die Renovierungsplanung muss ich wieder nach New York. Danach bin ich wahrscheinlich noch einmal eine Weile in Vegas.«

»Wie lange ist eine Weile?«

»Kommt darauf an, wie es mit dem Projekt vorangeht, aber ein paar Monate wahrscheinlich schon.«

»Und danach?«

»Das weiß ich noch nicht. Das kommt darauf an.«

»Worauf?« Mein Magen macht wieder diese komischen Sachen wie am ersten Tag auf dem Schiff. Es war wie Kajakfahren in drei Meter hohen Wellen.

Griffin rollt sein Glas mit dem teuren Scotch zwischen den Handflächen hin und her und blickt mich unter seinen mädchenhaft langen Wimpern hervor an. »Auf dich, hauptsächlich.«

Mein Herz hüpft wie ein Stein, der übers Wasser geschleudert wird. »Erklär mir das, bitte.«

»Jetzt, wo Imogen keine Rolle mehr spielt und meine Situation nicht mehr so kompliziert ist, frage ich mich, ob du bereit bist, mir noch eine Chance zu geben.« Er zeigt zwischen uns hin und her. »Uns noch eine Chance zu geben.«

Ich sollte eigentlich nicht überrascht sein, das zu hören. Ich sehe keinen anderen Grund, weshalb er den ganzen Weg hierher geflogen ist, als dass er wieder mit mir zusammen sein will, aber es ist noch immer überwältigend, die Worte aus seinem Mund zu hören. »Hast du zufällig noch andere Ex-Verlobte, über die ich mir Sorgen machen müsste?«

»Nur die eine, und sie wird kein Problem mehr sein.« Griffin nimmt einen kräftigen Schluck von seinem Scotch.

»Woher willst du das so genau wissen?«

»Weil ich Imogens Mutter gesagt habe, dass ich ihr ein Kontaktverbot aufbrummen werde, falls sie mich erneut zu kontaktieren versucht.«

»Wieso ihrer Mutter?«

»Weil sie vernünftig ist.«

Das wirft eine ganze Reihe von Fragen auf. »Okay.« Ich reibe mir die Schläfe. »Ich möchte gern wissen, wie du an eine Fremdgängerin geraten bist, die dir ein Baby unterzuschieben versucht hat und deren Eltern man einschalten muss, damit sie dich in Ruhe lässt? Muss ich mir vielleicht Sorgen machen, dass ich es mit so einem irren Kram wie *Weiblich, ledig, jung sucht* … zu tun bekomme?«

»Imogen war … ist süchtig nach Aufmerksamkeit und neigt zu Überreaktionen.«

»Sie ist also eine Dramaqueen.«

»Das bringt es auf den Punkt.«

Ich ziehe die Knie hoch und schiebe die Füße unter meinen Po. »Du wirkst nicht wie der Typ, der sich gern auf Dramaqueens einlässt.«

»Im Allgemeinen nicht. Imogen war nicht so, als wir uns kennengelernt haben. Jedenfalls nicht am Anfang. Sie schien eine passende Partnerin zu sein. Wir hatten die gleichen Ziele im Leben, ein paar gemeinsame Freunde, meine Eltern mochten ihre Eltern.«

»Also war es irgendwie zweckmäßig, zusammen zu sein.«

»In gewisser Hinsicht schon. Der Beziehung mangelte es zwar an Leidenschaft, aber eine Zeit lang hat es funktioniert, wahrscheinlich weil ich so oft außer Landes war.«

Ich kann verstehen, wenn zwei Leute sich im Gewohnten einrichten und die Liebe erlöschen lassen oder Mauern errichten, um Liebeskummer zu vermeiden. Ich habe es getan. Meine Schwester tut es mit jedem Typen, mit dem sie ausgeht.

Aber bei Griffin kann ich auch die andere Seite sehen – wie man zusammenwächst, wie Lust zu einer seelenverbindenden Liebe wird, die die Kraft hat, ein Herz zu zerstören, wenn man sie verliert.

»Emotional so involviert zu sein, ist mir ziemlich fremd, und der letzte Monat hat mir wirklich bewusst gemacht, dass eine Trennung ziemlich weit unten auf meiner To-do-Liste steht.«

»Ich werde dir nicht mehr wehtun, Cosy. Ich …«

Ich hebe eine Hand, bevor er den Satz beenden kann. »Versprich mir nichts, Griffin. Du kannst das nicht garantieren, aber ich hätte gerne, dass mein Herz von jetzt an so heil wie möglich bleibt.« Ich schwafle dummes Zeug, aber es waren Wochen voller Traurigkeit und Verwirrung, weshalb ich das unbedingt loswerden muss.

»Vielleicht war mir das« – er zeigt zwischen uns hin und her – »am Anfang nicht ernst, doch das änderte sich, je mehr Zeit ich mit dir verbrachte. Du bist keine Lückenbüßerin und keine Affäre; du bist genau, was ich will, und ich werde alles tun, damit du weiterhin Teil meines Lebens bist. Wir können es langsam angehen lassen, wenn du das möchtest.«

Das ist es, was ich hören will und muss, aber in dieser Beziehung zählen nicht nur wir beide. »Was, wenn ich nicht in dein Leben außerhalb von Vegas passe?«

»Das tust du bereits.«

»Bestimmt willst du mich irgendwann deiner Familie vorstellen, stimmt's?« Ich bin völlig durcheinander, aber ich habe auch nicht erwartet, dass Griffin heute hier auftaucht, weshalb sämtliche Überlegungen einfach aus meinem Mund sprudeln.

»Ja … schon. Irgendwann.«

»Was, wenn sie mich nicht mögen?«

»Sie werden dich lieben.« Er sagt das, als wäre er sich dessen hundertprozentig sicher.

»Sie haben Imogen auch geliebt, und sie scheint ein wenig durchgeknallt zu sein.« Ich denke, das ist ein berechtigter Einwand.

»Sie mochten Imogen, weil sie glaubten, sie würde mich glücklich machen.«

»Sie hat auch besser in dein Leben gepasst, als ich es tue.«

Griffin runzelt die Stirn, was ihn wahnsinnig sexy aussehen lässt. »Meinst du den finanziellen Status ihrer Familie?«

»In gewisser Weise. Ich meine, es gibt einen deutlichen Unterschied zwischen ihr und mir. Sie ist elegant, und ich bin … ich.« Ich zeige auf meine Kleidung, die aus Shorts und einem Shirt mit knallrosa Pailletten besteht. »Ich werde mich nicht ändern, um in deine Welt zu passen.«

»Das erwarte ich auch nicht.« Er stellt seinen Drink ab und schiebt seinen Sessel näher an meinen heran, bis seine Knie meine berühren und die Härchen meine Haut kitzeln. »Ich will dich genau so, wie du bist.«

»Nur so bekommst du mich auch.«

Er nimmt meine Hand und spielt mit meinen Fingern. Er linst zu mir hoch und sieht auf einmal viel jünger aus, als er ist. »Dann gibst du mir noch eine Chance?«

»Das würde ich gern.«

»Aber?« Er legt seine Finger um meine.

»Eine Fernbeziehung ist nicht einfach, und nach dem, was mit Imogen passiert ist, könntest du vielleicht ein paar Probleme mit dem Vertrauen in das hier haben.«

»Ich tue mein Bestes, damit das nicht hineinspielt, aber ich brauche vielleicht eine gewisse Extrabestätigung, dass wir zusammen sind und du versuchen willst, mit mir und meinen Altlasten zurechtzukommen.«

Ich drücke seine Hand. »Ich brauche Zeit, um das alles zu verdauen.«

Er macht ein enttäuschtes Gesicht.

»Das soll nicht Nein heißen. Es ist nur … eine Menge zu verdauen. Ich habe den letzten Monat versucht, über dich hinwegzukommen, und jetzt sagst du mir, dass uns nichts mehr im Weg steht. Nur dass du von jemanden übel gelinkt worden bist, und auch wenn das nicht unbedingt dagegenspricht, frage ich mich doch, ob du mich vielleicht auch zurückhaben willst, um über das hinwegzukommen, was Imogen dir angetan hat.«

»Das ist nicht der Grund, weshalb ich hier bin.«

»Ich will dir glauben, Griffin, wirklich, aber ich brauche Zeit zum Nachdenken, bevor ich mich wieder Hals über Kopf in die Sache mit dir stürze. Mein Herz fängt gerade an zu heilen. Ich will nicht, dass es noch einmal zertrampelt wird.«

»Aber ich werde nicht …«

»Nicht absichtlich, nein. Gib mir ein wenig Zeit, meine Gefühle zu sortieren.«

Er atmet stockend aus. »Wie viel Zeit?«

»Ich bin noch zwei Wochen auf dem Schiff.«

Er sieht aus, als wollte er verhandeln, aber stattdessen stößt er einen Seufzer aus. »Ihr legt in New York an, richtig?«

»Ja. Ich kann dir sagen, wann ich im Hafen bin.«

»Okay. Ich komme klar damit. Nicht dass ich eine Wahl hätte.« Er hebt meine Hand an seine Lippen und küsst nacheinander meine Fingerknöchel.

Trotz der Versuchung, ihn auf mein Zimmer mitzunehmen und wie einen Rodeobullen zu reiten, ist mir klar, dass das keine gute Idee ist. Ich muss einen kühlen Kopf bewahren, und mit Griffin ins Bett zu gehen, bevor ich mich entschieden habe, ist nicht klug. Drei Stunden, eine Kleinigkeit zu essen und eine zweite Margarita später bringe ich ihn zurück zum Landungssteg, um mich zu verabschieden.

Er umarmt mich fest, und ich möchte mit jeder Faser, dass er auf dem Schiff bleibt, aber mir ist auch bewusst, dass ich Abstand und einen klaren Blick brauche. Und er wahrscheinlich auch.

Er lehnt sich weit genug zurück, um mich ansehen zu können, ohne zu schielen. Er umfasst meine Wangen mit den Händen, sein Blick ist sanft und traurig. »Wir sprechen in zwei Wochen?«

»Ja.«

»Ich werde dich bis dahin vermissen.«

»Ich dich auch.«

Seine Finger gleiten an meinem Kinn entlang, als er langsam einen Schritt zurücktritt. Mir wird klar, dass er nichts unternehmen wird, meine Grenzen respektiert und das alles. Also lege ich ihm eine Hand in den Nacken und den Kopf zurück und ziehe seinen Mund auf meinen.

Er zögert einen Moment, bevor er seine Lippen teilt und seine Zunge meine berührt. Es dauert nur zwei Sekunden, bis wir uns fest umarmen und versuchen einander zu verschlingen. Griffin stöhnt in meinen Mund, und ich gebe ein ähnliches Geräusch von mir. Er legt eine gespreizte Hand auf mein Steißbein und zieht mich fester an sich.

Oh ja, es war wirklich eine gute Idee, ihn nicht mit in meine Kabine zu nehmen, weil wir nämlich sonst irgendwann nackt gewesen wären.

Jemand räuspert sich und jemand anders hüstelt, um mich daran zu erinnern, dass wir Publikum haben. Ich bin es, die den Kuss unterbricht und sich losmacht. »Entschuldigung.«

»Entschuldige dich nicht.« Er hält mich noch immer an der Hüfte fest und streichelt mit dem Daumen über den schmalen Streifen nackter Haut. »Das wollte ich die letzten vier Stunden tun.«

»Das sendet aber widersprüchliche Signale.« Außerdem ist es nicht sehr professionell, wenn ich vor Leuten, mit denen ich arbeite, und den Gästen auf dem Schiff herumknutsche. Hoffentlich hat keiner meiner Chefs das mitgekriegt.

»Widersprüchliche Signale sind okay.«

Ich senke den Kopf, stoße damit gegen seine Brust und atme leise lachend seinen Geruch ein. »Ich will das mit dir, aber ich habe Angst.«

»Ich weiß. Deshalb bin ich ja mit den widersprüchlichen Signalen einverstanden. Es gefällt mir, dass du nicht gleich wieder mit beiden Füßen reinspringst; es verrät mir, dass du es nicht auf die leichte Schulter nimmst.«

Ein warnendes Tuten setzt uns darüber in Kenntnis, dass wir den Hafen demnächst verlassen werden. »Du musst gehen.«

»Ich höre also von dir, wenn du in New York ankommst?«

»Ja.«

»Nur zur Warnung: Bis dahin bekommst du wahrscheinlich eine Million Textnachrichten.«

»Ich hoffe, sie sind unvollständig, damit sie keinen Sinn ergeben.«

Er senkt den Kopf, um mich erneut zu küssen, und verschwindet dann über den Steg.

Mein Herz tut bereits weh, weil er nicht mehr da ist, und ich mache mir Sorgen, dass alles, was ich tue, nur dazu führt, dass es mir am Ende noch einmal gebrochen wird.

22

HAFENVERSPRECHEN

Griffin

Während der vergangenen beiden Wochen habe ich den nötigen Papierkram erledigt, um das Hotel in Vegas zu erwerben, und wir erstellen gerade einen Zeitplan für die Renovierung. Ich habe außerdem mit meinem Vater vereinbart, dass ich zwischen der Fertigstellung des Projekts in Vegas und meinem nächsten Abenteuer, das mich nach Costa Rica führen wird, ein paar Monate in New York bleiben kann. Ich habe Pläne für mich und Cosy gemacht, falls das mit uns funktioniert, und ich brauche Zeit, sie umzusetzen, ohne die Dinge – noch einmal – an die Wand zu fahren.

Cosy kommt heute in New York an. Ich habe mir zwei Tage freigenommen. Die Zeit brauche ich, egal wie ihre Entscheidung ausfällt. Hoffentlich will sie das Gleiche wie ich.

Anstatt auf Cosys Anruf zu warten, mache ich mich eine Stunde, bevor sie von Bord geht, auf den Weg zum Pier. Das Schiff hat bereits angelegt, also halte ich mich ganz in der Nähe des Landungsstegs auf.

Mein Telefon klingelt in dem Moment, in dem sie das Schiff verlässt, Handy am Ohr und ihren Freund Earl an ihrer Seite.

Ich gehe dran, bevor das erste Klingeln verstummt ist. »Hi.«

»Hey.« Sie beißt sich auf die Lippe und lächelt, was von Earl kommentiert wird, woraufhin sie ihn in die Rippen stößt.

»Du bist in New York.«

»Das bin ich.« Sie wickelt sich eine Haarsträhne um den Finger und kommt mit jedem Schritt näher.

»Darf ich dich sehen?«

»Klar. Aber ich habe heute Abend um sechs einen Rückflug nach Vegas.«

»Ich sorge dafür, dass du rechtzeitig zum Flughafen kommst.« Ich kenne ihre Flugdaten bereits. Ich habe ebenfalls eingecheckt, über Nev, falls sie tatsächlich gleich zurück muss. Ansonsten kann sie ein paar Tage hier verbringen. Ich muss jedoch zuerst herausfinden, wo wir stehen, bevor ich ihr vorschlage, ihren Aufenthalt hier zu verlängern.

Sie erreicht das Ende des Landungsstegs, sieht Earl mit hochgezogener Braue an und gibt ihm ein Daumen-nach-oben-Zeichen. »Okay. Wo soll ich dich treffen?« Sie rollt mit den Augen, als Earl eine Geste macht, die ich nicht sehen, aber erraten kann.

»Unter dem Schild von Parkfläche B.«

Sie sucht den Pier ab, bleibt mit dem Blick an dem Schild hängen und richtet ihn anschließend auf die Stelle, wo ich stehe. »Dein Stalker-Status ist auf Rekordniveau, Mr Mills.«

»Das nennt man pünktlich und hoffnungsvoll, Miss Felton.«

»Du solltest dich von deiner Rolle als Erbe eines Hotelimperiums verabschieden und stattdessen professioneller Stalker werden.«

»Du solltest deiner Schwester sagen, dass sie nicht auf Hotelerben hören oder ihr Geld im Tausch gegen Informationen nehmen soll.«

Sie beendet den Anruf und umarmt Earl, der hinter ihr steht und mir zuwinkt und dann wieder das Zeichen für *Ich habe ein Auge auf dich* macht.

Ich bleibe, wo ich bin, denn ich weiß, dass ich sie zu mir

kommen lassen muss, so gern ich ihr auch entgegengegangen wäre. Earl verschwindet in der Menge. Er hätte auch vom Pier springen können, ohne dass ich es gemerkt hätte, denn mein Blick ist ausschließlich auf Cosy geheftet, während sie sich zwischen Familien hindurchschlängelt, die ihr Gepäck in Richtung Parkplatz rollen. Sie hat lediglich einen übergroßen Reiserucksack. Sie trägt ein paar zerrissene Jeans, die sich an ihre schlanken Beine schmiegen, und einen Hoodie mit einem Cartoon von Schinken und Eier, die Händchen halten.

Als sie bei mir ankommt, nimmt sie den Rucksack herunter und lässt ihn auf meinen Fuß fallen. Er ist verdammt schwer, aber ich verziehe keine Miene. »Hi.«

»Wie viel hast du meiner Schwester diesmal bezahlt?«

»Die Auskunft übers Ausschiffen war im ursprünglichen Bestechungsgeld enthalten.«

Cosy rollt mit den Augen. »Sie ist eine solche Amateurin. Ist ihr nicht klar, wie viel sie dir hätte abpressen können, wenn sie die Informationen nur sparsam erteilt hätte? Sie hätte sich davon ein brandneues Auto kaufen können.«

Ich erwähne nicht, dass ich ihrer Schwester zwei weitere Riesen überwiesen habe, um herauszufinden, wann ihr Flug heute Abend geht und wann sie spätestens wieder zu Hause sein muss. Oder dass ich ihr ein First-Class-Ticket auf den letzten verfügbaren Flug gebucht habe, um diese spezielle Deadline einzuhalten. »Hoffentlich gibt sie das Geld für etwas Sinnvolles aus.«

»Das ist höchst unwahrscheinlich.« Sie tritt so dicht vor mich hin, dass sie mich beinahe mit ihrer Brust berührt. »Du bist hier.«

»Deinetwegen, ja.« Ich schlinge einen Arm um ihre Taille, aber ich ziehe sie nicht näher an mich.

»Ich war noch nie in New York.«

»Was möchtest du am liebsten sehen?« Natürlich ist der erste und einzige Ort, wo ich sie hinbringen möchte, mein Penthouse, aber weil es hier nicht um mich geht, werde ich mich zurückhalten.

»Für den Anfang die Freiheitsstatue, das Empire State Building, ein Stück auf dem Broadway.« Sie lässt ihre Hände an meiner Brust hinaufgleiten und verschränkt ihre Finger in meinem Nacken. »Aber am meisten will ich dich sehen.«

Der Lärm der Menschen um uns herum wird zu einem leisen Summen, als sie den Kopf zurücklegt und an meinem Hals zieht. Ich beuge mich zu ihr hinunter und ziehe sie fester an mich, als sich unsere Lippen begegnen und der Rest der Welt aufhört zu existieren. Ich ziehe ihre Kapuze über ihr Gesicht und einen Teil von meinem, bevor wir dastehen und uns viel länger in aller Öffentlichkeit küssen, als es gesellschaftlich akzeptabel ist. Als wir unsere Lippen voneinander lösen, hat sich der Menschenstrom deutlich reduziert.

Ich verschränke meine Finger mit ihren. »Komm, besorgen wir dir etwas zu essen. Ich wette, du hast genug von dem Schiffsfraß.«

»Ich hatte in sechs Wochen keinen einzigen Diner-Burger. Zeig mir, dass du ein Mädchen abschleppen kannst.«

Der erste Ort, an den ich sie bringe, ist einer der besten, klassischsten Diner-Schuppen, die ich kenne. Obwohl Frühstückszeit ist, machen sie eine Ausnahme, und Cosy bestellt sich einen Burger und Zwiebelringe, verzichtet aber auf die rohen Zwiebeln auf dem Burger, was irgendwie ein gutes Zeichen ist. Danach bringe ich sie zum Empire State Building, und anschließend besuchen wir die Freiheitsstatue. Als wir damit fertig sind, ist es bereits zwei Uhr.

Sie setzt sich auf den Rücksitz des wartenden Wagens. »Was jetzt?«, frage ich, als ich neben ihr auf den Sitz gleite.

»Wir haben nicht mehr viel Zeit für etwas anderes.«

»Nicht, wenn du vorhast, um sechs zu fliegen, nein.« Ich drücke auf den Knopf für die Trennscheibe, und der Fahrer schaut kurz in den Rückspiegel, bevor er den Blick wieder auf die Windschutzscheibe richtet. Sobald sie geschlossen ist, drehe ich mich zu Cosy. Noch bevor ich ein Wort sagen kann, hat sie ihren Mund bereits auf meinen gepresst.

Ich gebe mich dem Kuss ganz hin, doch als sich ihre Hände an meinem Gürtel zu schaffen machen, halte ich sie fest und ziehe sie weg.

Cosy runzelt die Stirn und reißt die Augen auf. »Er kann uns weder hören noch sehen, oder?«

»Nein, aber ich habe einen Vorschlag.«

»Wenn es nicht um Autosex geht, bevor ich nach Vegas aufbreche, will ich es nicht hören.«

»Was, wenn mein Vorschlag lautet, dass wir bequemen Sex haben, und zwar nicht in einem Auto und mehr als einmal.«

Das erregt ihre Aufmerksamkeit. »Red weiter.«

»Du musst erst am Montag wieder in Vegas sein. Du könntest ein paar Tage in New York bleiben; wir könnten mehr Zeit miteinander verbringen.«

»Aber mein Flugticket ist bereits bezahlt.«

Ich zeige auf meine Brust. »Milliardärserbe, du erinnerst dich? Ich kann dir ein neues kaufen. Ich kann dir sogar deinen eigenen Jet kaufen, aber ich glaube nicht, dass dir das gefallen würde, also entscheidest du dich stattdessen für ein Flugticket und ein paar Tage in New York?«

Sie kaut noch immer auf ihrer Lippe. »Wo werde ich wohnen?«

»Bei mir, wenn du willst, und wenn du dich damit nicht wohlfühlst, kann ich dich in einer Privatsuite in meinem Gebäude unterbringen. Oder in einem Hotel in der Nähe. Was immer du willst, Cosy. Ich will nur mehr Zeit mit dir haben, angezogen und nackt. Ich würde dich auch gerne in ein Theaterstück am Broadway mitnehmen, aber unsere Zeit ist etwas begrenzt.«

»Du musst mir keine Suite mieten.«

»New York ist irrsinnig teuer. Du wirst die Rechnung nicht selbst übernehmen.«

Sie zieht eine Braue hoch. »Hostels sind billig.«

»Nur über meine Leiche.« Das klingt viel aggressiver, als es beabsichtigt war.

»Glaubst du etwa, ich habe auf meinen Reisen durch die Vereinigten Staaten in Penthouse-Suiten übernachtet?«

»Du hast mir erzählt, du hättest im Wagen geschlafen, mit Pfefferspray.«

»Ein paarmal. Oder im Zelt, wenn es einen Campingplatz gab, und wenn ich eine rauschende Nacht haben wollte, habe ich mir ein Hostel gegönnt.« Ihre Stimme klingt herausfordernd.

Der Gedanke an eine zwanzigjährige Cosy, die in ihren kurzen Shorts in ein Hostel eincheckt, macht mich beinahe gemeingefährlich. Doch diese Art von Reaktion kommt nicht überall gut an, weshalb ich meinen Einspruch ein wenig abschwäche.

»Ich verstehe, wenn es dir zu früh und zu viel ist, bei mir zu wohnen, aber ich hätte dich wenigstens gerne in der Nähe, im selben Gebäude, wenn das möglich ist. Falls du bleiben willst.«

»Ich bleibe.«

»Dann besorge ich dir ein Zimmer.« Ich nehme langsam mein Telefon heraus in der Hoffnung, dass sie mich davon abhält zu telefonieren.

Sie legt ihre Hand auf meine. »Bei dir, meine ich. Ich wohne bei dir. Es wäre Geldverschwendung, mir ein Zimmer zu besorgen, wenn du mich sowieso davon überzeugen wirst, bei dir zu übernachten.«

Ich gebe dem Fahrer ein Zeichen, uns nach Hause zu bringen. Als wir vor meinem Wohngebäude vorfahren, muss ich etwas Ordnung in meiner Hose schaffen, damit niemand etwas bemerkt. Cosy fand, dass Knutschen während der Fahrt der beste Zeitvertreib wäre. Ich habe langsam genug von dem ewigen Vorspiel.

Sobald sich die Aufzugtüren schließen, stürze ich mich auf sie.

»Warte, gibt es hier keine Kameras?«, fragt Cosy, als ich sie gegen das Spiegelglas dränge.

Ich küsse mich ihren Hals hinauf. Ich habe sie wahnsinnig vermisst. »Das Gebäude gehört meiner Familie. Ich sorge dafür, dass die Aufnahme gelöscht wird.«

Sie stößt mich gegen die Brust, fest genug, dass ich zurückweiche. »Du nimmst dir so viele Dinge heraus, das ist wahnsinnig.« Zum Glück scheint sie das eher zu amüsieren als zu ärgern.

Wahrscheinlich hat sie recht. Ich bin es wirklich gewohnt, zu bekommen, was ich will, außer bei ihr. Es wäre mir nie in den Sinn gekommen, dass es völlig unangemessen ist, die Jungs vom Wachschutz darum zu bitten, die Aufnahme zu löschen. Aber vor allem hätte ich daran denken sollen, dass es Cosy zum Objekt macht, mit ihr in einem Aufzug herumzuknutschen, also lasse ich sie los und benehme mich während der restlichen Fahrt anständig.

Ich gehe davon aus, dass wir weiterknutschen, sobald wir in meinem Penthouse sind, aber das ist nicht ganz das, was passiert.

Cosy lässt ihren Rucksack zu Boden gleiten und dreht sich langsam einmal im Kreis, bevor sie mich ansieht. »Das ist also deine Bude?«

Ich stecke die Hände in die Hosentaschen. Es fühlt sich beinahe so an, als würde man jemandem zum ersten Mal seinen Schwanz zeigen und auf eine Reaktion warten, so etwas wie »Oh, wow«.

»Ja. Hier wohne ich.«

Sie dreht sich auf dem Absatz um und geht in die Küche, wo sie einen Blick in die Schränke wirft und auch beim Kühlschrank Halt macht. Ich folge ihr, nicht ganz sicher, was ich von ihrer Inspektion halten soll. Sie schließt die Kühlschranktür, wirft mir einen Blick zu und geht den Flur entlang. Sie schaut ins Badezimmer, geht jedoch weiter, bis sie das Schlafzimmer erreicht hat.

Sie braucht kein Licht anzumachen, weil überall Kerzen sind und Rosenblätter und Champagner. Ich habe den Concierge damit beauftragt, und jemand ist heraufgekommen, um die Kerzen anzuzünden, als wir auf dem Weg hierher waren. Ich erwarte, dass sie beeindruckt ist. Als sie herumwirbelt, quietschen ihre Sohlen auf dem Hartholzfußboden, und sie stemmt die Fäuste in die Hüften. »Seit wann wohnst du hier?«

»Noch kein Jahr.«

Sie zeigt auf das Bett, das mit frischen Rosenblättern übersät ist, und dann auf das restliche Zimmer. »Wo zum Teufel bist du?«

Ich blicke an mir hinunter, nicht sicher, ob ich verstehe. »Ich bin genau hier.«

Cosy rollt mit den Augen. »Ich meine nicht dein körperliches Ich. Ich meine, wo ist deine Persönlichkeit? Es ist wie ein Showroom. Alles ist an seinem Platz, aber nichts weist darauf hin, dass du den Raum auch bewohnst. Außerdem ist er riesig. Man könnte hier eine Tanzparty veranstalten.«

»Ich bin nicht oft hier.«

»Morgen kümmern wir uns um die Inneneinrichtung«, erklärt Cosy. »Dieser Ort ist so steril, er erinnert mich an den Film mit diesem Psycho.«

»Welchen Film?«

»Wo Christian Bale einen Narzissten spielt und ein Mädchen umbringt, mit dem er geschlafen hat, indem er eine Kettensäge die Treppe hinunterwirft.«

»Wieso um alles in der Welt schaust du dir so einen Film an?«

»Um mir in Erinnerung zu bringen, dass hübsche Männer manchmal Psychos sind.«

»Ich bin kein Psycho. Ich hatte nur nicht viel Zeit, die Wohnung persönlicher zu gestalten, weil ich praktisch die ganze Zeit unterwegs war, seit ich sie gekauft habe.«

»Wann war das noch mal?«

»Gleich nach dem Ende meiner letzten Beziehung.« Ich wollte auf keinen Fall in der Wohnung bleiben, die ich mit Imogen bewohnt habe. Seither habe ich mehr Zeit an fremden Orten als in New York verbracht. Eine persönliche Note schien bedeutungslos zu sein.

Cosy rechnet nach. »Oh.«

»Wir können ja morgen Schnickschnack kaufen gehen, von dem du denkst, dass er mir am meisten entspricht.« Ich schlinge meinen Arm um ihre Taille. »Aber heute Abend möchte ich mich ganz auf dich konzentrieren.«

23

DER TURM DER MILLS-MÄNNER

Cosy

Wir verbringen den Abend damit, uns wieder miteinander vertraut zu machen, während wir nackt sind. Zum Frühstück gibt es Müsli, dann duschen wir gemeinsam, was zu weiterem Sex führt. Ich stelle fest, dass Griffin bereits einkaufen war und alles besorgt hat, was er aus meinem Badezimmer noch in Erinnerung hatte. In einem Bereich seines Schranks hängen Sachen für mich, und ich habe eine Schublade voller Unterwäsche und Dessous. Das führt zu einer Modenschau und, natürlich, zu noch mehr Sex.

Es ist Mittag, als wir seine Wohnung verlassen. »Ich möchte dir gern etwas zeigen, bevor wir Krimskrams shoppen gehen, in Ordnung?«

»Klar? Sagst du mir, wohin es geht?«, frage ich, als ich mich anschnalle.

Griffin hat einen Fahrer, weshalb wir beide auf der Rückbank sitzen. Er nennt eine Adresse, und der Fahrer verschwindet Sekunden später hinter der Trennscheibe.

»Das ist eine Überraschung.« Er löst meinen Sicherheitsgurt.

»Was tust du da?«

»Es dauert eine halbe Stunde, bis wir dort sind.« Er schnuppert an meinem Hals.

»Sachte.« Ich stoße ihn zurück. »Ich weiß deine Aufmerksamkeit zu schätzen, aber meine empfindlichen Körperteile brauchen mehr als eine Stunde Pause, bis du wieder da rein und deine Zauberkräfte zum Einsatz bringen kannst.«

Er weicht ein paar Zentimeter zurück und legt seine Hände zwischen meine Oberschenkel. Ich sollte sie geschlossen halten, aber es ist, als könnte er sie überzeugen, sich zu öffnen. »Bist du wund?«

Ich schlage seine Hand weg. Es ist ein ziemlich kläglicher Versuch, aber wenigstens ist es einer. »Wir hatten in den letzten vierundzwanzig Stunden zwanzigmal Sex. Mir tun Muskeln weh, von denen ich nicht einmal wusste, dass ich sie habe.«

»Es tut mir leid.«

»Das muss es nicht. Gib mir nur ein paar Stunden, und vielleicht nehme ich ein langes Bad, wenn wir wieder bei dir sind, und dann können wir mit Runde einundzwanzig beginnen.«

Anstelle von Autosex zeigt mir Griffin unterwegs die ganzen Hotels und Apartmenthäuser der Familie Mills. Es sind viele.

Wir kommen am Moorehead-Gebäude vorbei. »Ohh! Das ist eines der führenden Medienunternehmen der Stadt, stimmt's?«

Griffin grunzt. »Es gehört der Familie meines Cousins Lincoln.«

»Ihr zwei steht euch nahe, oder?«

»Ja. Wirklich schade, dass er nicht in der Stadt ist. Ich glaube, du würdest ihn mögen.«

»Hoffentlich lerne ich ihn bald kennen.«

»Er ist längere Zeit in Guatemala, aber irgendwann lernst du ihn bestimmt kennen.«

Ein paar Minuten später halten wir vor einem Gebäude mit einer Glasfront. Griffin hilft mir beim Aussteigen, und ich streiche mein Kleid glatt. Es ist hellblau mit einem kanariengelben Muster. Der Saum reicht zwei Zentimeter bis übers Knie, eine klassische Länge. Ich blicke auf den Namen, der ins Glas geätzt ist. »Der Mills Tower? Deine Familie hat einen Turm?«

»Hier arbeite ich, wenn ich in New York bin. Ich dachte, du willst es dir vielleicht ansehen.«

»Oh mein Gott! Ja!«, rufe ich und schlinge meine Arme um Griffin. Es zieht die Aufmerksamkeit mehrerer Personen auf uns, die auf dem Gehsteig vorbeigehen, doch es scheint ihn nicht zu kümmern.

Weil er hier arbeitet und wahnsinnig bedeutend ist, wird er bestimmt den professionellen Mr Mills geben, den ich schon in Vegas in Aktion gesehen habe, doch er verschränkt seine Finger mit meinen und führt mich durch die Eingangstür, an der man eine Art Schlüsselkarte und einen Daumenabdruck benötigt. Wir bleiben am Empfang stehen, wo er mich der Rezeptionistin als seine Freundin vorstellt und sie bittet, mir einen Ausweis auszustellen, damit ich überall freien Zutritt habe.

Sie macht große Augen und schenkt mir einen neugierigen Blick, aber sie ist wahnsinnig höflich und kommt der Bitte fraglos nach.

Griffin fährt mit mir in den siebenundfünfzigsten Stock des Gebäudes. Als wir den Aufzug verlassen, schießt die Frau hinter dem Empfangstresen von ihrem Stuhl hoch. »Griffin! Wir haben Sie nicht vor Montag zurückerwartet.«

Er schenkt ihr ein beruhigendes Lächeln. »Ich bin nicht hier, um zu arbeiten. Das ist Cosy Felton. Ich wollte ihr das Büro zeigen.«

Sie schenkt mir ein höfliches und freundliches Lächeln und reicht mir die Hand. »Willkommen, Cosy, nicht wahr?«

»Genau.« Ich erwidere das Lächeln und nehme ihre Hand.

»Ich bin Susan, die Empfangschefin. Falls Sie etwas brauchen, lassen Sie es mich wissen.«

»Danke, Susan.«

Sie wendet sich an Griffin. »Ist das unsere neue Praktikantin?«

»Wir sprechen später darüber.« Er legt mir eine Hand auf das Steißbein. »Ich möchte dir gern das Büro zeigen.«

Ich überlasse ihm die Führung, aber ich schaue über die Schulter zu Susan, deren Blick auf die Stelle gerichtet ist, wo Griffins Hand mich berührt. »Habt ihr eine neue Praktikantin?«

Griffin hat nicht die Gelegenheit, die Frage zu beantworten, weil wir beinahe von einem riesigen Kerl über den Haufen gerannt werden, der aus dem nächstliegenden Büro kommt. »Griff? Ich dachte, du hättest dir freige…« Er unterbricht sich mitten im Satz, als sein Blick von Griffin zu mir und wieder zurück wandert. Er zieht fragend eine Braue hoch, und ein Schmunzeln erscheint auf seinem Gesicht. »Neue Praktikantin?«

Griffin wirft dem Mann einen warnenden Blick zu und räuspert sich. »Das ist Cosy, meine Freundin. Cosy, das ist Lex, mein jüngerer Bruder.«

Lex' Augen flackern leicht, als er von seinem Bruder zu mir schaut; es ist das einzige Anzeichen dafür, dass er überrascht ist.

Ich bin nicht annähernd so zurückhaltend. Ich boxe Griffin fest in die Seite. »Ernsthaft? Kannst du einem Mädchen nicht ein wenig Zeit lassen und es vorwarnen, bevor du es der Familie vorstellst? Was, wenn ich Spinat zwischen den Zähnen habe?« Ich zeige auf mein Gesicht.

»Ich hätte es dir gesagt, wenn du Spinat zwischen den Zähnen gehabt hättest«, erwidert Griffin.

»Darum geht es hier nicht, Griffin, und das weißt du.« Ich strecke Lex eine Hand hin. »Tut mir leid, dass ich so unhöflich bin.«

»Überhaupt nicht. Griff hat in jüngster Zeit immer eine Überraschung parat.« Lex setzt ein breites Lächeln auf, bei dem seine Grübchen sichtbar werden, und reicht mir seine kräftige Hand. »Schön, dich endlich kennenzulernen, Cosy.«

»Schön, dich kennenzulernen.« Sein Kommentar verrät mir, dass Griffin nicht erwähnt hat, dass ich ein ganzes Jahrzehnt jünger bin als er.

»Ich bin gerade auf dem Weg in ein Meeting. Bist du noch eine Weile hier?«, fragt Lex Griffin.

»Ja. Ich will Cosy die Etage zeigen.«

»Okay. Wenn du nachher noch da bist, können wir gemeinsam zum Familienabendessen rübergehen.«

»Hoppla, warte, was?« Es klingt fast wie ein Kreischen.

Lex' Grinsen wird breiter. »Das ist mein Stichwort. Schön, dich kennengelernt zu haben, Cosy. Ich freue mich schon darauf, dir heute Abend alle möglichen verfänglichen Geschichten über Griffin zu erzählen.« Damit dreht sich Lex um und geht mit großen Schritten den Gang entlang.

Ich packe Griffin an der Krawatte und zerre ihn in den nächsten Raum, der nicht das Büro seines Bruders ist. Natürlich ist es eine Abstellkammer. Typisch für mich. Ich zerre ihn wieder heraus. »Wo ist dein Büro?«

»Am Ende des Flurs.«

»Führ mich hin, sofort.« Das ist keine Bitte.

Ich folge ihm in ein riesiges Büro ohne jede Privatsphäre, weil es vollständig aus Glaswänden besteht. Ich entdecke eine Tür auf der gegenüberliegenden Seite des Raums, gehe zu ihr hinüber und reiße sie auf. Natürlich hat Griffin ein Privatbadezimmer. Ich gehe hinein und warte, bis er mir gefolgt ist, bevor ich die Tür schließe. »Wann genau wolltest du mir das mit dem Familienabendessen sagen?«

Er hebt flehend die Hände. »Ich hab ganz vergessen, dass es heute Abend ist.«

»Hast du deshalb auch praktischerweise vergessen, dass du mich deinem Bruder vorstellen würdest? Gibt es noch irgendwelche Familienmitglieder, deren Bekanntschaft ich machen soll, während ich hier bin?«

Er reibt sich nervös den Nacken. »Ich bin mir nicht sicher, ob Bancroft heute im Büro ist.«

»Dein anderer Bruder?« Das einzige Mal, dass ich *Bekanntschaft mit der Familie* gemacht habe, war mit der von meinem Ex aus der neunten Klasse der Highschool. Seine Eltern mochten mich, aber wir waren vierzehn und sind auch nicht in seinem Zimmer verschwunden, um uns den Verstand herauszuvögeln, was vielleicht hilfreich war. In diesem Augenblick bin ich zur Hälfte verärgert, während die andere Hälfte will, dass Griffin mit mir die Stabilität des Waschtischs testet, obwohl ich so sauer bin. Und entsetzt.

»Oh ja.«

»Herrje, Griffin. Ich bin noch nicht einmal einen halben Tag lang deine Freundin.«

»Wir haben dir bereits in Vegas Freundinnenstatus eingeräumt. Es gab nur eine Pause, bis wir den Status wieder aktiviert haben.«

»Noch mal: Darum geht es nicht.«

»Ich dachte, es wäre keine große Überraschung, weil das nun mal ein Familienunternehmen ist.«

Okay, da hat er mich erwischt.

Er lässt seine Hände an meinen Armen hinabgleiten und verursacht mir einen Schauder. »Wir fahren wieder zu mir. Ich wollte dich nicht verärgern. Ich wollte dir nur das Büro zeigen.

Ich hatte gar nicht vorgehabt, dir meine Familie vorzustellen, oder daran gedacht, wie du dich dabei fühlen würdest, und das mit dem Familienabendessen habe ich wirklich vergessen. Wir müssen da nicht hingehen. Ich kann meinem Vater sagen, dass ich nicht kommen kann.«

»Deinem Dad?«

»Das ist keine große Sache. Er wird es verstehen.«

»Er wird es verstehen?«

»Dass ich es zum Abendessen nicht schaffe. Schon in Ordnung, dass du noch nicht bereit bist, meine Familie kennenzulernen. Sobald du wieder nach New York kommst, können wir ein Abendessen arrangieren. Das ist vollkommen okay.«

»Erwartet deine Familie, mich heute Abend kennenzulernen?«

Griffins Zwinkern spricht Bände.

»Oh mein Gott. Du hast deiner Familie von mir erzählt?«

»Hast du deiner Familie etwa nicht von mir erzählt?« Scheiße. Er sieht gekränkt aus.

»Meine Eltern sind ständig unterwegs. Ich sehe sie kaum. Bei unserem letzten Gespräch habe ich ihnen gesagt, dass ich jemanden treffe, aber ohne ins Detail zu gehen.«

»Sie wissen also von mir?«

»Ja.« Irgendwie. Ich war völlig vage, aber ich habe vor ein paar Monaten mal erwähnt, dass ich jemanden date. Ich habe es als unverbindlich hingestellt, weil es das zu der Zeit auch war.

»Wenn wir also wieder in Vegas sind, lerne ich sie kennen?«

»Wenn sie da sind, sicher.« Sie werden wahrscheinlich aus allen Wolken fallen und mich völlig blamieren. Obwohl die Chancen nicht schlecht stehen, dass Nev das Geheimnis bereits ausgeplaudert hat; in diesem Fall werden sie mich ganz bestimmt blamieren. Vor allem wenn sie ihnen erzählt, dass er zum Mills-Hotel-Imperium gehört.

Einen Milliardärserben zu daten kann eine Herausforderung sein.

Griffin schaut mich sekundenlang mit grimmiger Intensität an. Ich stolpere in Richtung Tür, als er seinen Mund auf meinen drückt und sich an mir zu reiben beginnt. Ich habe keine Ahnung, was los ist. Ich wollte ihm deutlich machen, wie sonderbar er sich mit dieser ganzen Elternvorstellungsgeschichte verhält, nicht einmal vierundzwanzig Stunden, nachdem wir offiziell wieder ein Paar sind, doch jetzt hat er seine Zunge in meinem Mund und versucht es mit Trockensex in seinem Bürobadezimmer, weshalb ich ein wenig zwiegespalten bin.

Ein gedämpftes Klopfen dringt durch die Verwirrung und Lust, gefolgt von Griffins Namen. Er löst sich eilig von mir, die Augen weit aufgerissen, als hätte man ihn bei etwas Verbotenem ertappt. Wie zum Beispiel Trockensex mit der Freundin in seinem privaten Badezimmer.

»Scheiße«, murmelt er, als er mein Kleid glattstreicht und anschließend seinen Ständer zurechtrückt.

Die Person draußen ruft erneut seinen Namen. Er öffnet die Tür und versucht, sie hinter sich zuzuziehen und mich im Badezimmer zurückzulassen. Ich komme gar nicht auf die Idee, dass es vielleicht einen Grund für ein solches Verhalten geben könnte, bis ich ihm hinausfolge und wünschte, ich hätte es nicht getan.

Mitten im Büro stehen zwei Männer. Der eine ist eine blonde, um einiges kräftigere und jüngere Version von Griffin und der andere die ältere, graumelierte.

Großartig. Ich bin gerade beim Rummachen mit meinem Freund von seinem Vater erwischt worden, der außerdem sein Chef ist.

24

FAMILIENTREFFEN

Cosy

»Ich bringe dich um«, sage ich laut genug, damit Griffin es hört.

»Ich habe versucht, die Tür zu schließen.«

»Ohne jede Erklärung.«

Die beiden Männer stehen in gleicher Pose nebeneinander. Sie bewegen sich beinahe synchron. Es ist irgendwie komisch. Der Jüngere von den beiden zieht die Braue hoch und grinst wissend. Das muss sein jüngster Bruder Bancroft sein. Er war mal ein professioneller Rugby-Spieler, und schon allein an seinem Körperumfang erkenne ich, warum. Er ist sehr kräftig. Außerdem bin ich mir ziemlich sicher, dass er sich schon einmal die Nase gebrochen hat, und er hat ein paar Narben im Gesicht, die seine sexy Bad-Guy-Ausstrahlung noch unterstreichen.

Diese Familie hat wirklich Wahnsinnsgene.

Wenn ich Griffin nicht für das hier töte, haben wir vielleicht irgendwann ausgesprochen hübsche Babys. Irgendwann in ferner Zukunft.

Der Ältere – eindeutig Griffins Vater – zwinkert mehrmals hintereinander. Seine Miene bleibt die ganze Zeit ziemlich ausdruckslos, was wirklich beindruckend ist. »Was hat deine neue Praktikantin in deinem Badezimmer zu suchen, Griffin?«

Noch beeindruckender finde ich, dass er nicht das Offensichtliche erwähnt, dass wir allein waren, hinter verschlossener Tür.

Ich gehe um Griffin herum und nähere mich Mr Mills senior mit einem Selbstvertrauen, das ich keinesfalls empfinde, und reiche ihm die Hand. »Ich bin Cosy Felton, Mr Mills, Griffins Freundin.«

Er blinzelt noch ein paarmal. Das muss eine Macke der Mills-Männer sein. Und plötzlich erhellt ein breites, entwaffnendes Lächeln Mr Mills seniors Gesicht. Anstatt meine Hand zu nehmen, schließt er mich fest in die Arme. Er quetscht fast meinen Brustkorb, bevor er mich wieder loslässt und mich auf Armeslänge weghält. »Ich hatte gehofft, Sie kennenzulernen. Das bedeutet, Sie kommen zum Abendessen. Mimi wird begeistert sein. Weiß deine Mutter schon Bescheid?« Er sieht Griffin an.

»Mann. Du hast wirklich keine Ahnung von Frauen, weißt du das?«, sage ich über die Schulter hinweg.

Griffin zuckt mit den Achseln. »Bestimmt habe ich mich schon ungeschickt angestellt, als ich dich zum ersten Mal um ein Date gebeten habe.«

Sein Bruder schnaubt. »Griff war noch nie besonders geschickt. Er ist bei allem auf sein hübsches Gesicht angewiesen.«

»Zum Teufel mit dir, du Fluch meiner Existenz.«

»Schwach«, sagen Bancroft und ich wie aus einem Mund.

Mr Mills senior schmunzelt und wendet sich an Griffin. »Ich mag sie bereits.« Er dreht sich mir zu. »Ich hoffe aufrichtig, Sie schaffen es zum Abendessen. Das gibt uns allen die Gelegenheit, uns ein wenig zu unterhalten.«

»Meine Frau Ruby wird da sein«, sagt Bancroft.

»Und Amalie, Lexingtons Verlobte, ebenfalls«, fügt Mr Mills

senior hinzu. »Sie haben also Beistand. Dann können wir uns über Ihr Praktikum unterhalten.«

»Sie meinen, meine Zeit auf dem Schiff?«, frage ich verwirrt, weil das wiederholt Thema ist.

Die drei Männer tauschen Blicke aus. »Bancroft und ich müssen in ein Meeting, aber wir sehen uns dann um sechs zu Hause.« Mr Mills senior umschließt meine Hand mit seiner. »Es war mir ein echtes Vergnügen, Cosy, danke.«

»Ganz meinerseits.«

Er umarmt mich erneut. Bancroft macht einen Faustcheck und zwinkert mir zu, bevor sie gehen.

»Wofür hat er sich bei mir bedankt?«

»Dass du es mit mir aushältst.«

»Du bist nicht schwierig.«

»Ich kann anstrengend sein. Und impulsiv, und ich denke nicht immer über die Folgen meines Verhaltens nach, wie zum Beispiel dich hierherzubringen, ohne dich auf das vorzubereiten, was dich womöglich erwartet.« Er ist jetzt nervös.

»Oh. Na ja, ich komm schon klar.« Ich zupfe grinsend an seiner Krawatte. »Wer ist diese neue Praktikantin, von der sie die ganze Zeit reden?«

Er räuspert sich, ohne mich dabei anzuschauen.

»Griffin?«

»Du wirst für Mills Hotels arbeiten, wenn du nach New York umziehst.« Es klingt mehr wie eine Anweisung als wie eine Option.

Ich verschränke die Arme. »Wie bitte?«

»Es ergibt Sinn. Du hast einen Abschluss in Hotelmanagement. Du bist die Beste deiner Klasse.«

»Woher weißt du das, du stalkender Stalker, der stalkt.«

»Ich habe deinem Programmleiter geschrieben und nach den besten Studenten gefragt. Du warst die Nummer eins. Du hast die Fähigkeiten und die Qualifikation, die für eine Beschäftigung bei Mills Hotels verlangt werden.« Er ist so sachlich, es ist atemberaubend.

»Was sollen eure Angestellten denken?«

Er runzelt die Stirn. »Ich könnte dir einen Job bei der Konkurrenz besorgen, wenn du kein gutes Gefühl dabei hast, für Mills Hotels zu arbeiten, aber ich würde es lieber nicht tun.«

Ich rolle mit den Augen. »Im Ernst? Als ob mich die Konkurrenz einstellen würde. Sie denken wahrscheinlich, du schickst eine Spionin.«

»Also ist es am sinnvollsten, wenn du für Mills Hotels arbeitest. Du machst ein Praktikum, bezahlt natürlich, und dann nimmst du eine Stelle an, die deinen Talenten am meisten entspricht.«

»Und die Leute werden annehmen, dass ich den Job wegen meiner fantastischen Blowjob-Qualitäten bekommen habe.«

»Sie werden denken, dass du den Job bekommen hast, weil du klug und kompetent und verdammt schnell im Kopf bist, Cosy. Vor allem wenn sie dein Zeugnis und deinen beruflichen Werdegang sehen, der ziemlich beeindruckend ist. Ich sollte es wissen. Ich habe jeden einzelnen Arbeitgeber angerufen. Ich werde Rob vom Amphitheater zwar in den Hintern treten müssen, falls ich ihm je begegnen sollte. Aber abgesehen vom Werdegang – seit wann interessiert dich, was andere Leute denken?«

»Ich mache mir keine Sorgen wegen mir, und Rob war der gruseligste Boss, den ich je hatte.«

»Ich werde ihn mir auf jeden Fall vorknöpfen. Wenn du dir keine Sorgen deinetwegen machst, weswegen dann?«

»Du wirst reihenweise Leute rausschmeißen, weil sie tratschen. Sieh dir doch nur deine Reaktion auf Rob an.«

Seine Lippen werden zu einem schmalen Strich, was beeindruckend ist, wenn man bedenkt, wie voll und weich sie sind.

Ich lasse meine Hände über seine breite Brust gleiten und verschränke die Finger in seinem Nacken, wobei ich meinen Körper an seinen schmiege. Er hat recht, es ist mir egal, dass jeder, der an seinem Büro vorbeigeht, uns sehen kann. »Ich bin mit dir zusammen, Griffin. Denk einfach daran, dass wir ein Team sind und die Dinge auch so angehen. Du musst nicht immer alles für mich tun. Wenn ich als Praktikantin für Mills Hotels arbeite, muss es dafür den normalen Lohn geben, und nicht irgendeinen wahnsinnig überhöhten Gehaltsscheck. Und ich werde nicht unter dir arbeiten, weil ich nach Lage der Dinge sowieso genug unter dir sein werde.«

»Du hast mehr verdient als das übliche Praktikumshonorar, aber wenn du es so willst …«

»Das will ich.«

»Dann bekommst du es auch.«

Er ist nur noch einen Zentimeter von meinem Mund entfernt, als uns ein Klopfen hochschrecken lässt. Sein Bruder Lex hat sich gegen die Glaswand gepresst und tut so, als würde er vögeln.

Ich ziehe eine Braue hoch. »Sind nicht alle in der Familie todernst?«

»Früher mal.«

»Was ist passiert?«

»Meine Brüder haben sich verliebt.«

»Und du?«

»Ich habe meine Seelenverwandte gefunden und endlich erfahren, was wirkliche Liebe ist.«

Ich zerre ihn zurück ins Badezimmer und schließe die Tür hinter uns zu. »Hast du das wirklich gesagt?«

»Dass ich meine Seelenverwandte gefunden habe?«

»Den anderen Teil.«

Er lächelt sanft. »Das sollte nichts Neues für dich sein, Cosy. Ich glaube, mein Verhalten spricht eine deutlichere Sprache als meine Worte.«

»Ich mag Worte«, flüstere ich.

Er streicht mit seinen Lippen über meine. »Ich will, dass du nach New York ziehst. Ich will, dass du hier arbeitest, damit ich dich an jedem einzelnen Tag sehen kann, und wenn ich verreise, kommst du mit, damit ich dich nie wieder vermissen muss, weil ich dich liebe, Cosy Felton, und ich will keinen Tag mehr ohne dich sein.«

»Ich liebe dich ebenfalls, Griffin Mills, sehr sogar, obwohl du echt keine Ahnung von Frauen hast.«

»Ich will nur von dir eine Ahnung haben.«

25

KÖNNTE SICH DAS WAHRE ARSCHLOCH BITTE ERHEBEN?

Griffin

Dinner mit meiner Familie ist eine peinliche Angelegenheit, nicht für Cosy, aber für mich dank der nicht enden wollenden Hänseleien meiner Brüder. Am Ende des Abends hat Cosy mit Amalie und Ruby Kontaktdaten ausgetauscht, und sie haben bereits eine Art Mädelsabend geplant. Außerdem nimmt mich meine Mutter beiseite und bittet mich darum, nicht heimlich zu heiraten, während ich in Vegas bin, weil sie gerne bei der Hochzeitsplanung ein Wörtchen mitreden will. Ich würde es eine erfolgreiche Vorstellung bei meiner Familie nennen.

Am nächsten Morgen weckt mich Cosy mit ihrem Mund. Wir haben trägen Samstagmorgensex, und danach verschlingt Cosy Windbeutel, die meine Mutter uns mitgegeben hat, während ich Kaffee koche. Nachdem wir mit Koffein versorgt und angezogen sind, verkündet Cosy, dass wir Penthouse-Dekoration einkaufen gehen, was wir gestern wegen des Familiendinners nicht mehr geschafft haben. Als Erstes gehen wir auf einen Flohmarkt – auf ihr Drängen hin –, wo sie allen möglichen preiswerten Kleinkram findet, der ihrer Meinung nach zu meiner Persönlichkeit passt.

Danach fahren wir zu einer Haushaltsauflösung in einem Vorort in der Nähe von Lincolns Familie. Cosy hat ein gutes

Auge für Kunst und sucht ein paar Sachen aus. Sie ist geschickt im Handeln, obwohl ich glaube, dass die Leute sich augenblicklich in sie verlieben und einfach alles tun, um ihr ein Lächeln zu entlocken. Als wir fertig sind, haben wir vier neue Kunstwerke, zwei Tischlampen und eine Menge Dekoschalen, deren Sinn sich mir entzieht, aber sie gefallen ihr, also habe ich sie gekauft.

Wir sind beide am Verhungern, weil wir nur Windbeutel zum Frühstück hatten, also machen wir Halt bei einem Café, um zu Mittag zu essen, bevor wir mit unseren neuen alten Sachen ins Penthouse zurückkehren. Wir haben den Parkplatz zur Hälfte überquert, als Cosy mich an sich reißt.

»Was …«

Ihr Blick huscht kurz über meine Schulter, dann packt sie mich am Kragen, geht auf die Zehenspitzen und presst ihren Mund auf meinen. Ich erwidere den Kuss mit ein paar Zungenschlägen, bevor ich ihr Gesicht umfasse und mich losmache.

Sie lässt ihre Handflächen über meine Brust gleiten und schmiegt sich an mich. »Weißt du was? Ich glaube, essen kann warten. Wieso fahren wir nicht zu dir zurück und bestellen was? Wir können die neuen Kunstwerke aufhängen und uns ausziehen, nicht notwendigerweise in dieser Reihenfolge.«

Auch wenn ich gegen diese Option nichts einzuwenden habe, stimmt etwas nicht mit ihrer Stimme. Ihr Blick schnellt wieder an mir vorbei, und sie packt meine Hand. »Los, fahren wir.«

Ich lasse mich ein paar Schritte in Richtung Wagen ziehen und blicke über die Schulter. Jetzt ist es an mir, wie angewurzelt stehen zu bleiben. Auf der anderen Seite des Parkplatzes ist Imogen. Sie sieht deutlich schwangerer aus als vor ein paar Wochen bei unserer letzten Begegnung.

Cosy zerrt an meinem Arm. »Griffin, bitte, es war ein schöner Morgen. Lass uns gehen, damit er nicht ruiniert wird.«

Ich will gerade genau das tun, als ich sehe, wie Imogen auf die Beifahrerseite eines Wagens mit personalisiertem Kennzeichen geht, das ich kenne, und hinter ihr mein Cousin Armstrong auftaucht. Lincolns Bruder und Ex-Ehemann von Amalie, der sie bei ihrem Hochzeitsempfang betrogen hat und ein Arschloch erster Güte ist.

Imogen sieht aufgebracht aus, und Armstrong wirkt total genervt, was abgesehen von anzüglichen Blicken sein einziger Gesichtsausdruck ist.

»Was zur Hölle …?«

»Griffin, bitte«, bettelt Cosy, die noch immer versucht, mich in Richtung Auto zu zerren.

»Einen Moment. Das ist mein Cousin.« Ich fühle mich plötzlich zugleich erhitzt und wie betäubt. Ich überquere den Parkplatz und ziehe dabei Cosy hinter mir her, weil sie meinen Arm nicht loslassen will.

Imogen war außer sich nach Amalies und Armstrongs Hochzeitsfiasko, weshalb mir kein vernünftiger Grund einfällt, weshalb die beiden zusammen sein sollten.

Sie sind so mit ihrem Streit beschäftigt, dass sie mich nicht kommen sehen. Imogen packt ihn an den Jackenaufschlägen und erhebt die Stimme genug, dass ich sie verstehen kann. »Du hast gesagt, du würdest dich um uns kümmern, und jetzt glaubst du, du kannst dich aus der Verantwortung herauskaufen? Das ist auch dein Baby!«

Als ich herausfand, dass Imogen mich betrogen hatte, verspürte ich nicht das Bedürfnis zu erfahren, mit wem. Die Lügen und der Verrat waren bereits genug. Doch was ich hiermit anfangen soll, weiß ich wirklich nicht.

»Du verdammtes Arschloch.« Ich schüttle Cosy ab, schiebe Imogen so vorsichtig wie möglich beiseite und ramme Armstrong die Faust ins Gesicht. Schmerz schießt durch meine

Hand und meinen Arm hinauf, aber das Krachen und Knacken von Knorpeln in der Nase meines Cousins ist es wirklich wert.

Armstrong stolpert rückwärts und landet auf seinem Hintern. Er bedeckt sein Gesicht mit einer Hand, während Blut von seinem Kinn auf den Boden und sein weißes T-Shirt tropft. »Was soll der Scheiß?«

Imogen schreit: »Griffin, nicht! Ich kann's erklären!«

Ich wirble zu ihr herum, und sie presst sich gegen die Wagenseite, als erwarte sie, dass ich mich auf sie stürze. »Was erklären? Dass du mit meinem verdammten *Cousin* geschlafen hast, er dich geschwängert hat und du versucht hast, mir das Baby unterzuschieben? War das, bevor oder nachdem er dir Geld dafür geboten hat, dich loszuwerden?«

»Es war danach, weil es meine Idee war«, krächzt Armstrong keuchend. Obwohl ihm das Blut vom Gesicht läuft, lächelt er. Seine Zähne sind ganz rot, was ihn irgendwie irre aussehen lässt. Was er ja vielleicht auch ist.

Ich packe ihn vorn am T-Shirt und ziehe ihn hoch. »Du bist ein sadistisches Schwein.«

Sein Lächeln wird breiter. »Rache ist fies, nicht wahr?«

»Wovon redest du? Was habe ich dir je getan?«

Sein Lächeln wird zu einem Schnauben. »Dein Bruder hat meine Frau gefickt, also habe ich deine Verlobte gefickt. Eine kleine Retourkutsche.« Er zeigt auf Imogen. »Es war nicht einmal schwer, sie rumzukriegen. Sie war so einsam und brauchte dringend Aufmerksamkeit. Bereit alles zu tun, was ich wollte, auch wenn ich es war. Ich hätte sie auch weiter gebumst, aber dann wurde sie schwanger.«

»Du bist widerlich.« Ich verpasse ihm noch einen Schlag, diesmal in die Eier. Er stöhnt, und ich sehe dabei zu, wie er sich vor Schmerz auf dem Boden zusammenrollt.

Als ich mich umdrehe, steht Cosy hinter mir. Sie reicht mir eine Hand. »Komm, Baby, lass uns gehen.« Ich lasse meine Hand in ihre gleiten und bin mir durchaus bewusst, dass ich in aller Öffentlichkeit ausgerastet bin.

Imogen steht noch immer mit aufgerissenen Augen und in Panik neben der Beifahrertür und versucht sie zu öffnen.

Ich durchbohre sie mit einem hasserfüllten Blick. »Das Baby tut mir wirklich leid, aber ihr beide verdient einander.«

Diesmal erlaube ich Cosy, dass sie mich zum Wagen zurückführt, doch ich mache mir Sorgen, dass meine Altlasten vielleicht zu viel für sie sind, denn dieses beschissene Drama hat die nächste Stufe erreicht.

26

SCHWERE LAST

Cosy

Der ehrlichste Test für eine Beziehung ist, zu jemandem zu halten, wenn er die Fassung verliert. Und genau das passiert, nachdem wir Imogen zufällig begegnet sind. Verständlich, wenn man bedenkt, dass sie mit seinem Cousin geschlafen hat und Armstrong es gewesen war, der ihr gesagt hat, sie solle zu Griffin zurückkehren, weil er anscheinend keine Lust hatte, sich um das Chaos zu kümmern, das sie gemeinsam angerichtet haben.

Griffins Cousin ist ein echtes Arschloch.

Der Concierge bringt alle unsere Einkäufe von heute Morgen hinauf, was eine Million Jahre her zu sein scheint. Griffin greift nach einer riesigen Flasche Bourbon und schenkt sich einen halben Liter ein. Okay, das ist eine Übertreibung, aber es ist ein richtig großes Glas Bourbon, eine ganze Handbreit und nicht nur drei Finger, ohne Eis.

Er findet auch, dass wir sofort damit anfangen sollten, Bilder aufzuhängen, weshalb er seinen Werkzeugkasten holt.

Ich nehme das Glas und stelle es weg. »Was hältst du davon, zu reden, anstatt dich zu besaufen und mit Elektrowerkzeug zu hantieren?«

»Es ist okay. Ich bin okay. Es gibt nichts zu bereden.«

»Wirklich? Es macht dir also überhaupt nichts aus, dass dein Cousin – ein stadtbekannter Fremdgänger und nach meinem Eindruck völliger Psychopath – mit deiner Verlobten geschlafen hat, um dich zu ärgern? Und ihr dann, nachdem er sie geschwängert hat, empfiehlt, zu dir zurückzukehren, weil er nichts mehr mit ihr zu tun haben will?« Es laut auszusprechen macht alles noch viel schlimmer.

Griffin senkt den Kopf und ballt die Fäuste an seiner Seite. »Du solltest einfach gehen.«

Mir wird ganz flau. »Du willst, dass ich gehe?«

»Irgendwann wirst du es sowieso tun, wenn dir klar geworden ist, dass ich zu viele Altlasten habe.« Seine Stimme ist ganz heiser.

Ich seufze und nehme seine Hand in meine. »Jeder hat Altlasten, Griffin. Du hast gerade einen vollgepackten Koffer bekommen, den du mit dir rumschleppen musst, aber das musst du nicht allein tun. Ich werde dir beim Tragen helfen.«

»Das solltest du nicht.«

»Na schön, erst einmal hast du kein Recht, mir zu sagen, was ich zu tun oder zu lassen habe, das ist bevormundend und nervig. Weißt du, warum Beziehungen nicht funktionieren?«

»Weil die Menschen feststellen, dass sie nichts mit den Problemen eines anderen zu tun haben wollen?«

»Das ist eine Möglichkeit, aber nach meinen Erfahrungen enden Beziehungen dann, wenn Menschen nicht mehr miteinander reden. Du ersparst keinem von uns irgendwelche Schmerzen, indem du so tust, als ginge es dir gut. Rede mit mir. Brich zusammen. Zeig mir deine Schwäche, damit ich dir meine Stärke geben kann.«

Er hebt ganz langsam den Blick, Schmerz und Angst halten ihn in seinem Kopf gefangen. »Ich will dich nicht überfordern.«

Ich lege ihm die Hand an die Wange. »Und ich will dir genügen, also lass es mich versuchen.«

»Alles lief so gut. Es ging uns gut heute Morgen.« Seine Stimme ist kaum ein Flüstern.

»Es wird uns auch wieder gutgehen, aber im Augenblick bist du nicht okay, Griffin, also öffne dich mir.« Ich nehme seine Hand, lege sie auf meine Hüfte und trete dicht vor ihn hin. Ich schlinge meine Arme um seine Taille und bete, dass meine Liebe größer ist als der Schmerz, den man ihm zugefügt hat.

Sekundenlang verharrt er reglos, bevor er die Arme um mich schlingt und mich fest an sich zieht.

Und dann verliert er die Fassung wie es jeder getan hätte, wenn er von jemandem, den er einst geliebt hat, so gnadenlos betrogen worden wäre.

»Es tut mir leid«, murmelt er in mein Haar.

»Das muss es nicht. Ich bin da, und ich gehe nirgendwo hin.« Imogen hat ihm vielleicht das Herz gebrochen, aber ich bin hier, um die Scherben aufzulesen und sie mit meiner Liebe wieder zusammenzukleben.

Und genau das werde ich tun.

Wir verbringen den Rest des Wochenendes in Griffins Penthouse, wo ich ihn höchst verwundbar erlebe. Ich lerne seine weiche Seite kennen, seine Unsicherheiten, und ich verliebe mich nur noch mehr in diesen Mann, der nichts mehr will, als zu lieben und bedingungslos geliebt zu werden.

Und ich versichere ihm mit Worten und Taten, dass wir füreinander da sein werden, solange uns diese Liebe miteinander verbindet, was, wie ich glaube, für immer sein wird.

Epilog

ZUSAMMEN

Cosy

Zweieinhalb Jahre später

Auf der Suche nach Griffins warmem Körper rolle ich von der Bettkante weg. Nicht dass ich sein Wärme bräuchte. Auf Bora Bora ist es heißer als in einer Bratpfanne in der Hölle, doch die Brise vom Meer ist angenehm und der Ort fantastisch, also werde ich die Hitze schon überleben. Wir sind aus mehreren Gründen hier, einer davon ist geschäftlich, weil Mills Hotels vier Luxusresorts auf der Insel besitzen, und ein anderer ist die Hochzeit von Lex und Amie, die vor zwei Tagen stattfand.

Es war die längste Verlobung aller Zeiten. Allerdings hatte Amie eine kleine Hochzeitsphobie dank Armstrong, dem Arschloch. Auf Bora Bora haben sich Amie und Lex ineinander verliebt, also waren sie der Meinung, dass sie sich dort auch das Ja-Wort geben sollten. Es war eine intime Hochzeit am Strand, nur die engsten Freunde und Familie. Wie nicht anders zu erwarten, hat Armstrong keine Einladung zur Hochzeit bekommen. Ich würde ja gern sagen, dass ihn die Vaterschaft verändert hat, doch laut Lincoln hat Imogen das alleinige Sorgerecht für ihren Sohn, den sie Mills genannt hat, wahrscheinlich um ihn zu ärgern.

Sogar Nev ist mitgekommen. Sie ist letztes Jahr nach New

York gezogen, nachdem sie endlich einen Collegeabschluss in Kommunikationswissenschaften gemacht hat. Sie passt sehr gut in diese großartige Gruppe von Frauen, und ich hatte sie so vermisst, weshalb es schön ist, sie in meiner Nähe zu haben. Die Wahl ihrer Typen lässt noch immer zu wünschen übrig, aber ich kann wenigstens ein Auge auf sie haben.

Die Zeremonie von Lex' und Amies Hochzeit war wunderschön und berührend. Die beiden sehen aus wie Kens und Barbies hübschere Geschwister. Und die Chemie zwischen ihnen ist der Wahnsinn. Jedes Mal, wenn sie sich ansehen, befürchte ich, dass sich ihre Kleidung entzünden könnte. Es würde mich nicht wundern, wenn sie bald wie ein Pez-Spender Babys auswerfen würde.

Meine Augen sind noch immer geschlossen, als ich meine Hand über die superweichen Laken gleiten lasse, doch als ich nicht gegen einen Arm stoße, rolle ich ein weiteres Mal mit geschlossenen Lidern herum. Noch immer stoße ich nicht gegen eine Körperwand, weshalb ich ein Auge öffne und feststelle, dass ich allein bin.

Vielleicht ist Griffin im Bad. Ich schmiege mich an sein Kissen und atme den Geruch seines Shampoos und Aftershaves ein. Ich muss wohl wieder eingeschlafen sein, denn als Nächstes registriere ich, wie ich mit Küssen geweckt werde – zwischen meinen Oberschenkeln.

Zwei Orgasmen später schiebt sich Griffin an meinem Körper hoch, schmiegt sich zwischen meine Beine und dringt langsam in mich ein. Wir stöhnen beide – leise, weil die Fenster offen sind. Als seine Hüften meine berühren, stützt er sich auf die Unterarme, so als würde er Sex-Planking machen. Mein Freund ist großartig in Form. »Herzlichen Glückwunsch zum Geburtstag, Baby.«

»Geburtstagsorgasmen sind die besten«, murmle ich, während ich den zweiten noch immer auskoste, als er sich über mir zu bewegen beginnt.

Er schnuppert an meinem Hals. »Vielleicht sollte ich dir für jedes Lebensjahr einen schenken.«

»Das ist ein kühner Plan, Mr Mills, und so amüsant er auch klingen mag, wird es wohl kaum möglich sein, deine Familie wegen fünfundzwanzig Orgasmen den ganzen Tag zu ignorieren.«

»Einen Versuch wäre es wert.«

Fünfundzwanzig Minuten später hat er zwanzig Prozent seines Ziels erreicht, und ich bin schlaff wie eine Nudel. Wir machen weiter mit Frühstück im Bett.

»Ich habe Großes mit dir vor heute.« Griffin stellt das Frühstückstablett beiseite und setzt sich rittlings auf meinen Schoß.

»Was denn?« Er hält etwas hinter seinem Rücken versteckt.

»Etwas von der spannenden und spaßigen Sorte.« Er bringt einen Seidenschal zum Vorschein.

»Was hast du vor damit?«

»Dir die Augen verbinden.« Er packt ihn mit beiden Händen und hält ihn mir vors Gesicht.

Ich lege ihm eine Hand auf die Brust. »Moment mal, soll das etwa irgendein perverses Sexspielchen werden?«

Griffins Lächeln wird breiter. »Was, wenn ja?«

Ich denke einen Moment lang darüber nach. Griffin ist ein amüsanter Bettgespiele. Er mag Vorspiele und treibt's auch gern in Abstellkammern, was schon in einer ganzen Reihe von Hotels vorgekommen ist. Und im Büro. Es macht ihm auch Spaß, mir Orgasmen an bestimmten öffentlichen Orten zu verschaffen – ohne echte Gefahr, dabei ertappt zu werden, aber doch so öffentlich, dass ich mich leise verhalten muss.

Aber Augenverbinden liegt außerhalb des Normalen. »Ähm …«

Er beugt sich herunter, um mich auf die Nasenspitze zu küssen. »Keine Sorge, Cosy. Ich tue nichts, was dir nicht gefällt.«

Ich zucke mit den Achseln. »Dann mach mich mal blind.«

Griffin bedeckt meine Augen und vergewissert sich, dass ich nichts sehen kann. »Okay. Ich bin gleich wieder da.«

»Warte. Was? Wohin gehst du?«

Er ist schon vom Bett runter. »Eine Minute, und nicht gucken.«

Nach gefühlt ziemlich langer Zeit und einer Menge Geraschel im Nebenzimmer rufe ich: »Wenn du mich noch länger warten lässt, gucke ich!«

Er antwortet nicht, doch Sekunden später streichelt er mit den Fingern meinen Handrücken. »Komm mit. Ich hab was für dich.«

Er hilft mir vom Bett herunter und hüllt mich in einen Morgenmantel. Es ist einer von meinen kurzen aus Seide. Mit den Fingern fährt er mir über das Schlüsselbein und am Hals hinauf, wobei er mir das Haar nach hinten streicht. Dann kitzeln sie mich am Bauch, als er die beiden Hälften übereinanderschlägt und den Gürtel oberhalb meiner Taille schließt. Jede Berührung ist intensiver, und meine Nippel richten sich aufgrund der starken Empfindungen auf. Vielleicht ist Augenverbinden gar nicht so schlecht.

Griffin führt mich den Flur entlang, der Fußboden unter meinen Füßen ist kalt, und mit dem Daumen streichelt er meine Fingerknöchel. »Wohin gehen wir?«

Es kann nicht sehr weit sein, weil ich schließlich in einem Morgenmantel stecke und er zuletzt Boxershorts anhatte.

»Du wirst schon sehen.« Ich versuche mir den Raum vorzustellen, während wir hindurchgehen. »Setz dich.« Er hilft mir dabei, meinen Hintern auf einem Stuhl zu platzieren. Nach dem Stoff unter meinen Beinen zu urteilen, sitze ich am

Esstisch. Eine Vorahnung lässt mein Herz schneller schlagen. Er schiebt den Stuhl an den Tisch heran, und seine Lippen streichen über meine Ohrmuschel. »Gib mir deine Hände.«

Ich hebe sie hoch, und er küsst meine Fingerknöchel, bevor er sie vor mir hinlegt und mit ihnen über die Tischoberfläche streicht. »Ist das Papier?«

»Das ist eine Landkarte.«

Ich lächle. »Unternehmen wir eine Reise?«

Er fährt mit seinen Handflächen an meinem Hals hinab und streicht über mein Schlüsselbein. »Mmm. Ich dachte, es würde dir vielleicht Spaß machen, einen Ort auszuwählen, mal sehen, wohin uns der Weg führt.«

»Ich dachte, wir müssen in zwei Wochen wieder in den USA sein.«

»Vielleicht kann ich dank der guten Beziehungen zu meinem Chef unseren Urlaub um ein paar Wochen verlängern.«

»Was für ein Glück, nicht wahr?«

»Mmm.« Mit den Lippen streicht er an meinen Halswirbeln entlang bis zu meinem Ohr hinauf. »Ein großes Glück. Jetzt lass uns mal sehen, wohin uns unser nächstes Abenteuer führt.«

Ich fahre mit dem Finger über die Oberfläche und spüre die Falten im Papier.

Während der letzten zweieinhalb Jahre sind Griffin und ich durch die ganze Welt gereist. Manchmal bleiben wir monatelang am selben Ort, manchmal ist es nur ein Kurzaufenthalt. Griffin arbeitet an Investitionsmodellen, und als Chefin des Bereichs Entertainment Affairs überprüfe ich das Freizeitprogramm in jedem Hotel. Ich kann mit meiner liebsten Person zusammen sein und etwas tun, das mir gefällt, während ich die Welt sehe.

Wenn wir die Zeit haben und es sicher ist, fahren wir mit dem Auto durchs Land. Wie versprochen macht Griffin eine

Million grässlicher Selfies und postet sie in den sozialen Medien, womit er unsere weltweiten Abenteuer festhält. Letztes Jahr verbrachten wir um meinen vierundzwanzigsten Geburtstag herum einen Monat in Griechenland und besuchten die Felsenklöster von Meteora.

Ich tippe auf eine Stelle auf der Landkarte. »Wie wär's hiermit?«

Griffin nimmt mir die Augenbinde ab, und ich blinzle ins helle Licht und versuche, etwas auf der Weltkarte zu erkennen, die vor mir ausgebreitet ist. Natürlich befindet sich mein Finger mitten auf dem Meer.

Doch unser Ziel mitten dort draußen wird nebensächlich, als ich die winzige, samtverkleidete Schachtel bemerke, die direkt neben meinem Finger steht. Mein Magen zieht sich zusammen. »Was ist das?«

Er beugt sich herunter, um mich zu küssen, und als er mit seinen Lippen über meine streicht, sagt er: »Ein Geburtstagsgeschenk. Mach es auf.«

Meine Hände zittern, als ich die Schachtel nehme und vorsichtig aufklappe. Ich bin seltsam enttäuscht, als ich ein Paar Diamantohrringe darin entdecke. »Sie sind wunderschön.«

»Nicht das, was du erwartet hast?« Griffin steht noch immer hinter mir, Hände auf meinen Schultern.

Ich lege den Kopf zurück und sehe, dass er mich von oben anlächelt. Irgendwann zwischen dem Augenverbinden und dem Ausbreiten der Karte hat er Shorts und ein T-Shirt angezogen. Ich habe ihm im Laufe der vergangenen zweieinhalb Jahre deutlich gemacht, dass es mir nicht eilig damit ist, von ihm einen Ring an den Finger gesteckt zu bekommen. Wenn es nach Griffin ginge, wären wir bereits verheiratet, aber ich bin jung, und er kann sehr impulsiv sein, wenn es darum geht, seine Besitzansprüche an mir geltend zu machen. Also habe ich ihm gesagt, kein Ring, bevor ich fünfundzwanzig bin. Und jetzt bin ich fünfundzwanzig.

Er dreht den Stuhl herum, sodass ich ihn anstelle des Tischs anschaue. Es ist ein wenig verwirrend. Er nimmt mein Gesicht zwischen die Hände und beugt sich herunter, um mich zu küssen. Ich erwarte, dass er mir gemeinsam mit den hübschen Diamantohrringen seine Zunge schenkt, weshalb ich ihn am Shirt packe, als er sich von mir lösen will. Ich bringe ihn aus dem Gleichgewicht, und er muss sich am Tisch hinter mir abstützen, damit der Stuhl nicht umkippt.

Er lächelt dicht an meinem Mund. »Dann gefallen sie dir also?«

»Sie funkeln und sind hübsch, vielen Dank dafür.«

»Gern geschehen.« Er grinst, als er sich aufrichtet. »Ich hab noch etwas für dich.«

»Das da wäre?«

»Du musst mich loslassen, wenn du es herausfinden willst.«

Ich lasse das Shirt los, und er sinkt vor mir auf die Knie. Zuerst erwarte ich, dass er mir den sechsten Orgasmus dieses Morgens verschaffen will, bis er die Hand in seine Hosentasche steckt und eine weitere samtverkleidete Schachtel hervorzaubert, die größer ist als die erste.

Mein Mund wird trocken, und mein gesamter Körper ist auf einmal von Gänsehaut bedeckt. »Ist es die passende Halskette?« Ich versuche es auf die kecke Tour, doch meine Stimme bebt leicht.

»Würde dir das denn gefallen?« Griffin verlagert sein Gewicht auf ein Knie.

»Halsketten sind hübsch.« Ich lege meine Finger um meine Knie und presse sie zusammen, damit ich nicht, wie ich glaube, einen der denkwürdigsten Momente meines Lebens vermassle, indem ich ihm einen Blick zwischen meine Beine gewähre.

»Ich höre ein Aber.«

»Du hast mir letzte Weihnachten eine Diamanthalskette geschenkt.«

»Vielleicht habe ich ja noch eine für dich.« Er spielt mit mir.

»Griffin.« Ich kann ein Zittern meiner Knie nicht unterdrücken.

»Cosy.«

»Du hältst mich hin.«

»Ich verlängere die Vorfreude.«

»Hat dir noch nie jemand gesagt, dass es nicht nett ist, das Geburtstagskind warten zu lassen?«

»Na ja, fairerweise muss gesagt werden, dass du mich über zwei Jahre auf diesen Augenblick hast warten lassen.« Trotz der Witzelei schluckt er hörbar und atmet einmal tief durch. Er hebt eine Hand und streicht mir damit über die Wange. »Ich liebe dich.«

»Ich liebe dich auch. Kann ich jetzt bitte mein Geschenk haben?«

Er lacht und umfasst eine meiner feuchten Hände, bevor er den Kopf senkt und meine Fingerknöchel küsst. Sein Blick ist entschlossen, als er meinem begegnet. »Du bist eine wunderbare Frau, Cosy, und ich hatte das Glück, dich zu finden. Ich liebe dich von Tag zu Tag mehr, und jetzt, wo ich dich habe, will ich dich nie wieder loslassen. Ich will mit dir an meiner Seite durch dieses Leben gehen, mit dir als meiner Frau.« Er klappt die Schachtel auf, und ein einzelner Diamant glitzert im Morgenlicht. Er ist wunderschön und zierlich und umwerfend und genau das, was ich mir gewünscht habe. »Heirate mich, Cosy Felton. Lass uns gemeinsam eine Million großartiger Erinnerungen schaffen.«

»Nur eine Million?«

»Für den Anfang. Ist das ein Ja?«

»Eigentlich hast du keine Frage gestellt.« Ich umfasse sein Gesicht mit meinen Händen und muss über seinen besorgten Ausdruck lächeln. »Natürlich ist das ein Ja, Griffin. Du bist der einzige Mensch, mit dem ich dieses Leben verbringen möchte.«

Er küsst mich, lang und langsam, und flüstert Ewigkeitsversprechen an meinen Lippen, als er mir den Ring ansteckt.

Ich hätte mir niemals vorstellen können, meinen Seelenverwandten zu finden. Meine Liebe für Griffin ist verzehrend und manchmal überwältigend, aber seine für mich ist es ebenfalls, und ich würde es nicht anders haben wollen.

»Ich liebe dich«, flüstere ich an seinen Lippen.

»Für immer und ewig.«

Danksagung

Wie stets gilt meine grenzenlose Liebe meinem Mann und meiner Tochter, die mir Liebe und Zeit und Unterstützung gegeben haben, damit ich meinen Traum verwirklichen konnte. Ihr seid die wunderbarsten Menschen, und ich bin gesegnet, euch lieben zu dürfen.

Mein Dank geht an Kimberly, ohne dich gäbe es die Reihe nicht und wäre auch nicht bei St. Martin's Press untergekommen. Es ist eine Ehre und ein Privileg, mit dir zu arbeiten und dich meine Freundin nennen zu dürfen. Danke für alles.

Danken möchte ich auch meiner SMP-Familie – Tiffany, Eileen, Marissa, Kelly und Naureen –, danke, dass ihr den Figuren einen Ort außerhalb meines Kopfes gegeben habt. Ich habe jede einzelne Minute dieser Reise genossen.

Debra, wie immer bist du der Pfeffer zu meinem Salz; deine Freundschaft und deine Ratschläge sind von unschätzbarem Wert, und ich liebe dich wie ein Familienmitglied.

Und Leigh, ich bin froh, dich so lange drangsaliert zu haben, bis du mein Freund geworden bist. Danke, dass du den Dingen stets eine positive Wendung gegeben hast, wenn ich mich verfranzt hatte.

Sarah, ich sage das jedes Mal, aber ohne dich hätte ich das wirklich nicht geschafft. Ich bin so froh, dass du ein Teil meines Lebens bist, als Freundin und jemand, der mich auf Linie hält. Hustlers, wie es mir gelungen ist, eine so wunderbare Gruppe von Frauen zu finden, ist mir unbegreiflich, und ich habe solches Glück, euch zu haben. Ich liebe euch, Ladys.

Jenn, Sarah und Brooke von SBPR, danke, dass mit eurer Unterstützung alles rundläuft und ihr Teil meiner Gemeinschaft seid. Ihr seid wunderbar, und ich liebe euch.

Nina, die letzten fünf Jahre sind wie im Flug vergangen, und die fünf Jahre davor ebenfalls. Ich kann es kaum erwarten, dich dieses Jahr zu feiern, wie du es zahllose Male mit mir gemacht hast.

Mom, Dad und Mel, danke, dass ihr jedes neue Projekt mit mir feiert – und danke, Dad, dass du mein größter Fan bist, auch wenn ich dir verboten habe, je eins meiner Bücher zu lesen.

Meiner Gemeinschaft: Deb, Leigh, Tijan, Ruth, Kellie, Erika, Kelly, Taylor, Karen, Marty, Sarah GS, Gel und Susi, danke, dass ihr stets für mich da seid.

Meinen Autorenfreunden, die mir in dieser Zeit so viel Liebe und Unterstützung gegeben haben, ihr inspiriert mich. Was für ein Glück, so großartige Kollegen zu haben.

Meiner »Beaver Den«: Ihr seid eine großartige Lesergruppe. Eure Begeisterung für Liebesgeschichten ist der Grund, warum ich hier bin und mein Ding mache.

An die Leser, Blogger und Bookstagrammer, die unermüdlich ihre Leselust mit anderen teilen, danke für all eure Mühen. Eure Leidenschaft ist Futter für meine Schriftstellerseele.

Zwei Menschen, die unterschiedlicher nicht sein könnten – und doch perfekt füreinander sind …

Rachel Higginson
THE OPPOSITE OF YOU
Aus dem amerikanischen Englisch von Corinna Wieja
416 Seiten
ISBN 978-3-7363-0975-3

Mit gebrochenem Herzen und geplatzten Träumen kehrt Vera Delane in ihre Heimatstadt zurück. Um wieder auf die Füße zu kommen, macht sie sich mit einem Food-Truck selbstständig. Dumm nur, dass sie diesen genau gegenüber dem Sternerestaurant abstellt, in dem Killian Quinn, der Bad Boy der Kochszene, das Zepter schwingt. Er gilt als arrogant und launisch und ist doch eine Legende. Aber die junge Frau lässt sich von dem schroffen Konkurrenten nicht einschüchtern, und schon bald fliegen die Fetzen – und Funken! – zwischen Vera und dem heißen Sternekoch.

»Killian Quinn ist mein neuer Book-Boyfriend und einfach wunderbar!« MARYSE'S BOOK BLOG

LYX

Ein Bad Boy erobert die High Society

Vi Keeland / Penelope Ward
REBEL SOUL
Aus dem amerikanischen
Englisch von
Antje Görnig
ISBN 978-3-7363-1099-5

Rush ist reich, kalt und abweisend. Als er merkt, dass die junge Frau hinter der Theke seiner Bar in den Hamptons keine Ahnung von Cocktails, Wein oder Whiskey hat, will er sie feuern. Doch Gia rührt etwas in seinem Inneren. Sie ist die Einzige, die hinter Rushs Fassade schaut und den verletzlichen Mann sieht. Schnell entwickeln sich Gefühle zwischen den beiden. Doch eine falsche Entscheidung in Gias Vergangenheit holt sie ein und droht ihr Glück zu zerstören …

»*Rebel Soul* macht süchtig! Ich konnte nicht genug von Gia und Rush bekommen!« KINDLE CRACK

LYX

Es heißt: Berühmtheit hat ihren Preis. Doch was, wenn der Preis die Liebe deines Lebens ist?

Julie Johnson
FADED - DIESER
EINE MOMENT
Aus dem amerikanischen
Englisch von
Anika Klüver
368 Seiten
ISBN 978-3-7363-1133-6

Als Felicity Wilde mit nichts außer einem gefälschten Ausweis und ihrer alten Gitarre in Nashville ankommt, will sie nur eins: so unauffällig wie möglich bleiben. Aber sie hat nicht mit Ryder Woods gerechnet. Der stadtbekannte Rockstar zieht sie vom ersten Moment an in seinen Bann. So sehr Felicity auch versucht, die Gefühle, die er in ihr weckt, zu unterdrücken, fasziniert er sie bei jeder Begegnung mehr. Doch ein Leben im Rampenlicht an Ryders Seite ist für Felicity eigentlich unmöglich ...

»Diese Geschichte wird dich mit tränennassen Augen und einem blutenden Herzen zurücklassen.« INKED AVENUE BOOK BLOG

LYX

Die emotionalste Love-Story des Jahres!

Emma Scott
LIGHT UP THE SKY
Aus dem amerikanischen
Englisch von
Inka Marter
384 Seiten
ISBN 978-3-7363-1165-7

Nach allem, was mit Connor und Weston geschehen ist, war ich fest entschlossen, mein Herz zu schützen. Doch dann kehrte er zurück. Er hielt mein Herz ehrfürchtig in seinen Händen, er liebte mich so aufrichtig und wahrhaftig, dass ich wusste, ich würde in hundert Leben nie wieder so etwas fühlen. Es war real – bis zu dem Moment, als all die Lügen ans Licht kamen ...

»Mir fehlen die Worte, um die Schönheit dieser Geschichte zu beschreiben!« A LITERARY PERSUAL

LYX

Der Eine, den du nie vergisst

Katy Evans
TYCOON - DEIN HERZ SO NAH
Aus dem amerikanischen Englisch von Michaela Link
304 Seiten
ISBN 978-3-7363-0836-7

Bryn Kellys Leben liegt in Scherben. In New York will sie mit ihrem Start-up neu anfangen, doch keiner der möglichen Sponsoren glaubt an ihre Firma. Ihr letzter Ausweg ist der Immobilientycoon Aaric Christos. Er ist erfolgreich, sexy – und Bryns Schwarm aus Highschool-Zeiten. Seit zwölf Jahren haben sie sich nicht mehr gesehen, doch das Feuer zwischen ihnen brennt noch so heiß wie früher …

»Katy Evans' Bücher sind wie Achterbahnfahren und bringen mich immer wieder zurück zu ihren grandiosen Liebesromanen!«
KYLIE SCOTT, SPIEGEL-BESTSELLER-AUTORIN

Die Community für alle, die Bücher lieben

- ★ In der Lesejury kannst du Bücher lesen und rezensieren, die noch nicht erschienen sind
- ★ Gemeinsam mit anderen buchbegeisterten Menschen in Leserunden diskutieren
- ★ Autoren persönlich kennenlernen
- ★ An exklusiven Gewinnspielen und Aktionen teilnehmen
- ★ Bonuspunkte sammeln und diese gegen tolle Prämien eintauschen

Jetzt kostenlos registrieren: www.lesejury.de

Folge uns auf Instagram & Facebook:
www.instagram.com/lesejury
www.facebook.com/lesejury